異修羅

IV

光陰英雄刑

U0075209

珪素

ILLUSTRATION
クレタ

Kadokawa Fantastic Novels

故事簡介 STORY

令地表一切生命感到恐懼的世界之敵，「真正的魔王」被某人擊敗了。
那位勇者的名號與是否實際存在，至今仍無人知曉。
由「真正的魔王」所帶來的恐懼時代，就這麼突如其來地畫下句點。

然而，魔王時代催生出的英雄卻依然留存於這個世界。

在魔王這位所有生命的共同敵人已不復存在的此刻，
具有獨力改變世界之力的那些人物或許將基於自身欲望恣意妄行，
帶來更加混亂的戰亂時代。

對於統一人族，成為唯一王國的黃都而言，
他們的存在已淪為潛在威脅。
所謂英雄儼然是帶來毀滅的修羅。

為了創造新時代的和平，
必須找出一位能排除下一個世代的威脅，
引導人民走向希望的「真正勇者」。

於是，黃都執政者——黃都二十九官不分種族地從世界各地招攬多位能力登峰造極的修羅。他們計劃召開一場御覽比武，打算擁戴優勝者為「真正勇者」——

勢力圖 POWER RELATIONSHIPS

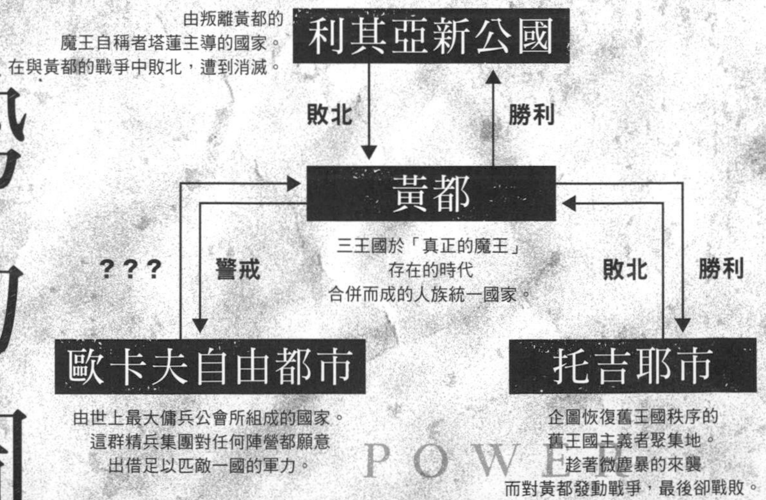
由叛離黃都的
魔王自稱者塔蓮主導的國家。
在與黃都的戰爭中敗北，遭到消滅。
利其亞新公國
敗北
勝利
黃都
三王國於「真正的魔王」
存在的時代
合併而成的人族統一國家。
？？？
警戒
敗北
勝利
歐卡夫自由都市
由世上最大傭兵公會所組成的國家。
這群精兵集團對任何陣營都願意
出借足以匹敵一國的軍力。
托吉耶市
企圖恢復舊王國秩序的
舊王國主義者聚集地。
趁著微塵暴的來襲
而對黃都發動戰爭，最後卻戰敗。

用語說明

GLOSSARY

◈詞術

①允許於巨人(gigant)之軀體構造中理當不會生成的生物或現象的世界法則。
②無論說話者為何種種族或使用何種語言體系，都能將話語中的意志傳達給對方的現象。
③抑或是所有利用該現象向對象提出「請求」，扭曲自然現象的術之總稱。
也就是所謂的魔法。以力術、熱術、工術、生術四大系統為核心，但也存在其他例外系統的使用者。使用者必須十分熟悉詞術作用的對象，不過具有實力的詞術使用者能在某種程度上跨越這類限制。

力術

操作具有方向性的力量或速度，
也就是所謂動量的技術。

工術

改變對象形狀的技術。

熱術

操作熱量、電荷、光之類無向量的技術。

生術

改變對象性質的技術。

◈客人

由於身懷遠遠超脫常識的能力，從被稱為「彼端」的異世界轉移至這個世界的存在。
客人無法使用詞術。

◈魔劍、魔具

蘊含強大力量的劍或道具。和客人一樣，
因為具有強大力量而遭到異世界轉移至此的器物。

◈黃都二十九官

黃都的政治首腦。文官為卿，武官為將。
黃都二十九官之間並不會以資歷或席次排出上下關係。

◈魔王自稱者

對不屬於三王國「正統之王」的多位「魔王」總稱。雖然也有並未自稱為王，卻因具有強大力量，做出威脅黃都的行動而遭到黃都認定為魔王自稱者而成為討伐對象的例子。

◈六合御覽

決定「真正勇者」的淘汰賽。經過一系列的一對一戰鬥，最後的獲勝者即為「真正勇者」。
必須獲得一位黃都二十九官的推舉才能參賽。

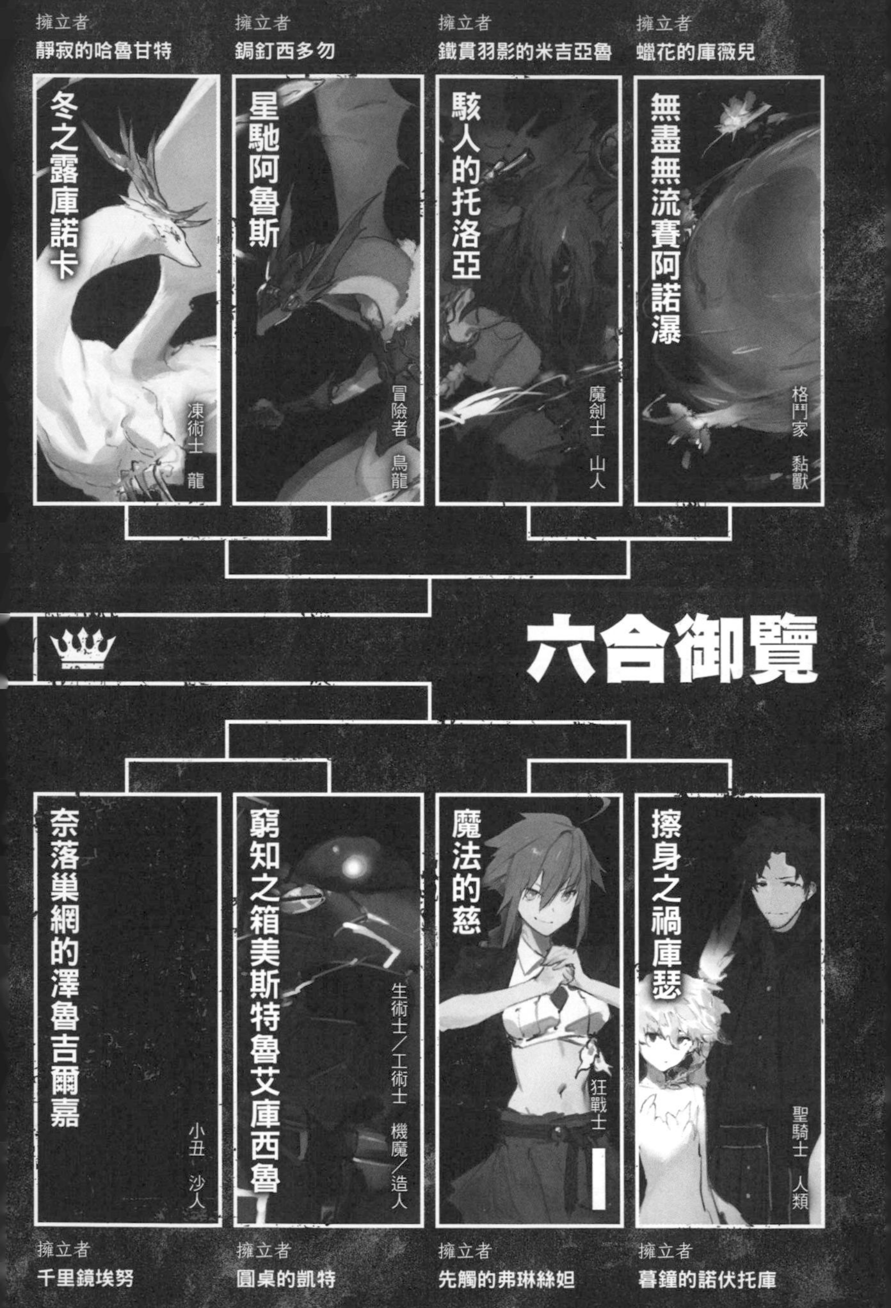
擁立者
靜寂的哈魯甘特
冬之露庫諾卡
凍術士 龍
擁立者
銅釘西多勿
星馳阿魯斯
冒險者 鳥龍
擁立者
鐵貫羽影的米吉亞魯
駭人的托洛亞
魔劍士 山人
擁立者
蠟花的庫薇兒
無盡無流賽阿諾瀑
格鬥家 黏獸
六合御覽
奈落巢網的澤魯吉爾嘉
小丑 沙人
擁立者
千里鏡埃努
窮知之箱美斯特魯艾庫西魯
生術士／工術士 機魔／造人
擁立者
圓桌的凱特
魔法的慈
狂戰士
擁立者
先觸的弗琳絲妲
擦身之禍庫瑟
聖騎士 人類
擁立者
暮鐘的諾伏托庫

絕對的羅斯庫雷伊
騎士　人類
擁立者
紅紙籤的愛蕾雅
灰境吉夫拉托
無賴　人類
擁立者
彈火源哈迪
柳之劍宗次朗
劍豪　人類
擁立者
光量牢尤加
善變的歐索涅茲瑪
醫師　混獸
不言的烏哈庫
神官　大鬼
擁立者
憂風諾非魯特
第一千零一隻的基其塔・索奇
戰術家　小鬼
擁立者
荒野轍跡丹妥
斬音夏魯庫
槍兵　骸魔
擁立者
遊糸的西亞卡
地平咆梅雷
弓箭手　巨人
擁立者
空雷卡庸

黃都二十九官

第一卿
基圖古拉斯
剛步入老年的男性。
負責擔任主持二十九官會議的議長。
在六合御覽中不屬任何派系，貫徹中立立場。

第二將
絕對的羅斯庫雷伊
被視為英雄，聚集絕對的信賴於一身的男性。
擁立自己參加六合御覽。
二十九官最大派系的領導人。

第三卿
速墨傑魯奇
有著犀利文官形象，戴著眼鏡的男性。
負責六合御覽的企劃。
隸屬羅斯庫雷伊的派系。

第四卿
圓桌的凱特
性格極為暴烈的男性。
窮知之箱美斯特魯艾庫西魯的擁立者。
坐擁首屈一指的武力與權力，對抗羅斯庫雷伊的派系。

第五官
空位

第六將
靜寂的哈魯甘特
被當成無能之人和笨蛋，卻仍汲汲營營於權力的男性。
冬之露庫諾卡的擁立者。
與星馳阿魯斯有很深的因緣。
不屬於任何派系。

第七卿
先觸的弗琳絲妲
渾身上下穿金戴銀，身材肥胖的女性。
只信奉財力的現實主義者。
魔法的慈的擁立者。

第八卿
傳文者謝內克
可以解讀與記述多種文字的男性。
第一卿，基圖古拉斯實際上的書記。
與古拉斯一同貫徹中立立場。

第九將
鑿刀亞尼其茲
擁有鐵絲的瘦長身材與暴牙的男性。
隸屬羅斯庫雷伊的派系。

第十將
蠟花的庫薇兒
以長瀏海蓋住眼睛的女性。
無盡無流賽阿諾瀑的擁立者。
經常表現出緊張受怕的模樣。
因為某種原因，在二十九官中擁有最高的身體能力。

第十一卿
暮鐘諾伏托庫
給人溫和印象的老年男性。
擦身之禍庫瑟的擁立者。
負責管理教團。

第十二將
白織撒布馮
以鐵面具遮住臉的男性。
過去曾與魔王自稱者盛男發生戰鬥，目前正在療養中。

第十三卿
千里鏡埃努
將頭髮全往後梳的貴族男性。
擁立奈落巢網的澤魯吉爾嘉。
受感染而成為黑曜莉娜莉絲的傀儡。

第十四將
光暈牢尤加
身材圓胖的純樸男性。
與野心無緣。
負責管轄國家安全部門。
善變的歐索涅茲瑪的擁立者。

第二十五將
空雷卡庸
以女性口吻說話的獨臂男性。
地平咆梅雷的擁立者。

第二十六卿
低語的米卡
給人方正印象的嚴肅女性。
負責擔任六合御覽的裁判。

第二十七將
彈火源哈迪
十分熱愛戰爭的年老男性。
柳之劍宗次朗的擁立者。
領導軍方最大派系的大人物。
被視為羅斯庫雷伊派系的最大對手。

第二十八卿
整列的安特魯
戴著深色眼鏡的褐膚男性。
隸屬羅斯庫雷伊的派系。

第二十九官
空位

第二十卿
鋦釘西多勿
傲慢的富家公子哥，同時也是才能與人望兼具的男性。
星馳阿魯斯的擁立者。
為了不讓阿魯斯獲勝因而擁立牠。

第二十一將
濃紫泡沫的此此莉
將夾雜白髮的頭髮綁在腦後的女性。

第二十二將
鐵貫羽影的米吉亞魯
年方十六就成為二十九官的男性。
具有天不怕地不怕的個性。
駭人的托洛亞的擁立者。

第二十三官
空位
原為警戒塔蓮的席位，但目前因為她的叛離而成了空位。

第二十四將
荒野轍跡丹妥
個性死認真的男性。
屬於女王派，對羅斯庫雷伊的派系反感。
第一千零一隻的基其塔．索奇的擁立者。

第十五將
淵藪的海澤斯塔
臉上總是帶著嘲弄笑容的壯年男性。
特色是素行不良。

第十六將
憂風諾非魯特
身高特別高的男性。
不言的烏哈庫的擁立者。
與庫瑟同樣出身於教團的濟貧院。

第十七卿
紅紙籤的愛蕾雅
出身於妓女之家卻爬升至今日的地位，年輕貌美的女性。
掌管諜報部門。灰境吉夫拉托的擁立者。
藏有世界詞祈雅這張王牌。

第十八卿
半月的庫埃外
年輕陰沉的男性。

第十九卿
遊糸的西亞卡
掌管農業部門的矮小男性。
為了讓自己配得上二十九官的地位而十分努力。
斬音夏魯庫的擁立者。

CONTENTS

第七節　六合御覽 II

ISHURA

AUTHOR: KEISO
ILLUSTRATION: KURETA

第七節

六合御覽 II

一◆悔恨

在世人才剛知道「真正的魔王」恐怖之處的時候。

擦身之禍庫瑟還不是殺手，也還沒有自稱擦身之禍這個名字。他只是個來回於各間濟貧院學習教義，以成為神官為志願的青年。

某個邊境的城市在一夜之間與外界失去了聯繫，前往探尋原因的人們也都一去不回。不過——即使只有這點情報，當時的所有人都直覺地聯想到該地可能發生了一場突發的暴動或是出現新的疾病。

剛開始時，人們打算無視那個城市的存在。有人說當地一定發生了不幸的災害，想救出住民肯定也是一件困難的事。由於已經摧毀多個城市的色彩的伊吉克，以及至今仍潛藏於人類之中的血鬼（vampire）是更加嚴重的問題，大家都「無暇在意」那種與自己無關的邊境城市。

年輕的庫瑟相信了那種說法，然而他很快就知道事實並非如此。

因為所有的人其實「都很在意」，狀況嚴重到上面的人必須四處宣傳不必關注此事的程度。

就庫瑟所知——儘管無論是大人或小孩的心中都惴惴不安，然而搜索行動卻在該地居民仍然生死不明的情況下被擱置了超過一年的時間。

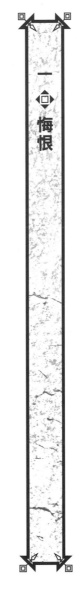

太詭異了。

不久後，開始傳出與該城市接壤的村落「似乎」消失的謠言。與「真正的魔王」有關的調查沒一項是正確的。勉強歸來的人也說不出被害狀況與居民是否安危。他只留下『裡頭有恐怖的東西』這句話，然後就死了。

死者身上沒有什麼異常。死因是極度的恐懼與精神衰弱。

——不是『發生過恐怖的事件』，而是『有東西』。這簡短的一句話足以顯示「真正的魔王」有多麼可怕。那個人很可能甚至還沒遇上「真正的魔王」。而是在被摧毀的那個地方遭遇了魔王軍，明白該地「有著」恐怖的東西……正因為明白了這點，他才會死。

人們懼怕那個不明的巨大恐懼。

有人開始稱呼那個存在為「真正的魔王」。

他們說那不是與正統之王相對的邪魔之王，而是不該存在於這個世界上的「魔」王。

「教團」的神官長對世人發布了聲明。如果沒有王族或神官長出面做出這樣的舉動，混亂就會一發不可收拾。

「正因為生存於這個世界，詞術相通的所有生命……克服了多次的毀滅危機，我們才得以維繫生命，持續存活下去。」

「教團」忠實地克盡他們的責任，試圖解除盤據於人心的恐懼詛咒。

「我們可能會付出許多的犧牲，就像是疾病蔓延與邪龍之災的那個時候。即便如此，就像是過去的那些災害——這場恐懼最後也一定會止息。」

庫瑟相信了那番話。他開始抱持希望。只要再忍耐一下，就一定會有自己不認識的人士挺身打倒「真正的魔王」。

然而那項聲明的發布，有可能正是「教團」踏上的最糟糕分歧點。

受到大眾投以希望的「最初的隊伍」全軍覆沒。「教團」的慈善活動無法阻止毀滅的浪潮，世上的人們不斷、不斷、不斷地死去。

所有王國都開始採取戰時體制，逐年減少對負責社會福利的「教團」的支援。

出於教義而無法提供兵力的「教團」開始遭受人們的白眼對待。在各式各樣的絕望持續蔓延的世界裡，人們第一個失去的就是信仰。

——如果創造這個世界的是詞神，那麼詞神又為什麼容許「真正的魔王」存在呢？

發表聲明的神官長在短短的一年後過世了。

行刺他的是因為魔王軍而失去家人的流浪漢。

「若你有志成為神官，庫瑟。」

當時，一位名為觀察的羅澤魯哈的神官突然對他這麼說。

「就必須比任何人都能堅持到底，絕不放棄。無論『真正的魔王』再怎麼折磨人們……直到最後一刻，你都必須堅守正確的教義。那就是神官最困難的工作。」

「……哈哈，是這樣嗎。羅澤魯哈老師不是每次都放棄戒酒嗎。」

「呃……嘿嘿，那是另一回事，是另一回事啦，庫瑟。」

「……大家都來向詞神求助。如果『最初的隊伍』辦不到，希望能有辦得到的某個人去殺掉『真正的魔王』。是有人打算回應那些期盼。我也不覺得他們有錯。然而已經開始有信徒寧願捨棄信仰也要加入討伐隊……我該拿那些人怎麼辦才好？」

絕對不能讓「真正的魔王」活在這個世界上。庫瑟也希望自己能救助那些正在受苦的人們。能不能不只是守護逃離魔王前來投靠的難民，讓他們安心……而是直接將造成他們受苦的恐懼連根剷除呢。

如果「真正的魔王」是能以詞術相通的存在。對於「教團」的信徒而言，殺掉他的行為也意味著拋棄自己一直遵守的信仰。

「……不能心懷憎恨，不能傷害他人，不能殺害他人。這實在是很困難的事呢。」

「以羅澤魯哈老師的看法……走掉的那些人是放棄了嗎？」

「是啊。他們沒能堅持以神官的方式救人。雖然這種說法可能太殘酷了。」

羅澤魯哈知道庫瑟比任何人都更加深信詞神的教誨。縱使他的舉止不像個神職人員，也從沒看過他違反戒律。

「所謂的比任何人都能堅持到底呢，庫瑟。就是『比我』更加堅定。正因為世界上的所有人都盼望戰鬥、殺伐。如果沒有哪個人願意成為遵守教義的最後一人，又有誰能將教義傳授給之後的世界呢？所以，這才會是最困難的工作。」

羅澤魯哈喝了一口瓶中所剩無幾的酒。

「——我們有時會希望為了正義而戰。有時會為了讓世界更加美好，想到比詞神的教義更好的作法。但是在這種人們對自身信仰產生迷惘的時代裡，也一定有信徒將詞神的教義當成唯一的依靠。即使我們不認為支持『那些人』是正確的，也必須持續做下去。」

「……我真的能成為羅澤魯哈老師所說的那種神官嗎？」

庫瑟不認為自己的人生有什麼不幸。即使他是被拋棄於貧民窟，連出生於何處都不知道的孤兒，身邊還是有「教團」的夥伴與老師們陪伴。

而且那位只有他能看見的天使時時刻刻都在看顧著他。

如果在「真正的魔王」的時代裡，有庫瑟這種遭遇的小孩人數逐漸增加。那麼過去曾受到詞神的教義拯救的庫瑟就希望能依循那些教義拯救孩子們。

「我也害怕『真正的魔王』啊。」

庫瑟有氣無力地笑了笑。

「最近我開始害怕自己有可能會像大家一樣……遲早背離教義。我對這點害怕得不得了。」

「嘿嘿。這是因為庫瑟很溫柔啊。」

「羅澤魯哈老師。我既沒有被殺，也沒有殺人的勇氣。參加討伐隊的那些人全都比我還要了不起。以後會不會有那麼一天，大家都回來『教團』……過著以前那樣的生活呢？」

「……會的。我們要為了那天的到來，持續遵守教義。因為無論世界變成什麼模樣，善良都能拯救人心，這點永遠不會改變。」

神官就是體現那種不變精神的存在——羅澤魯哈一定是想那麼說吧。在「教團」裡，曾經擅自違反戒律的人並無法成為神官。

「庫瑟。我很清楚，離開『教團』的那些人心中比誰都還要難受。因為他們不得不相信自己寧願捨棄詞神的教義也要做出的選擇是正確的——必須相信自己打算傷害他人、殺害他人的決定。他們或許終生都得過著堅持那種正義的生活。那真的是一件十分痛苦的事。所以我們要耐心等待。」

「……」

就算他們做出了那樣的決定，如果那些人以信徒的身分回到這裡，詞神也有這樣的教義：赦免他人過去的罪與過吧。

「我最近作了個夢。我……就像以前那樣待在庫諾蒂老師的孤兒院……真的就像以前那樣，和諾非魯特一起做蠢事，或是作弄埃娜……依莫斯也還活著。」

對於庫瑟而言，他對詞神的信仰就等同於那段幸福日子的回憶。

曾和他一起生活的夥伴們大多數都離開了「教團」。也有的人再也回不來了。

「我……我想等待大家回來。」

「……嗯。所謂的信仰就是那種想法。一定會沒事的，庫瑟。」

羅澤魯哈放下酒杯，笑了。

「我們一定能獲得幸福。」

庫瑟過去只是個志願成為神官的孤兒。在「真正的魔王」製造的殺戮螺旋籠罩世界之前，他從來都沒有遇到別人對自己展現出真正的殺意。

因此在那個時候，他根本無法得知娜斯緹庫擁有可以瞬間殺死所有敵對者的異能。

◆

漫長的時間過去。

庫瑟望著大雨中的教會。

自從與羅澤魯哈的那番對話以來，「真正的魔王」的恐懼在將近二十年的時間裡仍然持續存在於世界。

「……這是怎樣啦。」

渾身濕透的庫瑟露出疲憊的笑容。那是自嘲的笑容。

他的四周躺著六具屍體。所有人都全副武裝。

「我已經是個徹頭徹尾的殺人凶手啦。羅澤魯哈老師。」

擦身之禍庫瑟穿著設計與神官服極為相似，但卻是黑色的服裝。他不是真正的神官。從青年時期開始，他的眼神就變得毫無氣勢，下巴也長滿亂糟糟的鬍子。

——聖騎士這個位階被「教團」廢止了很長的一段時間。

而在這個他們無法得到其他任何勢力的庇護，不得不以暴力守護自身的「真正的魔王」的時代裡，教團再次分配給一個人這種戰士階級。也就是「教團」的殺手。

在這天襲擊教會的武裝集團之中，庫瑟甚至一度與身高是自己兩倍的大鬼(orge)交手。那名大鬼如今正背靠著牆壁倒在地上。原本應該襲擊這個教會，吃掉好幾個小孩子的他，如今卻露出沉睡般的安詳表情去世。

雖然那些人之中有的是以掠奪為目的而襲擊教團，但庫瑟知道大部分人並非如此。

他們是心中有恨。憎恨無法拯救自己的「教團」與其教義。

庫瑟望向屋頂。

從小就一直看顧庫瑟的存在正在那裡。

「——嗨，娜斯緹庫。妳今天在那裡啊。」

即使屋頂被冰冷的雨水打溼，在上面散發微光的那個身影也絕對不會淋濕。

純白的頭髮，純白的衣服，純白的翅膀。
雖然那頭柔軟的短髮與纖細的身軀讓她看起來有如少年，但是她的姿態卻總是很優美、輕柔。
當庫瑟注意到娜斯緹庫的存在時，她立刻回了個微微的笑容。
當她的嘴角放鬆時就是在笑，庫瑟花了很長的時間才明白這點。那位天使的表情就是如此淡泊，宛如與人類截然不同的存在。
『你還好吧？』——她一定是正在對庫瑟這麼問吧。
「沒事啦。這點程度的攻擊就像在打招呼罷了。」
庫瑟逞強地說著。
他敲了敲教會的門。如果娜斯緹庫沒有在一旁觀看，庫瑟或許會猶豫要不要這麼做。
「不好意思，我被雨淋濕了。」
裡頭的神官或孩子們都一切平安，會回應他的敲門——他如此想像著。
「可以借個房間嗎？」
沉默。但裡頭傳出了回應。是扣下十字弓扳機的聲音。
庫瑟舉起大盾。他奮力握緊盾牌，力道強得讓持盾的手都扭了半圈，等待著衝擊的到來。
衝破門口的箭矢洪流湧向鋼鐵盾牌。庫瑟蹲下腰，承受攻擊。一旦畏縮就會被撞飛，恐懼是會成真的。無數的死亡隔著盾牌猛刺而來。

「啊～啊……真是不親切呢。」

雖然聖騎士是為了戰鬥而存在的位階，卻不能攜帶弓或劍。他們所能持有的只有阻擋敵人暴力的大盾。

他踏進教會裡，繼續說著：

「要是人在裡面就說嘛……」

看到吊在天花板上的肉塊，庫瑟閉上了眼睛。他不願看到那個畫面。

他盼望仍然存活的那個人，已經不在世上了。

「……啊啊，羅澤魯哈老師……這樣啊，嘿嘿……您也只能走到這裡了啊。」

占據教會的暴徒們將箭頭對準了庫瑟。

而在最裡頭的長椅上，則是坐了個背對著庫瑟的人。他與將視線投向入口的那個人對上了眼。對方以胡亂包紮的繃帶蓋住了那張充滿醜陋燒傷疤痕的臉。

「……你，看看我的臉。」

那個聲音比庫瑟想像得還要年輕，甚至讓人覺得那應該是個少年。

「你不會害怕嗎？」

「……嘿嘿。你就是這裡目前的負責人嗎？」

庫瑟並沒有求饒，只是有氣無力地笑了笑。在這種被死亡包圍的狀況下，那不是正常的態度。連他自己都如此認為。

——讓我們坐下好好談吧。畢竟詞神賜予了讓所有人都彼此以言語溝通的詞術。

「由於聽說這裡的教會發生了一點狀況。所以『教團』就，啊……所以大叔才會過來這裡看看。總之我希望能大事化小啦。我叫擦身之禍庫瑟。」

嘩啦。

割裂金屬的聲音響起。坐在長椅上的男子甩出的鎖鏈前端劃傷了大盾。

「……」

攻擊在一瞬之間發生。對方仍然背對著庫瑟，坐在教會後方的長椅上。

即使在這種姿勢之下，他的攻擊仍然能碰到後方遠處的入口。如果庫瑟舉盾的動作晚了片刻，他可能連骨帶肉都會被劈開。

「——繼續說啊。我的名字是搖曳藍玉的海涅。在很久以前……是『黑曜之瞳』的一陣後衛。」

斬擊再次從右方，也就是盾牌沒擋到的死角襲擊而來。庫瑟勉強以護手彈開攻擊。

只憑指尖就能賦予又長又細的鎖鏈速度。搖曳藍玉的海涅的那招讓鎖鏈宛如痛苦翻滾的蛇，產生超乎預測的軌道，形成超高速的斬擊。

他的部下們則是不停地裝填箭矢，對入侵者灑出箭雨。

那是只憑大盾終究無法完全擋住的全方位飽和攻擊。

「哎呀哎呀，我認輸，投降啦……」

他以盾牌的弧度彈開箭矢。又在鎖鏈即將從地上彈起來的前一刻用腳踩住。

「冷靜一下！嗚哇，喔，這太不妙啦！」

庫瑟鑽到長椅底下躲開箭矢的暴雨。這是他認識的教會。他曾經在這裡與孩子們玩起你追我跑的遊戲，結果遭到年長神官的訓斥。

他尋找著渺茫的生機。不斷地尋找。

那是一道細小的光。如果不拚命盯著，就會永遠失去它。

對於庫瑟而言，戰鬥一直都是如此。

他將大盾如屋頂般舉起，抵擋接連而來的箭矢。到頭來，他根本打倒不了任何人。

就連在那天，他都無法下定打倒「真正的魔王」的決心。

——由於這項美妙的奇蹟，我們已經不再孤獨。每個擁有心的生物都是一家人。

「……拉開距離了呢。」

海涅低聲說道。難道他正在提防不做反抗的庫瑟嗎。

「他有可能用盾打過來。還是說，他準備了什麼詞術？」

（……我才做不到那種事咧。）

暴風雨般的攻擊不斷持續下去。箭矢從上下左右包圍了他。海涅的鎖鏈斬擊則是彷彿彌補了箭矢的空隙，精準地接連襲擊而來。

（不要殺人啊。）

搖曳藍玉的海涅。他究竟累積了多少的心血，才能將那項技術修煉到如此的境界呢。

而且就連付出那麼多的心血，也無法消除他對「教團」的憎恨。

血跡、被砍斷的手腳、眼珠、內臟。無論庫瑟多麼不想看，在這間教會所發生的慘劇所留下的痕跡仍然會倒映在仍然存活的他的眼中。

（拜託了，不要動殺意啊。）

在其他人都死去的世界裡，唯有庫瑟試圖苟且偷生。

庫瑟用來當掩蔽的長椅連同鐵架一起被砍成兩半。海涅的鎖鏈速度加快了。庫瑟將盾牌轉向鎖鏈劈過來的軌道。

（……糟糕。）

暴徒從死角逼近，準備對他放箭。

遮蔽物的毀壞打亂了計畫。也來不及用手腳的鎧甲抵擋攻擊。就在這樣的瞬間裡。

庫瑟做好了死亡的覺悟。

襲擊者的腳步一個踉蹌，倒在地上。

（……）

敵方首領海涅也察覺到那個明顯的異狀。

「……你剛才做了什麼？」

庫瑟無法回答。他只是做了死亡的覺悟而已。

「敵人死亡」的覺悟。

只有庫瑟看得到那個畫面。

看得到娜斯緹庫瞬間移動至對他展現殺意之人的背後，刺出短劍的樣子。

據說那是創世時——詞神集合眾多「客人」，打造出這個世界的時候，從世界法則制定者詞神的身上分離出的存在。

完成創世之後，她們的工作也告一段落。所以天使便隨著時間的過去而消失……又或許是人們看不見了。就連在「教團」，也只剩下提到其存在的傳說。如今可能只剩下娜斯緹庫了吧。

她所司掌的領域是死亡。

那把與天使白皙婀娜的外表毫不相稱的紅色駭人短劍，庫瑟將其取名為「死之牙」。

——不能心懷憎恨，不能傷害他人，不能殺害他人。應當善待他人，如同對待自己的家人。

趁著暴徒們的注意力被無法解釋的死亡移開，庫瑟衝到了牆邊。

另一位暴徒舉著短槍發動突擊。衝擊力道隔著盾牌傳了過來。當槍尖刺過來的同時，庫瑟順勢將盾牌往後一抽。他拽倒重心不穩的暴徒，壓住了對方。

「……呼……」

他一邊將暴徒壓在牆邊，一邊用盾罩住朝外的方向，強行製造出安全區域。這時他才終於可以做個深呼吸。

娜斯緹庫飄在庫瑟的身旁，注視著吊在天花板上的肉塊。『這個人是誰？』

「……我從以前就受到羅澤魯哈老師很大的照顧。」

娜斯緹庫不是無情的天使。

她會哀悼他人的死去，會悲傷，有顆想要行善的心。庫瑟相信一定是如此。

所以庫瑟才繼續對她說下去，即使對方不會回話。

「他很會煮地瓜湯喔。濟貧院的孩子們都很喜歡那個味道……雖然～以神官來說他的行為很不檢點，還有情婦。但卻是個很溫柔的人，非常重視大家……」

「混帳傢伙……！你在說誰啊！我才不認識啦！」

遭到壓制的暴徒放聲大吼。他應該是以為庫瑟在對他說話吧。

「哎……啊，這樣喔。你不認識啊？你明明跟他沒有恩怨，卻殺了他嗎？」

他期盼對方不要動手殺人。但每次都無法如願。

每殺一人，庫瑟的信仰就會變得更加混濁，讓他距離未來的幸福越來越遠。

「──我說的是被吊在那裡的人。那是我的……老師。」

持短槍的暴徒應該是在庫瑟回答之前就企圖發動攻擊。他用的可能是在被壓在地上的狀態下也能使用的暗器，又或許是詞術。

然而，他卻沒有發動成功。天使悄然無聲地以短劍劃開了暴徒的側腹。

「死之牙」的攻擊毫無例外地都會造成致命傷。無論那是多麼小的擦傷也一樣。

對於在這個世界不具實體的娜斯緹庫，箭矢與鎖鏈形成的殺戮風暴沒有任何意義。誰也看不到她。唯有守護庫瑟的娜斯緹庫單方面地不斷奪取生命。

『你沒事吧？』——她一定是擔心著自己。

庫瑟對娜斯緹庫笑了笑。神情看起來很疲憊。

「……嘿嘿。他死了。」

庫瑟明白。那些人絕對不可能放下武器。

那些人一定有充分的理由。然而庫瑟卻只是做著沒有意義的掙扎，不殺人，也不讓自己被殺。他不希望害天使揹上更多罪過。

他大聲喊道：

「我忘了說！其實我是來殺你們的！」

一旦承認了，就只能做到底。

「不好意思……請你們所有人都去死吧。」

「事到如今，你覺得誰也拯救不了的『教團』……還有那種權利嗎……！」

「不覺得呢。如果可以的話，我也希望能稍微對話一下……我是說真的。可是呢——」

他將大盾架在地上。上面有著展開翅膀的天使圖像。

就在擦身之禍庫瑟的背後，其他人都看不見的死亡天使展開了純白的翅膀。

「天使大人……不會原諒你們啊。」

庫瑟筆直地走向坐在教會後方長椅上的海涅。

拔出長劍的暴徒揮劍從旁邊砍了過來。娜斯緹庫的短劍滑過那名男子的脖子。光是這個動作，就讓暴徒失去力氣倒在地上。

「這傢伙是什麼東西……」

整張臉被繃帶裹著的海涅表情扭曲地大喊。企圖繞到他背後的那個人，以短槍迎擊的那個人，以及此刻拔出長劍的那個人。全都死了。

那些人明明沒有受到任何攻擊，庫瑟明明只是一味防禦……卻只有他們單方面地被奪去生命。看起來就是這麼回事。

「……所有人退後！我現在就宰了他！『海涅號令於庫克庫庫(haine io quqiciku)！奔馳的黃道(hamn nagre)，軸為右肘(meg 9fran)，撫觸天光(oorped borg)，五(5)、一(1)、八(8)、六(6)！砍碎吧(zaidolebehe)！』」

細長的鎖鏈變紅發熱，狂舞亂竄。整個教會從地板到天花板都被四條曲線劈裂。

熱術、力術，以及運用兩指發動的鎖鏈術綜合而成的複合招式。那是身為「黑曜之瞳」戰士的搖曳藍玉的海涅所擁有的戰鬥技術結晶，然而——

「……！」

海涅的招式劈開長椅、祭壇，以及殘存的部下們。最後甚至連海涅握住鎖鏈的指頭也被扭斷了。

「怎麼會。」

而那些指頭如今正掉在他的腳邊。海涅的雙手手腕處呈現出鮮紅的斷面。

就在他使出必殺奧義的瞬間，整個手掌被砍了下來，脫離使用者的控制。

「怎麼會，不可能有這種事。」

「有的，就是會有這種事。」

海涅一臉茫然地看著自己被某個隱形人砍斷的手腕。

「為、為什麼……我一直，都遇到這種不講理的事。」

他發出呻吟。

這個人快死了。只要挨了娜斯緹庫一擊，那個人的命運就註定好了。

雖然他是虐殺庫瑟的恩師與孤兒們的暴徒，此刻卻露出孩童嚎啕大哭的表情。覆蓋在繃帶底下嚴重燒傷疤痕彷彿述說著他所經歷的悲慘人生。

「一直都是這樣！」

「……你要死了，搖曳藍玉的海涅。你也會死的，就和其他人一樣。」

「那……那種事是誰決定的？為什麼會發生這種事？……喂。是詞神決定的嗎……？」

庫瑟緩緩走著，在海涅的面前停下腳步。

「……無論是誰都會如此。這一切都不是詞神的責任。」
「不對，不對喔……！」
海涅繃帶底下的表情充滿憎恨地扭曲著。
自從遭受無法痊癒的燒傷那天開始，他就一直帶著這副令見者為之畏懼的醜陋容貌。
「全部都是詞神，還有你們『教團』的錯……詞神創造世界，號稱無所不能，卻對自己的世界一點責任也沒有嗎？」
——「真正的魔王」帶來的恐懼一定會止息。庫瑟相信這句話。
遭到殺害的神官長沒有說錯。然而一切都太遲了。
「真正的魔王」不斷威脅著世界，至今已過了長達二十五年的時間。「教團」能說自己從那場絕望之中救回了什麼呢。
「……是啊，大家已經受盡了苦難。我們就來聊聊什麼是這個世界的……詞神的拯救吧。」
庫瑟坐上半壞的長椅。
教會陷入一片血海，讓人看了為之鼻酸。
不過當庫瑟第一眼看到這裡時，海涅正坐在這張長椅上望向祭壇。
庫瑟知道，越是衷心向詞神祈求祝福的人……換來的失望就越加深重。
「別看我這副模樣，我好歹也是神職人員。在死之前，我就聽聽你的告解吧。這種一點一滴累積的努力才能拯救人們……」

「那麼，為什麼詞神沒有拯救我們？我……大家都被捨棄了嗎？」

「……你錯了。回想一下過去曾救你一命的人吧。那或許是偶然的機運，或許是幸運。但是我認為……人們獲得的拯救不是那種沒有形體的命運……」

生命從海涅那兩隻被砍斷的手臂源源不絕地流出。

庫瑟看著那副景象，卻什麼也做不了。

「……誰也沒有被捨棄。虐待你的是人，但幫助你的也總是人的善意。人們幫助他人的每一顆良心之中，全都有詞神的存在。既然神創造了整個世界，那就不可能偏袒單獨一個種族吧？所以，人們才會想拯救他人。那就是無所不能的詞神……給予我們的拯救。」

「如、如果是那樣……那又為什麼……救我的那些傢伙，全部都死了……」

「因為是人呀。必須是可以憑人類的力量拯救的悲劇……否則人是無能為力的。」

「不對……不對不對……世界上應該存在可以拯救所有人的強大力量才對……！我饒不了你們……不管是詞神……還是魔王。我……」

庫瑟知道他為什麼會絕望。

因為他相信在人類能力無法應付的絕望之中仍然存有希望。

他相信有某個正確的人物可以拯救一切，可以將世界導正回應有的模樣。

「……可……惡……拜託不要害怕……這張臉………」

只要生活在這個時代，任何人都會不斷受到「真正的魔王」所留下的傷痕折磨。

「…………嗯，結束了。」

看著海涅死去之後，庫瑟對著虛空如此說道。隱形的天使就在那裡。

白色的少女露出淺淺的微笑。

『太好了。』

她一定打從心底擔心著庫瑟的安危。庫瑟很清楚這點。

『你能活下來，真是太好了。』

二◆小巷

時間來到現在。擦身之禍庫瑟成為了六合御覽的勇者候補。

在全體黃都二十九官之中，擁立庫瑟的黃都第十一卿，暮鐘的諾伏托庫是最資深的那一批。然而這個老人可能是最沒有二十九官樣子的人物。

他既沒有特別強烈的野心，也從未發揮過才能。只是唯唯諾諾地完成別人交代給他的工作，踏著鴿子般的步伐來回在議事場與自己家之間。

不過就在六合御覽即將到來的那天，諾伏托庫停下了腳步。

「……那邊的女孩。」

有個小女孩正蹲在大道上的行人看不到的狹窄巷子裡。

她身上穿著的衣服雖然是全新的，但應該是偷來的吧。她的手腳十分削瘦，明顯看得出健康狀況相當糟糕。

「妳還好吧？」

「……嗯。」

少女毫無表情地點了點頭。那是打從一開始就不期待能得到善意與幫助的眼神。

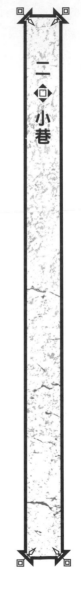

「我手上只有這點東西，妳拿去吃吧。」

諾伏托庫遞出了一塊硬麵包。那是他帶在身上當午餐用的食物。

如果她是習慣接受施捨的乞丐，根本不會躲起來。她可能是因為微塵暴或利其亞戰爭之類的動亂而失去故鄉，最近才流落到黃都的小孩。

「……」

「妳渴了吧。這裡還有水壺。」

少女接過麵包之後，感到安心嘆氣的反而是看到那副吃相的諾伏托庫。

「……謝、謝謝你……陌生的老爺爺……」

「這樣啊。原來妳不認識我。這樣啊。」

諾伏托庫那雙蓋在厚重白色眉毛底下的眼睛露出了笑意。即使身居黃都二十九官，第十一卿諾伏托庫的存在感也很薄弱。雖然他在名義上是「教團」管轄部門的首長，然而在「教團」的年輕世代之中，應該有很多人連諾伏托庫的名字都沒聽過。

「妳知道大馬路在那邊嗎？」

「……嗯。」

「妳到那裡朝黃色屋頂的雜貨店走，可以看到教會。如果沒有地方可住，就去投靠『教會』吧。總比睡在這種路邊好多了。」

「『教團』……」

那對削瘦臉龐上的眼球直直望著諾伏托庫。

「是群騙子。」

「……這樣啊。」

「有人說世界上明明沒有什麼詞神，他們卻用謊話騙人……伸手討捐獻，做了一堆壞事……」

「那種說法很不好呢。」

諾伏托庫連問都不想問是誰告訴她這些話的。

造成人族生存圈縮減九成的大量殺戮不過是「真正的魔王」所帶來徹底絕望的其中一環。「真正的魔王」對這個世界所造成最難以復原的破壞，是趕盡殺絕了創世之初就存在的詞神信仰。

「……只要幫忙妳就好了吧……真抱歉。」

「沒關係啦。謝謝你給我食物，老爺爺……」

「過不下去的時候，再去找別人要食物吧。妳必須擁有向人求助的勇氣。不可以偷竊，知道了嗎？」

「……嗯。」

諾伏托庫離開現場，走回平日所走的道路。

（──「教團」已經無法再承擔社福機關的機能。我們應該讓無法救人的組織一直存活下去嗎……）

「教團」之所以陷入窮困的窘境，不只是因為遲遲得不到黃都的支援，信徒的捐贈也不斷減少。「真正的魔王」為世界帶來的惡夢仍然不斷製造出無藥可救的犧牲者。教團的活動資金不足以應付那麼多的人數。因此救濟社會邊緣人，教育他們，讓他們重返社會的工作也變得困難重重。

諾伏托庫忘不了那位名叫搖曳藍玉的海涅的男子在兩年前引起的事件。他是「教團」所養大的孤兒，但也是最後被「黑曜之瞳」那種黑社會組織吸收的其中一人。

「諾伏托庫老師。」

走進另一條巷子後，有個戴著帽子的男子一聲不響地靠過來向諾伏托庫搭話。

雖然此人扮裝成市井平民，他的眼中卻散發出絕非善類的氣息。

「……哦，是你啊。午安。」

「攻擊擦身之禍庫瑟的行動失敗了。」

那是諾伏托庫指示的襲擊。在六合御覽開始，決定對戰表之前，必須正確地評估擦身之禍的戰力。

「這是第二次在他就寢時發動的攻擊，但攻擊者還是一樣遭到反殺。無論本人有沒有意識，他都能使用不可思議的致命反擊。」

「……那麼就算派出更多刺客，應該也無法得到更多的情報吧。」

諾伏托庫自己是個既無野心亦無才華的平凡老人。這位第十一卿舉不出什麼顯眼的功績，但又沒有發生過什麼醜聞，而且毫無黃都議會的力量。讓人懷疑他有什麼存在的意義。

——當然，這是故意為之的形象。

近年來「教團」之所以日漸式微，原因之一是身為管轄者的諾伏托庫拖延在檯面下的事務作業與聯絡，並且對在市民之間流傳對「教團」的負面評價與假消息採取「無作為」的態度。

身為「教團」管轄者的暮鐘的諾伏托庫絕對不是「教團」的友好夥伴。他是對自己派駐的組織敲響無聲的暮鐘，以懈怠進行破壞的特務。

答案早就已經昭然若揭。不能讓無法救人的組織存活下去。

這不是「教團」有沒有善念的問題。只要沒有設立替代「教團」的社福機關，跌落底層的人民就會持續增加。就像那位少女一樣。

「……如果還需要什麼幫助，請您直說無妨。畢竟行動時不會牽扯到黃都，就是我這種地痞流氓的唯一強項。」

「哎，謝謝了。雖然除了錢以外，我沒有其他東西能給你。」

「我也是『教團』養大的。『教團』不能再那樣下去了。他們從以前就在扭曲教義……如今甚至還開始動用殺手。」

「……」

「只要是為了導正『教團』，我願意提供任何幫助。」

簡短地與諾伏托庫交談之後，男子從另一條岔路離開了。

暮鐘的諾伏托庫與教團的關係相當密切。只要透過他的人脈，就能任意動用與黃都沒有直接關連的黑社會人士。但換種方式想，那種人正是「教團」的拯救之手所遺漏的社會邊緣人。

如此的弱弱相殘是這個世界裡一種最無藥可救的諷刺。

只要六合御覽決定了「真正的勇者」，黃都將可以完成民主化。在全新制度之下進行營運的社福機關就能扶持這個國家，替代機能失靈的「教團」。

暮鐘的諾伏托庫是擦身之禍庫瑟的擁立者。其唯一目的是把身為「教團」方最大戰力的此人拉到六合御覽的戰場上，在大眾面前消滅他。那是連利其亞新公國都能攻陷，實力相當於一國軍事力的刺客。在剷除掉他之後，黃都才能著手展開解散歷史長達數千年的「教團」的重責大業。

諾伏托庫已經活了很久，對自己的生命沒有什麼執著。即使負責不名譽的任務，做了骯髒的工作，他也一直都能維持內心平靜無波。

然而這個世界並非如此。世界需要能穩定人心的英雄。

「——果然還是得讓第二將獲勝才行呢。」

◆

「抱歉在你休息時打擾了，羅斯庫雷伊。不介意跟我聊一下吧？」

在黃都中樞議事堂的中庭裡，第三卿傑魯奇坐到了第二卿羅斯庫雷伊的旁邊。羅斯庫雷伊剛結束以微塵暴的受災地為首的巡迴慰問行程，正準備稍作休息。

「……不介意呀。你今天很忙呢。」

「我要聊的是不能在會議中談的事。不太想給其他人聽到。」

傑魯奇扶了扶薄片眼鏡。他帶著一如往常的僵硬、有點神經質的表情。

「……對於如何處置女王，你本人是怎麼想的？」

「那不是……我在六合御覽成為勇者之後的事嗎？」

「六合御覽能夠如此順利的召開，有很大的因素是你的協助。我也感謝你為了這件事而願意出面成為勇者候補。但是，我想親口聽到……以勇者的身分改變國家之後，你打算拿女王瑟菲多怎麼辦。」

「這個嘛。瑟菲多大人年紀尚輕。的確有必要考慮到企圖顛覆新政權的人將已經退位的她拱出來的可能性。」

「……羅斯庫雷伊。」

傑魯奇看著羅斯庫雷伊的臉。

那張臉上仍然帶著能安撫人民，俊美又平靜的表情。

「當然，我並不想做到處死她的那種地步。無辜的瑟菲多大人不該落入那樣的下場……最好的方式應該是以女王親自承認新政權的形式，讓她擔任不干涉政治的象徵性地位繼續留在我方的掌控之中吧。如果我們企圖斷絕悠久的王族歷史，就應該考慮到人民產生的反彈會比讓她繼續活下去更加嚴重。」

「如果你也有那種想法，那麼我就……可以暫時安心了。」

六合御覽。策劃這項史上最大事業的速墨傑魯奇的目標是徹底廢除王族制度與黃都二十九官，以及議會的民主化。

（但是只要六合御覽的勇者候補流血就夠了。不能讓女王與人民為此流血。雖然這或許是太過理想主義，太過天真的想法……）

他相信那是最好的方向。

為了防止陷入爭奪唯一存活的王族瑟菲多當傀儡的內亂時代——為了避免人民與瑟菲多本人被捲入戰亂的未來，必須擁立一位這個時代人人都在追求的嶄新象徵——勇者。

「……現在就在擔心獲勝之後的事有點太早了。對戰表都還沒有決定好吧。」

「就算如此，你也理所當然地會贏。沒錯吧。」

「若非如此，我就會怕得不敢上場啦。」

「製造出」看似公正的比賽，避開真正的危險。羅斯庫雷伊的陣營已經開始拉攏其他二十九官，逐漸形成最大的派系。

「……至少關於首場對決。」

星馳阿魯斯的擁立者，鍋釘西多勿。

擦身之禍庫瑟的擁立者，暮鐘的諾伏托庫。

與六合御覽的主辦者——絕對的羅斯庫雷伊聯手合作的不只有他們兩人。

「你與『已經談好』的勇者候補對上的可能性應該很高。」

橫行於地上的威脅互相殘殺之後，最後還站在場上的必須是人類(minia)的英雄。

策謀與暴力錯綜複雜地彼此交織的這項人類史上最大事業。那就是六合御覽。

三◇黃都西外城教會

少女走在林立於坡道住宅的山形屋頂上。若是從這個高度摔下去，免不了會受傷。然而少女卻連鞋子也沒穿，露出修長的雙腿。

栗子色的長長大麻花辮隨著其步伐，像條尾巴般晃來晃去。她的名字是魔法的慈。

「欸，利凱。我想問你一件事喔。」

她一邊走在屋脊上，一邊對下面的同行之人提問。

「別走在那種地方啦。」

厄運的利凱傻眼地說著。身為山人(dwarf)的他雖是名氣響叮噹的傭兵，不過在黃都的城市裡並沒有攜帶弓箭，而是做一身輕裝的打扮。

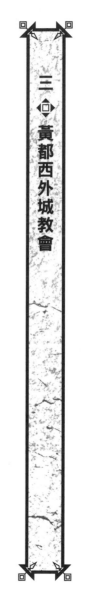

「雖然小慈摔下來也不會有事，但是別人看到會嚇一跳喔。」

「欸，為什麼有的房子屋頂很漂亮，有的卻破破爛爛的呢？」

慈之所以想走在高處，是因為可以從那裡清楚看到遠方的景色。對於一直在「最後之地」的那種荒涼景色中生活的慈而言，黃都的城市風貌想必一切都很稀奇吧。

「那得看有沒有錢修繕屋頂吧。雖然每個人的狀況都不同，但是貴族居住的區域就不會有破爛的屋頂呢。」
「像弗琳絲妲那樣的人就是貴族吧？」
魔法的慈也是參加六合御覽的勇者候補。她不僅無家可歸，甚至還無法確定她到底是不是人族。身為「魔王遺子」的她在擁立者弗琳絲妲的資助之下，得以在黃都過著自由自在的生活。
「第七卿……弗琳絲妲在貴族之中也是非常特別的一號人物。那個人是黃都議會醫療部門的部長。在這個國家裡，她搞不好是僅次於女王的有錢人喔。」
「如果變成那麼有錢的人，是不是就可以隨便去見瑟菲多了呢？」
按照慈的說法，她是為了與曾經遇過的女王瑟菲多再見上一面，所以才決定成為勇者候補參賽。而她之所以想那麼做，說不定主要是因為受到弗琳絲妲原本打算擁立的勇者候補——庫拉夫尼魯的唆使。
慈是位表裡如一的少女。至少她所述說的動機應該是真的。
（……但是，她為什麼想見女王？）
利凱與庫拉夫尼魯都不知道原因。個性天真爛漫，看起來對他人毫無隱瞞的慈也唯獨不肯透露這點。
身分不明，而且還具有龐大個人戰力的人物出於無法對他人透露的理由希望拜見女王。
不過，利凱絲毫不認為這位慈企圖暗殺女王。
「也不是沒有其他可以自由面見女王的方法啦。小慈。你知道我今天準備去哪裡嗎？」

「不知道喔！」

「妳不知道還跟來啊？」

魔法的慈是比利凱在傭兵生涯中見過的任何怪物都強大的存在，然而她的內心卻完全是個小孩子。或許就是因為如此，即使利凱與庫拉夫尼魯實在不能說是正人君子，她仍然像隻雛鳥般親近兩人。

「我要去『教團』的濟貧院。他們收容孤兒……還有無力撫養小孩的家庭的孩子，教授他們知識。像是歷史、認字，或是詞術與算數之類的。」

「聽起來好困難喔。」

「現在有的地方會教更難的東西喔。在黃都國營的學校裡，小孩子會學習更加複雜的……像是自然科學或經濟學之類的知識。瑟菲多女王也有上學，畢竟她才只有十一歲。」

「所以只要去那個叫學校的地方，我也能見到瑟菲多了呢。」

「那就得經過非常困難的考試喔。而且那也是跟念書有關的考試。」

「……我、我可能還是打六合御覽就好了……」

「或許那麼做才是對的。至少從第二輪比賽開始，女王就會親臨觀賞比賽。如果女王認識小慈，對方也許就會注意到妳。」

若想通過上學的手段接觸女王，身分問題就是個大麻煩。即使有黃都二十九官的推薦，以她的能力頂多也只能讀平民的學校。

如今拿岡迷宮都市的大學校已經被摧毀，像利凱這種暴力世界的住民或慈那種不知道是不是人族的存在已經不可能接受高等教育了。

——決定這片大地上最強存在的六合御覽。若要實現慈的目標，打贏那場戰鬥還比較實際。這個世界光與影的間隔就是如此地巨大。

「小慈，不是走那條路喔。」

「啊。」

沿著屋頂走的慈正朝著另一條岔路而去。不過，她立刻朝三樓的屋頂一蹬，身體在半空中翻了兩圈後再單腳落在石磚地板上。

那可是連雜技演員都做不到的高難度特技，但慈卻是毫髮無傷。

無敵。那就是六合御覽的勇者候補，魔法的慈所擁有的最強大特性。而且豈止是從三樓落到地面的衝擊，就連正面被攻城砲彈擊中，她大概連一點擦傷都不會有吧。

「哈哈哈，差點就要走散了。」

「話說回來，小慈妳根本沒必要跟過來。這原本就是我要辦的事。」

「利凱也有想見的人吧？」

「我只是去跟曾經照顧過我的夥伴打個招呼罷了。以前曾向對方接過與『教團』有關的護衛工作……」

「這麼一說，利凱的工作都是護衛或警備耶？」

「大部分都是如此啦。我可是天生就很擅長察覺到危險呢。」

利凱出身於傭兵之家。祖父與母親都是傭兵。正因為擁有如此純正的家世，他才會按照自己的標準，挑選他認為是幫助他人的工作。

當然，在現今的世道，像歐卡夫自由都市傭兵那種接委託時只衡量金錢不問善惡的人還比較多。

既然身處於敵我認知與正義的歸屬隨時都會變動的時代，利凱認為那也是一種值得尊敬的專業態度。但就算如此，如果本人都無法以自己的工作為傲，那又怎麼能將傭兵的技術與知識傳承給子孫呢。

這天他準備碰面的對象，就是幫助利凱建立起這種信念的恩人之一。

「到了喔。就是這棟房子。」

慈順著利凱的視線望了過去。

「屋頂破破爛爛的呢。」

「……是啊。我之前都沒注意到。」

他努力裝出不在意的樣子回答。

按響了門鈴後，看起來像是見習神官的年輕男子開門迎接兩人。

「呃，早安。禮拜堂在那邊喔，請問有什麼事嗎？」

「抱歉冒昧打擾了。我叫厄運的利凱。由於剛來到黃都，我想向木欒的艾天先生打個招呼……」

「啊，我是魔法的慈！」

後面的慈像是為了凸顯自己的存在似地跳上跳下。雖然以她的身高，原本就沒什麼必要這麼做。

「艾天先生啊……那個人很久以前就已經離開黃都了喔。」

「這樣啊。他被派到其他都市嗎？」

「不對，是離開『教團』。他說往後得開始做生意才行……不過我印象中聽說他去了利其亞……但是在那場大火之後怎麼樣就不知道了。」

「……這樣啊。狀況糟糕到連那個人都捨棄信仰了啊……」

利凱也不是相信詞神的教義。雖說如此，他仍然認為自己能理解對於被「教團」養大的人而言，形塑其人生的信仰在他們的心中占有多麼大的分量。

「現在已經沒有適任神官的人了，所以我才會被委託管理這間濟貧院。我叫繫菱的奈吉。」

「……這麼年輕？」

「是的。我已經大致記住教典，雖然完全沒有自信……」

年輕人不好意思地搔了搔後腦杓。他應該是一位善良的青年吧。不過——

（「教團」已經變成這副模樣了，他們還有辦法繼續推動社會福利與教育嗎？）

利凱轉頭望向身後的慈，慈則是眨了眨眼睛。

「沒有其他照顧過你的人嗎？」

「這裡應該沒有。我和艾天先生也是在黃都之外的地方透過工作認識。我只是在當時聽過他說自己在黃都西外城當神官的事。」

「這樣啊……」

「您都已經特地來了一趟卻見不到人。感覺真不好意思。」

「不對，我才是打擾您了。方便讓我進去做點捐獻嗎，雖然金額只能聊表心意。」

「咦？當、當然好啦！」

在突然恢復精神的青年帶領之下，兩人走進了建築裡。跟在後面的慈悄悄地向利凱商量：

「我是不是也該捐點東西啊？」

「不要吧。」

「像是蟲子蛻下的皮。」

「不要吧。」

他們經過了孩子們上課的教室。以「教團」在人族最大都市的設施之一而言，裡頭的人數似乎太少了。如果這是因為世上的孤兒與貧民孩子的數量減少，那或許是讓人開心的事。但實際上應該並不是如此。

接著，有個男人從走廊的對面走了過來。

利凱倒抽了一口氣。

「……你是——」

「哦，這不是厄運的利凱嗎。你帶了個不錯的小妞喔！」

利凱立刻在心裡回憶著懷中短劍的位置。

「喂喂，別那麼有敵意啦。」

對方聳了聳肩。那是一位將頭髮梳到腦後，嘴巴很大的男子。

「哈哈！反正你只要沒有拿弓，就只是一隻弱雞啦。」

「……或許吧。但就算我只是隻『弱雞』，要對付你這種程度的傢伙應該還是綽綽有餘。」

看到兩人的氣氛突然變得很險惡，帶路的青年膽顫心驚地問道：

「那、那個……利凱先生。您和灰境吉夫拉托大人彼此認識嗎？」

「『大人』？」

青年的話讓利凱皺起了眉頭。

灰境吉夫拉托。公會「日之大樹」的首領。利凱認識這個男人。

「這群傢伙……是偏僻鄉下的下三濫惡棍。自從兩年前的那次工作之後，我就決定不再信任『日之大樹』那些人。他怎麼會叫你『大人』？吉夫拉托。」

「竟然把別人心愛的故鄉……哈哈！說成是偏僻鄉下。你的招呼還真有禮貌啊。」

吉夫拉托大模大樣地走了過來，從近距離俯視著利凱。即使身穿符合上流階級的裝扮，那種特別的粗暴氣質仍然與利凱過去看到他時沒有兩樣。

「不過，你說得沒錯啦。」

從邊境的村莊崛起，近年來快速嶄露頭角的「日之大樹」自稱是公會。他們裝成自己是很有本事的傭兵集團，大多數市民也相信這點。

但實際上那些人的暴力所對付的目標，只有在他們勒索能力範圍之內的弱者。

「那個，利凱先生……」

「如果你是這裡的管理人，那就聽好了。以前有位富農委託我護衛他的女兒。我接到護送她出嫁的任務。雇主在當地僱用的接頭對象正是『日之大樹』。我完成了護送任務，將女孩交給這些傢伙。然而——」

雖然只接觸了很短的時間，但我知道那是一位個性開朗，喜歡照顧人的女孩。我認為她在夫家也能過著幸福的生活。

「然而『不知為何』，那名女孩的手指被送到了富農的家裡。那位應該被我確實護送到目的地的女孩竟然被山賊擄走。富農散盡家財贖回女孩，但是她的那副模樣已經不能給未婚夫看了……不久之後，她就死了。」

「哈哈！聽起來真是不可思議！但是這跟想把過去工作的失誤推到別人身上的雜碎傭兵比起來，不知道哪邊比較不可思議呢。」

「我不想——」

利凱拉起了兜帽。

「——害孩子們居住的屋子被血弄髒。到外面去。我要你這個首領負起你們工作的責任。」

「為什麼那些自以為是的傢伙說的話每次都很像呢。」

吉夫拉托收起笑容，一隻手按在長劍的劍柄上。

「有本事就『在這裡打』啊。」

「等一下啦！」

有個人介入了這個一觸即發的空間。是魔法的慈。

「在裡面或外面都不行吧。還有，利凱！」

慈突然指著利凱。

「不要還沒聽別人解釋就想動手砍人啦！」

「哎，小慈……妳沒資格說那種話吧！」

之前慈與利凱曾在「最後之地」爆發一場戰鬥。然而就在身為「魔王遺子」的魔法的慈聽過他們的說明之後，就發現那是根本沒有必要的爭端。

「學習！我也是會學習的！所以利凱也應該學著點！」

「就這樣改變態度未免太狡猾了吧！」

「……那個。」

對現場狀況感到畏懼的見習神官青年怯生生地從後面向兩人解釋。

「吉夫拉托大人向這個設施做了不少捐獻。在目前這種情況下，我之所以能獨自經營下去，幾乎都是多虧了吉夫拉托大人的幫助……」

「……你說什麼？」

「所以我覺得你們雙方或許是有什麼誤會……還請把劍收起來。至、至少在這個地方，可不可以尊重一下詞神的教誨呢……」

利凱再看了吉夫拉托一眼。

這個人實在無法信任。他有可能像過去的護衛任務時那樣，身懷某種卑鄙的企圖。然而利凱目前還看不出來對方特地拉攏實力衰退的「教團」，能得到什麼好處。

「你有什麼目的。」

「目的？捐獻還需要目的嗎？」

吉夫拉托挑釁地吐了吐舌頭。

「——我對小孩子可是很溫柔的。這裡的孩子們都很乖喔。讓人不禁想給他們點零用錢呢。」

「……」

「就是那種眼神啦。像你這樣的人總是……擅自對別人的所作所為下定論耶？出身良家的乖寶寶。你又懂我什麼了？現在竟然還翻出舊帳，把無關的人也牽扯進來。」

「喂，吉夫拉托你也是！」

慈插嘴進來。她不是個會被暴力嚇倒的人。

「你說過頭了。就算再怎麼討厭利凱，那也和『教團』沒有關係吧！如果你有什麼意見，直說就好了嘛！」

「……妳是什麼東西？」

「魔法的慈！」

散發淺淺光芒的綠色眼睛直視著吉夫拉托。那不是人族的虹膜。

灰境吉夫拉托再次緩緩將手擺在長劍的劍柄上。

那是威脅性的舉動。如果只看用以誇耀暴力的本事，他或許比利凱那種正牌傭兵更加在行。

「……我是灰境吉夫拉托。勇者候補。被邀來黃都參加六合御覽。」

慈對吉夫拉托的舉動絲毫不為所動。她看起來彷彿根本沒有察覺那個動作。

「原來是這樣啊！那我們都一樣嘛。我也是勇者候補喔。」

慈露出花朵般的燦爛笑容，伸出了一隻手。

「我們搞不好會對上喔！請多指教！」

吉夫拉托沒辦法握手。他的手指仍然按在劍柄上。

「像妳這樣的女人是勇者候補？」

「是真的。」

利凱低聲說著。

「反正等到對戰表公布之後你就知道了。慈可是受到第七卿弗琳絲妲擁立的正式勇者候補喔。」

「哈哈！這個女人比你還強啊？卑微到這種程度未免太好笑啦，厄運的利凱。」

「哼、哼哼哼哼……你說她比我還強？——錯啦。」

利凱笑了。他沒想到自己竟然在吉夫拉托的面前笑得出來。

「『是比我和真理之蓋庫拉夫尼魯加起來』還強。」

「……」

「呃、呃……」

場面繼續維持沉默。站在奇異少女面前的吉夫拉托沒辦法移動。另一方面，慈也不知道該拿那隻伸向吉夫拉托，還停在半空中的手怎麼辦。

「真讓人不舒服。」

吉夫拉托退讓了。將靠在劍柄上的手指插進口袋，賣弄似地扭了扭脖子，發出喀啦喀啦的聲音。

「我下次再過來。」

「啊，好、好的……麻煩您了。」

吉夫拉托看也不看頻頻點頭哈腰為他送行的見習神官，逕自離去了。

慈仍然維持著伸出手的姿勢，僵在原地。

「吶、吶，利凱……」

「小慈，謝謝妳阻止我。」

利凱代替吉夫拉托握住了那隻手。只見慈開心地將手甩來甩去。

「……我確實不夠冷靜……只因為討厭對方就完全不願理解對方正在做什麼，這是不對的作法呢。」

「就是說啊。搞不好吉夫拉托也是個好人喔？」

「有可能呢。」

——小慈可能真心那麼想吧。

她一定是因為經歷了那天的成功而開心不已。就是利凱與庫拉夫尼魯打算討伐身為「魔王遺子」的自己，雙方卻透過對話而互相理解的那場體驗。

所以她現在不但仍然與利凱很親近，還想在黃都遇到的對象身上追求那樣的體驗。

傭兵經驗豐富的利凱知道世界並不是那樣的。慈在「最後之地」打倒的那些人，應該絕大多數都是一群即使有心溝通也毫無意義的傢伙。

雖然利凱在那天沒有見到恩人，但他還是捐贈了超過原本預定的金錢。

他也沒有把與自己同行的慈趕回去，而是讓慈待到太陽下山。

利凱望著與孩子們玩在一起的慈的背影，心中想著：

（……搞不好，嗎……）

吉夫拉托的「日之大樹」是一個發跡於邊境村莊，迅速建立功績而地位竄升的組織。據說那是一群沒有才學也沒有家世背景的年輕貧民所組織的公會。毫無靠山的那些人若想獲得成功，除了接下過去「黑曜之瞳」所負責的那種不名譽工作以外，可能別無其他手段。

生於汙濁之人必須透過骯髒的手段才能生活。光與影的世界之間的間隔就是如此巨大。

世上有著得不到黃都居民關注的窮困「教團」成員。有著連那個「教團」都沒辦法照顧到的孩子們。有著只有暴力這種手段的邊境貧民。還有著慈一直守護，被留在「最後之地」的犧牲者。

（我應該無法原諒吉夫拉托。但是——）

利凱是傭兵。他選擇了值得自傲的工作。

而他有辦法拯救任何一位那種底層之人嗎。

（——我也想相信每個人都是有救的啊，小慈。）

四◇焦躁

蕾夏是真心愛著擦身之禍庫瑟。

即使庫瑟總是忙著巡迴各地，每年只會來到她所待的濟貧院三次，即使她的年紀才剛滿十歲不久。身為淑女的她仍然真心愛著庫瑟。

然而就算蕾夏毫不隱晦地將那股感情向老師或朋友表白——甚至是庫瑟本人，不知道為什麼都被當成了玩笑話。

「我真的愛您啊，庫瑟老師。」

她靠在那寬大的背上，傾訴著愛意。庫瑟這時正讓一位年紀小的孩子坐在大腿上，教授教團文字。他穿著一如往常的黑衣，頂著一如往常的亂糟糟頭髮，蓄著一如往常的邋遢鬍子。

「我喜歡老師的一切，連鬍子都喜歡。」

「就說不要叫我老師啦。」

庫瑟傷腦筋地笑了。

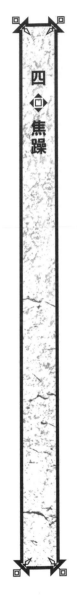

我又沒有要煩他，而且怎麼稱呼才不是重點啦。

「而且叔叔我只有這個時候才會待在黃都。別找我這種一把年紀還成天到處亂晃的男人，去找個更好的人當丈夫啦。」

「我覺得自己是個大美女喔。」

「嗯嗯。叔叔我去過很多城市。在我見過的十歲孩子裡，可能沒有比蕾夏更漂亮的美女了。」

「不要只跟十歲的孩子比！」

蕾夏站了起來，雙手叉腰。

「要說我和大人比也是美女！」

「嘿嘿，是啊……」

蕾夏的頭髮總是梳得很漂亮，也很用心保養肌膚。用的是從以前那位神官學來的，使用黃柳草莖汁液製作的化妝水。其他小孩子玩遊戲時動作很粗暴，衣服很快就弄破了。但蕾夏不會那樣。她選了一套貴族難得捐贈，以優質布料縫製的舊衣。每當庫瑟造訪時都會穿上那套衣服。

由於她很漂亮，因此比同年紀的其他人都更早決定好收養家庭。

「我有胸部，而且輪到我負責做料理時也能獨立完成，所以可以立刻嫁出去喔。儀態則是再學一陣子就很完美了。」

「蕾夏根本還是個小不點嘛！」

正在玩羽毛陀螺的男生們起鬨著取笑她。

「今天來的那位大姊姊漂亮多了！」

「要說自己是大人，至少長到那種程度吧！」

「笨蛋！你們都是笨蛋！變態！閉嘴啦！」

男生們一直都很幼稚，根本什麼都沒在想。

我的感情明明就很認真，他們太過分了。

「這樣啊，有個女孩子來跟你們玩。她是什麼樣的女孩子呢？」

「不知道。她說自己叫魔法的慈之類的……太過分了。竟然露出那麼多的腿。胸部也……討厭，下流！差勁！我不想回想她！」

「……魔法的慈！」

庫瑟喃喃道。

「是弗琳絲姐那邊的候補者。」

「庫瑟老師，您認識她嗎？」

「哦，這個嘛。是啊。我從『認識的人』那邊聽過她。她溫不溫柔呀？」

蕾夏以外的孩子們紛紛回答：

「很溫柔喔！」

「她一下子就能爬到樹上拿球！很厲害耶！」

「雖然寫字方面我比較厲害。」

「她的胸部很大喔。」

「差勁！」
蕾夏狠狠踢了一個男孩子一腳。這樣不行，得端莊點。
「她會寫教團文字啊。是誰教她的呢？」
「呃～」
「……我記得她有說過。」
蕾夏的記憶力很好，所以記住了慈說過的話。
「是她『爸爸』教的。」
「哦……」
「厲不厲害？我是第一個回答的喔。」
蕾夏再次緊緊黏著庫瑟，如此說道。
庫瑟和其他大人不同，不知為何身上有股暖爐灰燼的味道。對於蕾夏而言，那是一種令人安心的氣味。
「這樣啊。蕾夏總是會仔細觀察其他人。妳是大姊姊嘛。」
庫瑟一邊撫摸蕾夏自傲的頭髮，一邊說著。蕾夏覺得那麼一句話就讓自己心中感到暖意，一定是因為庫瑟愛著自己。
「那個，庫瑟老師。娶我當妻子有很多好處喔。」
不久之後，蕾夏就會被遙遠的人家收養。那是一個沒有子嗣可以當繼承人的邊境富裕家庭。

因為蕾夏很漂亮，她對此也引以為傲。

但是這樣一來，她就再也見不到巡迴各個「教團」據點的庫瑟了。

「我每天都會做有花香的蛋料理給你吃喔。」

「嘿嘿，每天都吃蛋啊……」

「還會用昂貴的化妝品……打扮成可以讓你向其他人炫耀的美麗妻子喔。」

「一定可以的。」

蕾夏改成坐到庫瑟的大腿上。小的時候，在庫瑟變得如現在這樣忙碌之前，他總是不厭其煩地讓蕾夏這麼做。

坐在大腿上的蕾夏的頭與庫瑟的現在已經位於同樣的高度，她是大人了。

「我也會幫你打理鬍子。」

「哎呀，妳以前明明很喜歡摸耶。」

「既然娶了個好妻子，你就不能再一直這麼邋遢啦。」

其實她到現在仍然喜歡庫瑟邋遢的鬍鬚。

「我們要建一間小小的房子……我們的家。我這個妻子會好好注意，不讓壁紙剝落或裂開。天氣冷的時候，還會從白天就燒暖爐喔。」

「那真是太棒了。」

「還有，庫瑟老師。啊啊……」

蕾夏深愛著庫瑟，讓她無論想像多少美妙的結婚生活也不夠過癮。

即使那是蕾夏不可能獲得的未來。

「庫瑟老師會變得非常幸福喔。」

她撫摸著與自己高度相同的臉，露出了微笑。

就像是比任何人都更加美麗，比任何人都更加幸福的一位妻子。

「你會很幸福，比世界上的任何人更幸福。」

「嘿嘿。哎呀，蕾夏妳呀……抱歉……」

庫瑟撇開了眼睛，擒著眼角。

「抱歉喔。」

「啊啊！蕾夏弄哭庫瑟老師了！」

「都是因為妳害他傷腦筋～！」

「蕾夏每次都是這樣！」

「討厭！囉嗦！我……我很認真耶！笨蛋！」

蕾夏稍微感謝又一次起鬨的那些男生們的幼稚。

因為如果她流出了淚水，也可以說服自己是在生那些男生們的氣。

◆

黃都的夜晚。

即使地面上的道路籠罩在煤氣燈的光明之下，遍布於橋梁底下的水道仍然相當陰暗。

因此就算有重傷者倒在那裡，也很難有人聽到他的聲音。

「……喂。」

一名男子被五花大綁，橫躺在水道邊，庫瑟在他身旁蹲了下來。

他看起來就像是個手無縛雞之力的善良中年男子。

「蕾夏認為被你領養是件值得驕傲的事喔。」

據說他是邊境富裕之家的家主，膝下沒有繼承人。

全都是謊言。

此人偽造身分，收養容貌出眾的孩子。再以駭人聽聞的目的販賣孩子。

在「教團」喪失權威，缺乏力量進行調查的現況下，很難看穿以那種目的接觸教團的犯罪者意圖。因此不能責備負責監督的青年。

從幾年前開始，就經常能聽到「教團」的孩子流落到黑社會的悲劇。那些話題助長了蔓延於社會上的迫害「教團」與排斥貧民的風潮，結果更是逐漸奪去「教團」拯救人民的力量。形成惡性循環。
「她覺得自己之所以能被領養，是因為她長得最漂亮……」
白色的天使坐在橋上的煤氣燈上，望著庫瑟。
男子已經失去意識，聽不到庫瑟所說的話。
「為什麼她無法得救呢。」
蕾夏有獲得幸福的權利。而那份幸福差點永遠地被奪走。
人們的心中有著拯救他人的意志。
那是詞神給予的祝福。庫瑟堅信那是確實存在的。
「蕾夏真的是個好孩子……」
這個男人只是個隨處可見的小混混。這樣的罪惡從過去就存在。庫瑟所能看見的只是這個世界一小撮理所當然的現象。
擁有力量的人會從最弱小的人身上奪取利益。
暴徒襲擊濟貧院，奴隸商覬覦孤兒。
黃都將人民的指責導向了「教團」。那些沒有犯罪，虔誠過生活的人們全都為了自由自在過生活的人們的秩序而被迫殉教。
庫瑟虛弱地笑了。
「……嘿嘿。」

——『你要殺他嗎？』他彷彿聽到了這樣的聲音。

庫瑟轉頭朝橋上的煤氣燈望去。靜歌娜斯緹庫正注視他。

「沒關係啦。」

他彷彿嘆著氣似地回答。他不想殺人。每次都是如此。

擦身之禍庫瑟是無敵的。在這個世界上，唯有庫瑟獨自受到能一視同仁地對所有存在賜予死亡的絕對權能守護。那是只能殺害敵人，卻來不及救他真正想救對象的力量。

「終於來得及了。而且沒有害死任何人……」

他放下了心中的大石頭。蕾夏已經安全了，這就夠了。

庫諾蒂與羅澤魯哈死去時，庫瑟都放棄了。他認為那是已經發生的悲劇，不得不接受結果。

那些死去的人與蕾夏一樣，都是庫瑟很重要的人。所以如今他救回了蕾夏，應該感到高興才對。

「嘿嘿。我明明應該笑才對……可是為什麼……」

「——因為你在恐懼啊。庫瑟先生。」

水道通過的橋梁正下方。從黑暗的深處傳來了另一個聲音。

聲音的主人是一位灰色頭髮的小孩。乍看之下年紀與孤兒們差不多。

他的名字叫逆理的廣人。

「在我看來，庫瑟先生正在感到恐懼。能夠以人類力量改變未來的可能性，有時候比無法改變的過去更加讓人害怕。因為那會讓你想著，如果當初稍微晚了一步……」

在橋下逮住男子的是廣人的軍隊。

庫瑟只是事後才抵達。

「在你還沒放棄時及時解決真是太好了。」

「……是啊。你說得沒錯。我確實是那麼想的。」

「另外，庫瑟先生之所以感到恐懼的原因不僅如此。你正在想著……這樣的事情是否發生在『目前』各地的教團裡……自己只是沒看到罷了？自己是不是對只要伸出援手……應該就能得救的孩子們見死不救？」

「嘿嘿。你這個人真壞呀，廣人大師。」

再怎麼說他都是以殺手身分與黑社會有所接觸的人。庫瑟不只一次聽過「灰髮小孩」的名號。這樣的人物在自己的六合御覽對戰對手尚未決定前就主動進行接觸，其目的當然不言自明。

「那就是你把這傢伙的情報免費送給我的目的嗎？」

「——以我們的力量，要追蹤整個地表上所有『教團』孩子的去向是辦得到的事。我們也已經掌握了好幾個組織的情報。」

庫瑟佇立在那裡，低頭看著渾身是血的男子。

如果今天來不及趕上，不知道蕾夏會變成什麼樣子。在這個時代裡，到了明天有某個庫瑟珍惜的孩子淪為犧牲品也是不足為奇的事。

「……不夠。只有那樣是不夠的。」

在白色天使的注視之下，庫瑟踏入廣人所站的橋梁影子裡。

「我要開更高的條件。既然你有那樣的力量，拜託救救『教團』的所有人吧。六合御覽結束之後，如果你們獲勝。請讓我們的……拯救我們的詞神信仰能夠繼續延續下去。讓孩子們都能安全地離巢獨立。」

「為了維持文明社會的運作，人民的教育與社會福利是不可或缺的。」

廣人認真地如此回答。

看穿對方真正想要的東西，讓對方相信未來有實現的一天，那就是政治家的特殊能力。

「或許黃都打算以另一個行政機關取代那項機能。但就算從不信教的我看來，在既存的『教團』地基上建立起那種機關的效率高太多了。對於我們而言，那就是讓『教團』延續下去的原因。」

「……嘿嘿。你辦得到嗎？」

「我已經以辯論的力量操縱了歐卡夫自由都市。我向你保證，我一定會好好保護『教團』，去除目前對你們的迫害。」

「如果……如果能變成那樣，那就真的太好了……」

「我們在十六個出場名額之中已經掌握了兩個。你是第三個。」

無論庫瑟信不信，他現在除了與廣人聯手以外已經別無其他辦法。為了在現實層面上拯救整個「教團」，他至少需要國家級規模，大得超乎現實的力量。
更重要的是。
（……吶。有在做計畫的，不只是像你們那樣的強者喔，逆理的廣人。）
——為了庫瑟參加六合御覽的「真正目的」，他需要借助對方的力量。
拯救「教團」的信徒與整個信仰。庫瑟只有這個願望。
不計任何代價。
「——和我聯手吧，擦身之禍庫瑟先生。」
「我明白了。讓我加入吧。」
他握住了對方伸出的手。廣人的手很小。就像是庫瑟所認識的那些孤兒們的小手。

五 回 幾米那市

這天是第三戰開始的十二天前。第三戰的狀況與駭人的托洛亞、星馳阿魯斯、冬之露庫諾卡等人盡皆知的傳說登場的前兩戰不同，鮮少有人認識在這場對決裡交手的勇者候補之名。

——「客人」劍士，柳之劍宗次朗。來歷不明的混獸（chimera），善變的歐索涅茲瑪。

他們是讓人無法理解的無名強者。

黃都市民甚至連一睹歐索涅茲瑪身影的機會都沒有。牠就像是徹底隱匿關於自己的一切情報，待在距離黃都不遠處的幾米那市。

幾米那市是一座風貌與黃都大相逕庭的大都市。

磚瓦砌成的建築物之間有著田地，馬車往來的車道上以一定的間隔種了行道樹。將受到管理的自然低調融入文明之中的那副景象，具有與繁華的黃都街景幾乎完全相反的氣氛。

這個幾米那市也是隸屬於黃都議會的都市之一。有位二十九官在這座城市裡擁有巨大的宅邸。那是一名身材渾圓肥胖，但又平易近人的大漢。他是第十四將，光暈牢尤加。

從幾天前開始，他的宅邸就存在著一隻奇異的野獸。

「你一直都很忙呢，尤加。」
「還好啦，鎮壓叛亂這種事光靠上場打仗是不夠的啊。畢竟現在我還得想辦法壓制舊王國主義者。」
那是一隻讓人聯想到流線造型的狼，長著銀色毛皮的八腳獸。善變的歐索涅茲瑪。
就連不擅長政治角力的尤加也有所自覺，他是因為陷入逆理的廣人在暗地裡的操作，結果受其引導而擁立歐索涅茲瑪。
「其他武官只要在戰爭時期出力就好，但我的工作絕對是更加麻煩。」
「辛苦你了。」
「哎，幸好我不需要花心力在歐索涅茲瑪的身上。西多勿與哈迪他們似乎就很累了。」
即使扣除擁立的來龍去脈與歐索涅茲瑪本身的性格，歐索涅茲瑪與尤加之間也是意外地合拍。
歐索涅茲瑪對個性溫厚、氣度寬宏的尤加頗有好感。另一方面，尤加也非常感謝雖然具有怪異的外型卻沒有提出過度的要求，乖乖待在這個幾米那市的歐索涅茲瑪。
也因為尤加對歐索涅茲瑪擁有的淵博知識展現出興趣，即使無法完全理解歐索涅茲瑪所說的東西，他仍然是一位能坦率地對那些內容表現佩服與驚訝的優秀聽眾。
「不管怎麼說，總之我防患於未然，阻止了大型的暴動。讓六合御覽可以順利召開了。」
在二十九官之中，尤加負責管轄的是國家安全部門。

他所提防的不是外敵，而是內部的敵人。他總是率先出動鎮壓叛亂與暴動，視情況還有可能肅清自己國家的國民。那雖是維護國家安全不可或缺的存在，如此的工作卻也絕對不可能讓他成為檯面上的英雄。

不過對於那項性質與自身穩重脾氣正好相反的工作，光暈牢尤加並沒有表達不滿，而是妥善地完成了那些工作。

「包含擁立我這種混獸在內……你不覺得自己被硬塞了很多吃虧的要求嗎？」

雖然歐索涅茲瑪信賴尤加的人格，但牠也感到一絲的不安。

此人會不會因為那種無法拒絕別人的溫柔性格，導致其內心累積了不滿呢。在緊急時刻，那種情緒有可能會成為歐索涅茲瑪預料之外的破綻。

「沒有那種事啦，我是自願的。像我這種人意外地適合做這行呢，畢竟我很擅長什麼都不想。若是讓會動腦筋的人來做這個工作，剛開始時可能做得很好，但之後應該就會漸漸做不下去。」

尤加將肥胖的身體塞進大椅子裡，自言自語地說著。

「說什麼非得使用叛亂或暴動那種手段不可的人，大多是些弱小的傢伙。」

「……是啊。無論他們背後的人物心懷什麼樣的陰謀……那種被推上火線的人，永遠都是被逼得走投無路的弱者。」

即使深知那種壓榨關係的結構，他仍然能果斷地為盡到自己的責任而揮舞刀刃。仍然能為了不讓他人背負罪惡感而運用自己的強項。

歐索涅茲瑪明白尤加就是那樣的個性。

「既然如此，你對『教團』又是怎麼想的？」

「我們不是在聊舊王國主義者嗎？『教團』啊……這個嘛。我想企圖顛覆現況的人應該有很多吧。不過他們不像是舊王國主義者或利其亞餘黨，警戒的比重不算很高。」

「在組織力上，我認為他們具有相當程度的力量喔。」

「那只是就組織力而言啦。但以現況來說，如今的『教團』幾乎沒有純粹施展暴力的戰士。當然，他們在歷史上有過一段配屬大量聖騎士階級人員，軍事力與當時的王國平起平坐的時代。但現在都沒有了。詞神的教義造成了如此的結果。」

「也就是說由於遵守教義……他們的利牙在經歷漫長的時間之後被拔光了吧。」

「雖然說那應該不是為現在這種情勢而預作的準備啦。王國之所以一直在武力方面庇護『教團』，有部分也是抱著由國家負責武力，讓『教團』能專心於宗教事務的想法。不過王國這麼做的真正用意，或許也是讓他們在緊急時刻仍然能牢牢握住『教團』韁繩。」

然而因為「真正的魔王」，王國喪失了原本應該撥出來庇護他們的力量。人們對誰也無法得救的災厄心生憤怒與悲傷，成為其發洩對象的「教團」已是奄奄一息。

當原本應該握住韁繩的王國毀壞之後，如今的他們就是綁在獸欄裡活活被餓死的家畜。已經沒有反抗國家的力量了。

「謝謝。我對現在的情勢有了更進一步的了解。」

「我又沒說什麼大道理，你怎麼每次都那麼恭敬。歐索涅茲瑪可是勇者候補，多擺點架子也沒關係啦。」

尤加開玩笑地說。

「我和你是對等的合作關係。」

「哈哈哈，說得也是呢。」

是對等的。即使面對逆理的廣人，歐索涅茲瑪也不是請求對方指示的那一方。歐索涅茲瑪一步也沒有離開這個幾米那市，同時透過無線電通信持續接收黃都那邊有可能與自己對戰的勇者候補……或是其合作對象的情報。

另外也有必要知道「教團」的狀況。

（「教團」的勇者候補是擦身之禍庫瑟。他擁有對攻擊自己的生命自動發動的秒殺反擊能力。）

如果他真的擁有那種力量，那麼此人確實就是最強的勇者候補之一。

只要逆理的廣人仍然於幕後操縱，庫瑟與歐索涅茲瑪應該就不會在對戰表上被安排在同一場對決之中——但即使歐索涅茲瑪動用牠的祕密王牌，如果事前沒有得知那種能力的性質，就有「陷入苦戰的可能」。庫瑟的能力就是如此強大。

（——沒有錯，「教團」並不具備足以顛覆現狀的實力。廣人他果然……具有看出需要他的力量的人，並且與其接觸的傑出才能。）

或許，那是一種在無意識之中發動，可以讓他察覺未來事件發生的預兆，甚至左右關鍵邂逅的特殊能力。至少，要讓只是個毫無靠山的混獸歐索涅茲瑪參與這場戰鬥，與他的相遇和合作關係是不可或缺的。

廣人與歐索涅茲瑪是對等的關係。歐索涅茲瑪並不是為了他的陣營而戰。也不是為了尤加。歐索涅茲瑪投身於六合御覽的目的只有一個。

「不過啊，歐索涅茲瑪。你一直待在這個屋子裡，不會很無聊嗎？我想混獸在這方面的感覺與人類應該沒有太大的差別才對。」

歐索涅茲瑪身為勇者候補卻沒有現身於黃都，而是一直逗留在這個幾米那市。那是因為牠收到情報。除了廣人陣營與黃都之外，還有其他正在試探勇者候補戰力的組織。牠無論如何也不能在與那種襲擊者發生交戰的情況下亮出自己的「祕密王牌」。

「……這個嘛。我不是要擺架子……但在我離開幾米那市前往黃都時，有件事想拜託你。」

因此，這是與戰略或目的毫無關係，純粹是出於歐索涅茲瑪個人好奇的要求。

「魔法的慈。我想請你讓我見一見自稱這個名字的候補者。」

◆

……接著時間來到第三戰的五天前。正午的這個時刻，幾米那市內相當安靜。

但與此同時，城市裡卻存在著將道路擠得水洩不通的人群。沉默的群眾散發出詭異的壓迫感，讓整個城市都陷入了沉寂。

隔著依山而建的宅邸窗戶，可以看到外頭的模樣。

「嗯～事情變得很不妙呢。」

這裡是宅邸一樓的大餐廳。尤加看著窗外的狀況自言自語著。歐索涅茲瑪則是回答：

「他們看起來不打算停下腳步呢。」

歐索涅茲瑪可以推測出這些群眾的的身分。

「——是舊王國主義者吧。」

「應該沒錯。」

湧入幾米那市的舊王國主義者的目標是光暈牢尤加。

平時充斥店鋪吆喝聲的熱鬧街道靜了下來。攜帶武器的群眾隨著時間逐漸越聚越多。從這天的早上，那股浪潮就不斷在增強。

「一般來說，這類行動都會製造出聲響。嗯。像現在這種情況，來的人都算是玩真的。你沒聽到怒吼聲或有誰在發表演說吧？……不過就算對歐索涅茲瑪說這些，你應該也聽不懂。」

「……不，我能理解。當人下定決心準備行動，就不再有鼓舞自己的必要。那不是受到恐懼或憤怒驅使，而是有組織的行動。」

經常率先出動鎮壓暴徒的尤加遭受他們那種叛亂勢力的強烈憎恨。站在暴動指揮者的立場，他是必須優先排除的戰力。

隨著破城的基魯聶斯遭到處死，舊王國主義者失去了主要成員。然而一度遭到肅清的他們竟然在舉行第三戰的五天前無預警地集結。

（就算待在黃都以外的地方也未必安全。對方真正的目標有可能是我。）

當然，即使幾萬名這種程度的烏合之眾一擁而上，也不可能殺死善變的歐索涅茲瑪。但是牠的擁立者尤加就另當別論了。

「有人在幕後策劃。這是受到指使的暴動。」

「嗯～反正這時候思考再多也沒有意義啦。得先處理目前的狀況才行。思考這種事之後再留給其他人去做吧。」

「——我可以上場。」

「不行不行。鎮壓暴徒是我的業務管轄範圍。我可不能欠歐索涅茲瑪人情。」

尤加已經穿上紅色的輕型甲冑。那是頂多能保護要害不被弓箭所傷，非常簡單的鎧甲。

「不過，你現在打算先脫離這裡吧。我和你是對等的關係。請讓我來替你爭取時間。」

「哈哈哈，真拿你沒辦法。我本來打算自行脫困呢。」

「……這棟屋子的後方是山。你應該準備了可以通往那邊的暗門吧？」

「真虧你知道得那麼清楚。」

「推測的。」

尤加的宅邸背對聳立的山丘。為的就是在遇到這類的意外襲擊時，可以將需要防禦的方向侷限在正前方。這種想法很有武官的風格。

即使襲擊者發現了通往山裡的暗門，尤加判斷他們能布署於在地形複雜的山林中的兵力也會比正面的少。

「在抵達山路之前，讓我與你同行吧。我會確保後方的安全。而你則是在脫離此地之後召集士兵，揮軍攻打回來。我們分工合作。這樣沒問題吧。」

「那就麻煩你了。但你不是不想在對決之前就亮出底牌嗎？」

「該擔心那點是我。交給我就可以了。」

「好啊。就這麼辦吧。」

兩人之後的動作相當迅速。雙方都是經歷無數戰場的戰士。

從隱藏在宅邸地下的暗門穿過木造通道之後，兩人出現在深山之中。他們摧毀以樹叢偽裝的出入口，沒有多說廢話就在濕滑的岩石上拔腿狂奔。

歐索涅茲瑪跑在尤加的前面，確保山路安全。身後的宅邸遲早會被放火焚燒。若是能在演變成那樣的結果之前平息狀況，那就再好也不過了。

「讓我們復興王國！」

「把二十九官逐出議會！」

「拿下第十四將的人頭！」

民眾的聲音依稀從遠方傳來。

他們那種群眾並不是真正的威脅。襲擊者之中應該參雜了根本不是舊王國主義者的人。那些是被煽動、被壓迫、被利用的不順遂與不滿的人們。

（被推上火線的人……是被逼得走投無路的弱者。）

如果這是一場計畫性的襲擊，那麼正門那群人八成是佯攻部隊——

咻。一陣風切聲響起。從三個方向同時傳來。歐索涅茲瑪高速疾奔，將穿過樹林射過來的箭矢全數「接住」。

牠丟下箭矢，如此斷言：

「小嘍囉。」

以異常精密的動作捏住飛箭箭身的那些指頭並不是出自於歐索涅茲瑪的八隻獸腳。而是其背上毛皮的裂縫中湧出的人類手臂。

乍看之下不像混獸的歐索涅茲瑪在那巨大的身體內部收納了無數的人類手臂，宛如讓人看了會作惡夢的刺胞動物。

「——敵方的戰力就只有這點程度嗎？」

「他們也只能躲起來狙擊吧。畢竟若是身處於山裡，他們自己也沒辦法發動火攻。」

箭矢瞄準的明明是自己，尤加的聲音聽起來卻仍然是一派輕鬆。

而且他還一邊說話，一邊從後面衝過歐索涅茲瑪。他從狙擊手剛才的彈道判斷其位置，一直線地在熟悉的山中狂奔。

第二波的狙擊射向奔跑中的尤加。太慢了。歐索涅茲瑪的機動性比箭矢還高。無數的手臂宛如一道牆壁擋住箭矢的去路。尤加已經抵達狙擊手的面前。

「光暈牢的——！」

被拉近距離的弓箭手大喊著。

那三個人恐怕根本沒想到自己會死，而且其生命竟然會結束得如此突然吧。只見彎曲的短刀冷光一閃。

「唔——」

尤加短刀一揮切斷了腹部動脈。刀刃勾住小腸，拉出肚子。

「抱歉啦。」

他看起來一點也沒有感到抱歉的樣子，但還是如此平淡地說著。尤加繼續衝向山裡。跳躍，加速，製造致命傷，接著脫離。手法又快又流暢。

這一連串的動作帶有無法從那肥胖的外表想像的高超身手。

「……不愧是二十九官。」

當然，歐索涅茲瑪這時也結束了攻擊。牠瞬間就解決掉其他兩名狙擊手，採集了第一個人的優秀背闊肌，第二個人狀況良好的肺動脈。喉嚨被扯開的他們連哀號聲都發不出來。

牠待在原地，目送尤加逐漸遠去。

「好了。我就一邊警戒後方的追兵……一邊做事吧。」

歐索涅茲瑪露出了收納在體內的機械。是一架大型的無線電通信機。

那就是牠讓尤加先走一步的原因之一。歐索涅茲瑪雖是獸族，卻能以超越人類的精密程度操作無線電。

「你掌握狀況了嗎，基其塔・索奇。襲擊勢力是舊王國主義者。」

『……終於連絡上你啦，歐索涅茲瑪閣下。雖然只要躲起來不進入黃都，遲早會有人亂來……但這還真是夠誇張的。』

「不管怎麼說，這都不是普通的暴動。我也是如此判斷。」

『我先告訴你我的猜測。在那群傢伙背後的，十之八九是黃都第二十七將。應該是叫彈火源哈迪吧。那是擁立歐索涅茲瑪閣下第一輪比賽的對手——柳之劍宗次朗的武官。』

第三戰是歐索涅茲瑪與宗次朗的對決。

既然如此，他會想事先剷除對戰對手也是理所當然。只不過——

「黃都的官僚有辦法操縱反黃都的舊王國主義者嗎？」

『失去破城的基魯聶斯，失去星圖羅穆索之後，各地的舊王國主義者就是一批群龍無首的烏合之眾。他們根本不知道對自己下達指令的源頭是誰。只要替換掉『首腦』的部分，給予一點煽動和方針，就能像這樣操縱那些人。以殘兵敗將的下場而言，那種情況應該不稀奇。』

「……說到底，舊王國主義者應該跟你們有聯繫吧，基其塔・索奇。難道以你的力量也無法約束舊王國主義者嗎？」

『那是暫時能影響組織的人與長期利用組織的人之間的差異。不如說多虧了這場行動，我才能確認舊王國主義者的內部也有黃都派出的密探。若打算真正地掌握組織，應該等今天這種行動發生，把敵方的棋子揪出來後再著手進行，效率會比較好。雖然如此一來就給歐索涅茲瑪閣下造成困擾了。』

「……真有趣。那麼在這之後你有什麼計畫嗎？」

第一千零一隻的基其塔・索奇。他的強大之處與個體的強處於不同的次元。

那就是戰術的預判能力與高超的才智。只要合作對象越多，他就越能讓人共享這些優勢。歐索涅茲瑪透過逆理的廣人與他建立合作關係之後，就能利用以其最佳判斷建立的戰術，發揮出身為英雄的個體戰力。

『敵人的真正目標是尤加閣下。既然對方掌握不到事前的情報，所以才會打算癱瘓尤加閣下的行動，而非對付來歷與戰力都不明的歐索涅茲瑪閣下。只要失去擁立者尤加閣下，歐索涅茲瑪閣下就沒有辦法進入黃都了……除此之外，尤加閣下自己會站上火線鎮壓反動勢力。舊王國主義者本來就有襲擊尤加閣下的充分理由。』

「你的意思是，他很容易被引導成為那些人的攻擊目標。」

『……於是，哈迪閣下先排除掉尤加閣下，很可能是打算生擒他。然後在事先滲透至舊王國主義者的『首腦』的接應之下……以救援尤加閣下的名義鎮壓舊王國主義者。再以此清除掉大部分有可能知道整件事經過的成員。賣尤加閣下一個人情，雙方的關係也不會變壞。而這全部都是在第三戰結束之後的事了……劇本應該是這樣寫的。這樣看來，敵人也是想了個很有趣的策略呢。』

「若是『首腦』出現在這裡，我或許有辦法砍下來……我可以出手嗎？」

『那就太感謝您了。如果敵人使用這樣的策略，至少就必須讓負責煽動這場暴動的人混入大馬路上的人群之中。不用擔心後面的狀況。我方的游擊部隊已經處理掉追蹤尤加閣下撤退路線的那些傢伙了。』

『感激不盡。』

無線電的通話切斷了。

基其塔・索奇不愧是那位逆理的廣人也認同的戰術家。他總是能考慮到將來的各種狀況，先發制人設下警戒網。如果他保證了尤加的安全，那麼事實應該就是如此。

就像是為了證明這點，一名士兵趕了過來。

「喂～歐索涅茲瑪！」

歐索涅茲瑪看過這個人幾次。那是第十四將手下的警備兵。

「尤加沒事吧？」

「是啊。我方部隊已經展開行動，準備鎮壓暴動。那些舊王國主義者的動作比想像得還要慢。你也趁現在趕快撤退吧。」

「打從一開始，正門那邊的行動……就是為了把我們引誘到這座山裡。那只是佯攻部隊罷了。所以才會慢吞吞的。」

而他們的主要部隊卻遭到基其塔・索奇的士兵獵殺。無論準備多麼周到的軍隊，在遭遇依照真正的戰術行動的小鬼(goblin)集團時，雙方連一場戰鬥都不會發生。

歐索涅茲瑪抬起巨大的頭，山下大批市民的模樣映入其眼中。

雖然每個人的頭看起來都像是遠方的微小芥子，但對於歐索涅茲瑪而言這已經很夠了。

「當然，我會遵守撤退的命令。但是在那之前，讓我試試一件事。」

「什麼事……？」

「『歐索涅茲瑪號令於幾米那之土(yagooyurrg yogo)。並列的分歧之影(yogm genveryu)。游泳之角(yesgef goyuyarg)。倒映於白線(yayoymv yuuya)。湊齊吧(yarhatyu)』。」

接著，牠以巨大的前腳撥開土地。

在一層薄薄的土壤之下，出現了無數銀色的光輝。歐索涅茲瑪以工術製造出的武器是外科醫療用的手術刀。

「著名傭兵……五月雨的阿魯巴特。以前好像有位叫這個名字的男子。」

遠遠地……遠遠地。牠觀察著比蟲子還渺小的群眾。

歐索涅茲瑪可以辨識那一大群烏合之眾每個人的肉體。不只是動作，甚至還包含了呼吸。

即使對方有意隱瞞身分，牠仍然能辨別出黃都軍人特有，透過訓練成為習慣的每一個動作。舊王國主義者表面上的指揮者是誰都不重要。彈火源哈迪是一位徹頭徹尾的軍人，所以他派出的屬下也是如此。辨認出三名對象了。那是哈迪送入舊王國主義者之中的潛伏密探。是從組織內部指揮引導的「首腦」。

牠背上湧出的人類手臂拿起從土裡製造出的刀子。

接著。

「雖然在精確度上不如『五月雨』——」

尖銳，宛如笛聲的風切聲。

手術刀已經投出去了。歐索涅茲瑪標定的三個人被超越子彈速度疾飛而來的手術刀擊中，身體連骨帶肉被切成十字而死。

「……但如果只看威力，我這招的性能應該也很不錯吧。」

「你、你殺掉他們了嗎？從這麼遠的距離……難以置信……」

歐索涅茲瑪留下呆若木雞的警備兵，迅速離開了現場。牠透過無線電對自己所屬的陣營回報：

「解決掉『首腦』了。」

『……剛才聽到你們的對話了，我是丹妥。如果按照哈迪的手法，你說的什麼「首腦」就不會只有現身於檯面上的那些人。對方應該也有人看到你的攻擊了。』

第二十四將．荒野轍跡丹妥。基其塔．索奇的擁立者。

「無所謂。只要出現在檯面上的人被消滅，那些傢伙就會喪失控制力。在某種程度上還能幫助鎮壓。」

『……也就是說，對你而言剛才展示的攻擊還不是完整的能力嗎。那麼你的王牌到底是什麼？我還沒有聽說你是以什麼方式戰鬥。』

「──丹妥。」

歐索涅茲瑪沒有回答丹妥的提問，而是陰沉地笑了。

對方無法透過無線電看到野獸露出的那張笑容。

「我很感謝，你的選擇是正確的。你為我準備的擁立者……光暈牢尤加是個不會受到其他官僚警戒，也不會執著於玩弄策略的男人。不過……他還另有強項。」

他有個目的。那是從「真正的魔王」時代結束之後就不變的目的。

「那就是他掌管著國安部門，擁有其他任何一位將領都沒有的特權：可以殺害自己國民的特權。只要是他認可的鎮壓行動……即使殺死人民，我也不會失去資格。」

哈迪利用尤加遭到反動勢力怨恨的處境，派出了兵力。

歐索涅茲瑪現在也只是利用了這件事。

無論是剛才的狙擊手或混入群眾之中的「首腦」。他們全都不過是在鎮壓暴動的過程中出現的犧牲者罷了。是歐索涅茲瑪製造的犧牲者。

「你遲早會知道我的特權是什麼。」

◆

位於黃都中央的兵營裡，彈火源哈迪得知了襲擊作戰的結果。

乾燥的白髮與帶有一道長長傷疤的右臉。在現存的二十九官之中，經歷最多慘烈戰事的這位老將正是統管黃都軍部，擁有實力與羅斯庫雷伊匹敵之派系的男人。

「幾米那市的策略被鎮壓了。尤加將軍的俘虜行動失敗。難道尤加將軍預知自己會被襲擊嗎？」

對於參謀的報告，哈迪只是吐了口雪茄的煙。

「不對。我很熟悉尤加這個人。在山上預先布署伏兵的作法，該怎麼說呢……很不像他。比起繃緊神經提防襲擊，那傢伙更偏好每天都睡得安安穩穩。如果他事先察覺到即將被包圍的徵兆，當下應該就會立刻逃走才對。」

「那麼就是他的勇者候補——歐索涅茲瑪事先做好受到攻擊時的規劃嗎？」

「……應該是吧。不知道牠是個不像獸族的聰明傢伙，還是受了高人的指點。」

是擁有傑出的智謀，或是擁有可以讓那種謀士成為自己人的人望。

合作者越多，就越能讓人共享那種類型的力量。

「不過呢，哈迪大人。我們也有一個好消息。派遣到舊王國內部的三名『神經』被遠方飛來的短刀一擊殺死了。從大量的群眾之中精準地狙擊『神經』人員——代表敵人具有那種遠距離攻擊能力。」

「是陷阱。」

「……咦？」

哈迪將雪茄放到煙灰缸上，思考著這個結果代表的意義。

歐索涅茲瑪對這次的襲擊有所防備，然而牠仍然刻意出手。這是個大問題。

「牠的作為就像在告訴我們牠的攻擊方法。讓我們誤以為牠擅用的是遠距離攻擊手段。然後……誘使我方提出有利於在劍的攻擊範圍內進行戰鬥的宗次朗的對決條件。盼望歐索涅茲瑪是宗次朗劍術的有利對手——我會這麼想也是很自然的事。」

「您的懷疑有根據嗎？」

「是有不少啦。戰場上本來就鮮少有那麼湊巧的事。」

至少牠不會是貼近就能打贏的對手，一定隱藏了可以在劍的攻擊範圍之內使用的祕密王牌。以投擲短刀進行暗殺所留下的痕跡太明顯了。對方企圖讓哈迪把那招告知宗次朗，灌輸錯誤的先入為主觀念。那是混入情報的毒藥。

「……總之不需要在意。死掉的不過是與我無關的舊王國主義者。而尤加也能立功，這不是很好嗎。」

「我們將進行下一個計畫。」
「好。至少得晉級第二輪比賽……與羅斯庫雷伊對上才行呢。」
「是的。我們會做好安排，確實地突破第一輪比賽。」
參謀離開了。
獨自一人的哈迪臉上堆滿笑意。那是對流血衝突充滿期待的笑容。
「我已經等不及啦。你可要讓我玩得開心喔，羅斯庫雷伊。」

六◇消防塔前大道

舊王國主義者發生暴動的隔天，黃都的大馬路上。
（我到底在做什麼啊。）
馬車裡，遠方鉤爪的悠諾正在這麼想著。
有兩個人與她同坐一輛車。一位是年紀有點大的男子，第二十七將哈迪的使者。另一位是年輕的小個子男生。他身上穿著暗紅色的奇特服裝。其名為柳之劍宗次朗。
馬車的目的地是戰後談判的會場。歐卡夫與黃都之間的戰爭在第一千零一隻的基其塔．索奇——再加上整個歐卡夫自由都市以勇者候補的身分歸順黃都的情況下結束了。不過為了在外交層面上處理這場戰爭，還有大量的相關事宜尚待研商。
窗外飛馳而過的景色是悠諾熟悉的日常景象。這讓她更難想像自己竟然正在前往參加如此重大的會議。
「神經不用繃得那麼緊啦。」
或許是看到悠諾緊張得繃緊全身的樣子，使者開口安慰了她。
「會談全部都交給我就行了，妳只要在旁邊看就好。這次只是讓雙方調整詳細的條件，這種會已經開過很多次了。呃……新來的書記，妳叫什麼名字？」
「我、我叫悠諾。遠方鉤爪的悠諾。」
「啊對，悠諾。不小心忘記了。妳要讓宗次朗盡好保鏢的工作，拜託嘍。」
「好……好的……」
「什麼嘛……我才不是悠諾的寵物……」
躺在座椅上的宗次朗一邊打呵欠一邊提出抗議。

遠方鉤爪的悠諾原本不過是個居住在邊境的平凡少女。這樣的她之所以被彈火源哈迪僱用為書記，是多種巧合累積而成的結果。

彈火源哈迪失去了原本預定擁立的漆黑音色的香月，他必須找到其他勇者候補才能參與六合御覽。而雀屏中選的強者就是已經在攻打利其亞新公國的行動中建立一定功績的「客人」，柳之劍宗次朗。

而悠諾身為少數與來自世界外部的「客人」有關的人士，或者可說是宗次朗「附屬品」，一直負責擔任宗次朗與黃都高層往來的中間人。在拿岡已經滅亡的今日，她那個成為稀有存在的拿岡學士身分，可能在某種程度上也引起了二十九官的興趣。

——結果就是哈迪在擁立宗次朗之後，順便收留悠諾為書記。而悠諾仍然繼續負責照顧宗次朗。

（我以前的目標，一定是……）

——無論身懷什麼樣的過去，無論身分與種族，誰都能開拓一條獲得榮耀的道路。

她曾經夢想著那樣的未來。

（……這樣的幸運吧。）

對於現在的她而言，就連已經實現的夢想也是無比空虛。

遠方鉤爪的悠諾參與六合御覽的目的，就只有一個。

對那些摧毀故鄉拿岡的強者進行復仇。

每當她想像著那樣的復仇時，悠諾都會問著自己：

（我……到底在做什麼啊……）

「妳對這次的工作有疑問嗎，悠諾？」

「那個……宗次朗好歹算是勇者候補吧。以會議的保鏢而言，好像戰力有點過剩了。」

「原來如此。會有這樣的疑問很合理。」

充滿紳士風度的使者表情平淡地回答。

「可是悠諾，歐卡夫那邊據說有被稱為『灰髮小孩』的『客人』在。如果要預防對方的攻擊……不就得派出能應付『彼端』所用『手段』的保鏢嗎。這無關戰鬥能力的高低，在思考模式與戰術上能應對對方的人，除了同為『客人』的人選以外別無他者。我這樣說妳懂了嗎？」

「……是的。然而必須預作這樣的防備，就代表……歐卡夫與黃都正處於不得不先做好交戰準備的緊張狀態吧……」

「悠諾，妳害怕戰鬥嗎？」

使者露齒而笑。那是與他的長相不相稱的猙獰笑容。

「別擔心。宗次朗不過是以防萬一的保險。況且既然在哈迪大人的手下工作，多少都得習慣遇到衝突。」

「……」

悠諾低下了頭，避開使者的眼神。

雖然跟隨彈火源哈迪的時日尚淺，但她已經明白一點。

哈迪與他的部屬們身上的氣質迥異於其他二十九官的部屬。他們在本質上都渴望著戰鬥。就像柳之劍宗次朗那樣。

「——有狙擊。」

突然，躺在椅子上的宗次朗低聲說道。

在悠諾還沒聽懂那句話的一瞬之間。

「咦？」

一道輕響，馬車車廂被開了個洞。仍然躺在椅子上的宗次朗已經拔出劍，而軌道被打偏的子彈則是擦過悠諾的頭髮，不知道飛到哪裡去了。

「咦！」

窗外，市民一如平常地來來去去。仍舊是日常的白天景象。

「怎麼會！」

「──我們遭到狙擊了！把車開到巷子裡！」

使者如此大喊，馬車迅速加快速度。宗次朗打破窗子跳到車外，在千鈞一髮之際擋住狙擊車伕的子彈。他一臉不悅地低吼：

「麻煩死了……！我還得保護三個人喔！」

「不……不會吧。怎麼可能？這是在大街上耶！」

「悠諾！把頭低下！」

「喂，是消防塔的方向！可能還會再來兩發左右吧！」

宗次朗有如雜技演員般起身一跳，斜向砍飛與他擦身而過的馬車車頂。刀的軌道擋住狙擊使者的子彈，被他砍飛的車頂則是阻止了瞄準車伕的子彈。

馬車以讓車體翻倒的猛勁撞進路旁的巷子裡。

馬蹄踩壞了裝滿水果的木箱。巨大的聲響與震動襲向了車內的悠諾。

「……咳……啊！」

她被震得頭暈眼花。瞬間還有股彷彿內臟被翻攪的嘔吐感直撲而來。

而且她的性命受到了威脅。就在這樣的日常之中，毫無前兆。

誰也沒有注意到這件事。在市民的眼中，剛才的翻車事故看起來可能只是單純的馬車失控。

「喂，快出來，悠諾。妳會被狙擊喔。」

由於翻車的衝擊而撞歪的車門瞬間被砍了下來。宗次朗探頭望進了車內。

「使者他人呢？」

「當然早就下車啦。還在磨磨蹭蹭的只剩妳了。」

「我、我真的……老是碰到這種事……！」

被拉出車的悠諾警戒地望著長長的窄巷。雖然她沒辦法以自己的感覺判別狙擊手身在何處，也不知道對方是否仍然瞄準著他們。

（雖然說是狙擊，但箭矢不可能打穿馬車。對方的武器毫無疑問是槍枝。）

對方以人群的吵雜聲掩護槍聲，躲在暗處對我方發動攻擊。

如果宗次朗的直覺沒有察覺到狙擊，他們所有人就會在大庭廣眾之下遭到暗殺。悠諾喘了口氣。

「呼……咳、咳咳。宗次朗。你在……敵人開火之前就發現到這場攻擊嗎？」

「妳知道我在另外一邊被狙擊了幾萬次嗎。這只是普通的經驗法則啦。」

是否知道「彼端」所用的手段——悠諾很清楚，柳之劍宗次朗所處的次元已經超出那種層級了。至少對他而言，這種程度的事件大概連危機都算不上。

「如果躲在這個巷子裡，可以撐過這場攻擊嗎？」

「不可能。剛才大馬路上的人群雖多，但行進方向都是一樣的。所以如果突然遭到狙擊，路旁能躲的巷子也很有限。」

「那、那麼……這就代表對方配置了無論我們逃進哪條巷子都能追上來的戰力……」

然後悠諾等人逃進這條巷子。只要對方真的打算殺害悠諾等人，就會重新進行包圍。

「保護弱小的傢伙實在很麻煩啊……」

宗次朗搔了搔頭，將劍朝身後一揮。子彈被彈開的聲音響起。

悠諾背對著那陣聲響，死命地衝了出去。鑽進堆積成山的水果箱後方。

使者與車伕已經躲在那裡了。使者捋著鬍鬚說：

「幸好妳沒事，悠諾。」

「是啊。勉、勉強沒事。」

她回頭望去。只見宗次朗交互踢著狹窄的牆壁，以驚人的速度衝到建築的屋頂上。其體能超乎尋常。

沒有槍聲出現。暫時還沒有。

「歐……歐卡夫難道打算與黃都為敵嗎。狙擊，訓練有素的步槍兵，知道我們今天會經過這裡。看起來只有可能是歐卡夫的傭兵。」

「若純粹以目前的狀況判斷，只能說是如此……！雖然我們也是百般不願意，但戰爭甚至有可能會在黃都國內發生！至少，勇者候補基其塔．索奇與自由都市的討伐行動將無可避免！」

「……討伐……！」

如果參與六合御覽的勇者候補被發現對其他勇者候補發動攻擊，其他勇者候補就有討伐的義務。

難道歐卡夫是在明知此規定的情況下仍然展開攻擊嗎？

「但是，歐卡夫能在這場襲擊中獲得什麼好處……呀啊！」

悠諾尖叫一聲。某個燃燒的物體從屋頂上摔了下來。是被劈開的人類軀體。

緊接著，宗次朗落到了地上。他剛才與摔下來的男子發生了戰鬥。

「他自爆了。」

宗次朗不開心地說著。

「我砍了四個人，但所有人的衣服裡側都浸了燃料。真奇怪。」

悠諾摀住了嘴。馬車翻倒時的嘔吐感又湧了出來。她還是沒辦法相信這種戰場竟然就出現在眼前。

「所屬……他們該不會打算消除所屬於歐卡夫的證據吧。」

「真的是那樣嗎？……把全身都燒爛的作法感覺太過頭了。」

宗次朗以腳尖踢起被劈開的屍體。燃燒中的軀體擋住了另一顆飛過來的子彈。宗次朗朝大馬路的方向望去。

「那邊的傢伙有點遠啊。」

聽到宗次朗這句話，使者也伸出兩指搭了個窗子，測量與預想的狙擊地點的距離。

「……最多就是三百m。你有辦法活捉對方嗎，宗次朗？」

「姑且試試。畢竟我也不是殺人狂啊。但只要一靠近對方就會引爆，這很麻煩耶。」

「盡量試試看。我想把人捉回去。」

「我沒辦法擔保喔。」

宗次朗以劍輕敲兩次肩膀，再次衝了出去。其速度迅如疾風。

無論那是多麼難以對付的目標，宗次朗都會毫不猶豫地揮劍。他的背影瞬間遠去。

「——敵人。」

悠諾擦了擦臉頰上的冷汗。

「會不會早就知道宗次朗是我們的保鏢了。」

「怎麼說。」

「狙擊手已經做好自爆的準備。代表他們一定已經預料到自己將會立刻遭到『反擊』。發動包圍的明明是對方……卻在被靠近的時候自爆。簡直就像他們打從一開始就知道自己輸定了。」

「……但是，歐卡夫那邊如果早就知道柳之劍宗次朗的存在，應該根本就不會認為這場襲擊能成功吧。我認為那和在我們前往會談的途中切斷退路，設置狙擊手的周延安排對不上。」

「是的，所以我才會覺得奇怪。抱歉問個失禮的問題，使者先生，有其他人可以『代替』您嗎？」

真的是很失禮的問題。悠諾把話說出口後才有所自覺。

「……代替？」

「如果使者先生真的是哈迪大人陣營裡無可取代，具有讓對方不惜付出如此犧牲也要暗殺的人物——他們或許會賭上些微的可能性發動突襲。但若是並非如此……那個，我覺得這場行動對歐卡夫方根本沒有好處。」

「妳——」

使者稍微挑起眉毛，看著悠諾的臉。

「很有戰爭的直覺喔。沒有錯，這場攻擊除了軍事挑釁以外無法期待什麼效果。在這種狀況下還能冷靜思考到這點的女孩子很少見呢。」

「……因為我一直待在比軍隊更恐怖的東西旁邊。」

但無論如何，除了柳之劍宗次朗，悠諾他們沒有其他突破這場包圍的手段。

在他回到這裡確保狀況安全之前，悠諾等人都無法行動。

「不過，知道我們準備參加戰後談判會議，還能取得移動路線的人相當有限。這也是事實。考慮到這點，除了歐卡夫自由都市以外，襲擊者不可能是其他勢力。然而——」

「啊。」

悠諾輕輕地哀號一聲。有另一輛馬車準備駛入他們所躲藏的巷子，卻被狙擊的彈雨打到翻車。那大概是與雙方毫無關係的民用馬車。

她一眼瞥見客車裡有小孩子。

「……」

使者按住情不自禁打算衝出去的悠諾肩膀。

「妳出去就會死喔，悠諾。先等宗次朗回來吧。」

「宗……宗次朗才不會救他們！」

柳之劍宗次朗不是只知道砍人的惡鬼。悠諾很清楚這點。他還是有他那種有如道義的概念，所以才會盡責地保護悠諾與哈迪的使者。

然而他不會憐憫失去的性命。

與己無關之人，自願送死的人，又或是值得與他一戰的強者。

無論面對何者的死亡，他大概都會說出「死了就死了」這種話吧。

（我不一樣！）

悠諾衝出木箱的掩護。並不是她鼓起了勇氣，只是自從拿岡被摧毀之後就一直存在的自暴自棄心理讓她固執地想做出反抗。

（鳥槍（musket）的裝彈時間雖然會根據型號有所不同，但都比弓箭還久！如果敵人的目標是負責談判的使者，就不會優先狙擊只是陪侍的我！宗次朗已經接近狙擊手，對方可能沒有狙擊第二個人的時間了！）

悠諾的腦中閃過好幾個說服自己的藉口，但每一個都沒有確切的根據。

她攀著翻倒的馬車，以鞋跟踢破車門窗戶的玻璃。那是無暇顧及形象的拚命行動。

「快點出來！」

一隻小小的手握住了悠諾伸出的手。

「——妳就是遠方鉤爪的悠諾吧。」

「……！」

車裡的小孩穿著黑色的高級服飾。而他的頭髮則是接近灰色的白髮。

少年在翻倒的車內抬頭望著悠諾，平靜地說道：

「謝謝。我叫逆理的廣人。」

「『灰髮……小孩』……！」

「由於過了會談的預定時間你們都還沒出現，所以我就去找你們。真抱歉我來不及察覺到危機。」

歐卡夫自由都市的幕後黑手，逆理的廣人就在這裡。

悠諾還來不及思考這件事的意義，子彈擊中物體的聲音就在背後響起。

她甩動頭髮往回一望，就看到小鬼車伕正舉著以樹脂類材質製造的盾牌。在被子彈打碎的盾牌斷面裡，看得到纖維織物般的構造。

「我先直接說了。我方打算在這場攻擊中保護你們。」

「為、為什麼……這場攻擊不是由你們歐卡夫的傭兵發動的嗎？」

「這件事說起來相當複雜。」

廣人舉起一隻手打了暗號，小鬼大軍隨即匯聚到這條巷子。他們舉著盾牌組成密集陣形，建立起一道保護所有人不受狙擊的牆壁。其動作整齊劃一，毫無多餘之處。

「現在發動狙擊的確實是歐卡夫自由都市的傭兵。然而他們的行動並非出自我方的意思，也不是歐卡夫領導人哨兵盛男的專斷獨行。」

「……難道你的意思是有其他人唆使傭兵『背叛』嗎？」

「是的。不只歐卡夫的內部，與六合御覽有關的勢力之中都被滲透了無數的特務。我們稱呼這個敵人為『隱形軍』，正在進行處理中。」

「……」

滲透到歐卡夫內部，有辦法進行組織性作戰行動，連黃都也掌握不到的特務。

這種說法聽起來太過離奇。拿歐卡夫之中部分傭兵擅自做出失控舉動的說法當理由還比較實際。但是他的話符合了悠諾的分析。

（……對方之所以利用歐卡夫傭兵攻擊我們，目的是讓黃都與歐卡夫關係破裂同歸於盡……如此一來就能解釋這場令人費解的襲擊。但是……）

「看起來，我們似乎有必要與哈迪閣下重新開一場會。此事對黃都而言恐怕也是個非常嚴重的問題。」

「……」

外頭沒有槍聲了。不知道對方是看到小鬼組成的人牆，判斷狙擊沒有意義。還是宗次朗已經衝過去砍死狙擊手。

廣人坐到翻倒馬車的旁邊，轉頭對悠諾說：

「狀況似乎暫時穩定下來了。遠方鉤爪的悠諾小姐。關於往後的事……我想請妳為這場襲擊作證。」

「……我明白了。如果那麼做就能阻止戰爭的可能性，我很樂意。但是請你告訴我一件事。」

逆理的廣人。他從一開始就直呼悠諾的名字。連別名都說得出來。

「你怎麼知道我的名字？」

「——只要是有可能締結合作關係的對象，我都會先做過調查。」

就悠諾所見，他只是個小孩子。感受不到強者的氣場。

然而他在不同於宗次朗的層面上，也是一位超脫凡人到達異常程度的「客人」。

「遠方鉤爪的悠諾小姐。妳是已經滅亡的拿岡迷宮都市的倖存者吧。」

幫助他遇見機會，並且使其與對方締結合作關係。有如命運的特殊能力。

「……是的。」

「妳知道窮知之箱美斯特魯艾庫西魯這位勇者候補嗎？」

◆

強風吹過鋼骨之間的空隙。

這裡是與悠諾等人的所在地隔著大馬路遙遙相望的消防塔。即使這是可以俯視五層高建築的高處，宗次朗仍然只靠自己的雙腳就攀上去了。

「……我實在不想讓你逃走呢。」

子彈直逼而來。身處無處可逃的鋼骨上的宗次朗以劍柄前端擦過子彈，彈開了這一槍。在這個距離之下，他連劍都不用揮。

宗次朗所在樓層的樓上燃起明亮的火焰。是狙擊手。對方在扣下扳機的同時，也點燃了自己。

「要是讓你逃到死後的世界，我就追不到了。」

宗次朗搔了搔頭。雖然他擅長殺人，但要讓人活下來卻總是很困難。無論是敵人或我方。

「話說，不知道那邊安不安全喔？」

悠諾等人所躲藏的小巷子正受到持盾小鬼們的守護。他曾經看過「彼端」的軍隊採取那種密集陣形。雖然從行為來看他們不像敵人，但以宗次朗的直覺也無法得知更進一步的情報。

宗次朗重新望向狙擊手的屍體，想要確認對方有沒有留下沒被燒掉的物品。

比方來說，可以證明身分或所屬的某種東西。

「……喔。」

直覺告訴了他危機。形狀、氣味、跡象。

接著，他立刻從原地往下跳。

「搞什麼啊！」

宗次朗連呼吸的時間也沒有，頭頂上就爆出強烈的火焰。那不是湮滅證據用的。而是使用不同反應速度的火藥，「延遲引爆」的攻擊。

對方看準宗次朗會打算採取證據，設下了這樣的機關——

「……喝！」

宗次朗大吼一聲。在空中揮出一劍。

劍的前端勾走了某個直飛而來的高速物體。

那是將金屬圓環的外圍打造成刀刃，一種名為圓月輪的武器。

（這傢伙——）

宗次朗直覺地想著。

（才是重頭戲啊。對方一直在盯著我。）

無處可逃的半空中。與槍彈迥異的軌道與威力。層級與發動狙擊的傭兵截然不同的狙擊手藏身在這個城市的某處——連殺氣都隱藏於包圍網之中。

他在墜落途中用腳跟踢了一下塔上的鋼骨，以貓的方式改變落下時的姿勢與重心。

「……很有趣嘛。」

宗次朗的直覺絕非萬能。他既無法指示正確的戰術，也無法詳細地看穿一切真相。

就算如此，他仍然清楚地明白一點。

這個看不見身影的敵人的目標……並非暗殺使者或與挑起與黃都的戰爭，更不是其他的原因，而是柳之劍宗次朗的性命。

◆

報告襲擊狀況與為其作證需要一天的時間。

雖然悠諾擔心對方連續發動襲擊，但目前還沒有那樣的跡象。

至少這個地方是安全的。黃都第二十七將，彈火源哈迪的辦公室。

「悠諾，狙擊事件的報告書已經寫好了吧。那就麻煩謄寫其他資料。我想請妳製作六合御覽關係人士的一覽表。」

「好、好的！我馬上處理！」

正在打掃地毯的悠諾立刻跑到發聲者的身邊。

雖然哈迪的外表很老，但是他看起來彷彿擁有無窮無盡的精神與體力。就連遞出文件的一個動作，都比年輕的悠諾更加靈活有力。

「雖然也是可以直接看，但字寫得醜的傢伙太多了，讀起來很麻煩。果然還是出身拿岡的人好，字寫得工工整整的。」

「不、不、不敢當……」

有人認為在黃都最高權力者二十九官之中，掌握黃都最大軍隊派系的第二十七將哈迪是力量最強大的存在。

（六合御覽的……關係人士。）

悠諾一邊閱覽資料，一邊回想著昨天發生的事。

……窮知之箱美斯特魯艾庫西魯。當時她也警戒著「灰髮小孩」的話術，因此沒有繼續追問下去。

「——」

但是看到相關人士的一覽表，她終於知道廣人想說什麼了。

窮知之箱美斯特魯艾庫西魯的相關人士。

「輪軸的……齊雅紫娜……！」

「哦，怎麼了。」

聽到悠諾那陣宛如尖叫的哀號，哈迪詫異地問了問。

「不、沒事……什麼事……都沒有。哈迪大人。」

「妳的聲音聽起來不像沒事喔。」

老將呵呵大笑。

（沒事。）

悠諾憤怒地渾身顫抖。

那是對自己的怒氣。如果哈迪不在面前，她會想把自己揍得滿臉鮮血。

（沒、沒事……才怪啦！）

輪軸的齊雅紫娜。輪軸的齊雅紫娜。她不可能忘記。

技術高超，連迷宮都能親手打造的可怕魔王自稱者。毀滅她的故鄉的迷宮機魔（dungeon golem）的製造者。

悠諾右手抄寫著文字，左手的指甲則是緊緊陷入右上臂。力道大得讓她流出了血。抄寫輪軸的齊雅紫娜的名字時，甚至還兩度寫斷了筆尖。

（……我要殺了她。我要殺了她。我絕對絕對要殺了她。輪軸的齊雅紫娜。如果不狠狠教訓她一頓之後再殺了她，我的氣永遠不會消。）

直到前一刻的自己到底在裝什麼睡呢。

「就算」找到輪軸的齊雅紫娜，殺死她是不可能的事。自己又成為了二十九官的書記，不再是拿岡市的倖存者。難道自己就真的可以獲得安穩的生活，找到幸福嗎？

丟下死去的大家，丟下琉賽露絲。

「臉色很糟糕喔。妳還好吧，悠諾？」

哈迪以比剛才稍微嚴肅一點的口氣問道。

他都做到二十九官這個位子，觀察力應該也很優秀吧。不對，一定是悠諾現在的模樣實在太奇怪了。

「……哈迪大人。」

悠諾抬起了頭，望著哈迪。眼中的景物看起來之所以一片赤紅，或許是因為眼睛充血過度。

「我、我、我這麼做。真的才是正確的。」

「……啊？」

她脫口而出自己不該說的話。

然而後悔也來不及。悠諾已經開始說下去了。

「其、其實，『我應該這麼做才對』。為、為什麼故鄉被摧毀。身、身為元凶的魔王……輪軸的齊雅紫娜還活在世上。而我、我卻能裝成一副沒事的樣子呢？這根本沒道理。比起宗次朗、比起達凱。我應該第一個幹掉的是這個傢伙。不然的話，什麼復仇都是說假的。因為琉賽露絲，我應該很喜歡琉賽露絲。結果卻是一場空。我真的應該……即使得賭上性命，即使會被單方面殘殺，也應該去殺了輪軸的齊雅紫娜。就算得花五十年，一百年的時間，也一定得證明這件事。混帳……我、我的感情到底算什麼？為什麼、為什麼，在看到名字之前……在找到有辦法成功的可能性之前！我的心中，我的心中一點也沒有『想這麼做』的念頭？我、我想……復仇！如果忘記了那個念頭，我寧可去死！我必須起身戰鬥！」

「…………」

「我、啊、我……對不起、對不起……哈迪大人。」

在悠諾將感情全部發洩出來之前，哈迪都沒有插嘴，只是觀察著她。以宛如猛禽般冷靜，卻又銳利的視線。

「原來如此，悠諾。」

接著他高高地翹起嘴角，露出能看到牙齦的笑容。

「——『妳也喜歡戰爭啊』。」

「…………………那是——」

對於陷入虛脫狀態的悠諾而言，那是一句太過難以理解的話語。

我不懂。

戰爭。這個世界上應該不會有人喜歡戰爭那種事。

然而，難道自己剛才所說的話具有那種涵義？

為什麼哈迪笑了？說到底，那真的是可以解釋成笑容的表情嗎？

那是肯定？還是否定？

「什麼——」

「真是的，本來還以為妳不過是附屬於宗次朗的跟班。看來我撿到了令人意外的東西呢。遠方鉤爪的悠諾。」

哈迪將大大的手掌放在悠諾的右肩上。

「要不要試試看，殺了輪軸的齊雅紫娜？」

這沒有道理。

出於偶然而甫就任書記這種微不足道職位的小女孩如此大吼大叫，竟然敢對黃都權位最高的人物胡言亂語。

她就算被當成瘋子解僱也不足為奇——不如說哈迪應該採取那樣的行動才對。

「我、我……不懂……」

「呵呵呵呵呵。剛開始啊，不懂也沒關係啦。」

「我以後就會懂嗎？」

「是啊，往後機會多得是。首先是在三天後，我打算解決掉善變的歐索涅茲瑪。如果能引發戰爭就好了。」

哈迪愉快地披上外套，打開書齋的門。

「在六合御覽的期間，妳可以自由行動。是我准許的。」

「……」

門關上後，悠諾有好一段時間茫然自失地看著自己的雙手。

在抄寫過程中一直緊抓著右臂的左手指甲裡，仍然留有些許的血。但那也是邊境地區平凡少女所擁有的手掌。

她現在很冷靜。對自己發了瘋，朝那位哈迪將軍脫口說出駭人之語的行為有所自覺。悠諾恢復了理智。

但是，真的應該這麼做嗎？

在她大膽地對軍隊派系掌權者宣洩出感情的此刻，她應該「恢復成」那個真正的悠諾嗎？在即將滅亡的利其亞對達凱發起挑戰的那時，在一切遭到毀滅的拿岡發誓對宗次朗復仇的那天，確實存在於其心中的那個真正的悠諾。

她必須得到某樣東西。得到能與強者的漠視戰鬥，讓悠諾自己有辦法反抗的某種強大之物。

（自由行動？）

——想去哪裡，想做什麼，都隨便妳。

（我可以成為任何一邊的人。也兩者都是……而且早就是如此了。）

她必須做出決定。因為如今的悠諾是自由的。

七◇黑之館

覆蓋紅磚路的枯葉在年幼的莉娜莉絲的皮靴底下發出沙沙聲。

那是昔日生活的夢。她有多久沒有像這樣走在白天的城市裡了呢。

「父親大人！」

父親身穿禮服的模樣一如那天的鮮明記憶。

——黑曜雷哈多。她那位眾人都尊敬的偉大父親。

「妳先喘口氣。」

金色的眼瞳正盯著她。低沉的聲音既平緩又穩重。

「以妳現在那種狀況，姿態和用字遣詞都會變得很粗魯喔。」

「……對、對不起……我、我無論如何都想問您一件事……」

「看來是很重要的事呢，莉娜莉絲。」

兩眼充滿淚水的莉娜莉絲點了點頭。

「我聽說父親大人……父親大人的工作是揭發別人的祕密……也會殺人……那是真的嗎……？之前那個城市的領主大人……還有上一個城市的貴族們的那些事，全都是『黑曜之瞳』

做的嗎？」
「……這樣啊。妳是聽誰說的，莉娜莉絲？」
「尤非克說的那些話……聽起來就是那樣……父親大人很溫柔，我一直很喜歡您……我、我、我覺得那是騙人的，沒有相信他。但是……！」
大大的手掌放在她的頭上。就像平時那樣。
雷哈多沉重地細語著：
「那是必要的。」
「……父親大人。」
「莉娜莉絲，妳應該知道。在我們『黑曜之瞳』裡有許多弱者。不是力量強弱的意思，而是指無法生活於社會上的弱者。莉娜莉絲，妳認為他們與強者之間的差異是什麼呢？」
莉娜莉絲不知道該怎麼回答，只能勉強擠出一句：
「我……我不知道……」
「那就是身上有沒有祕密。」
父親彎下了腰，像是在說教似地輕撫莉娜莉絲的背。
「必須竊取貴族錢財才能過活的人。為了愛人背叛君主的人。殺死許多朋友的人——那些棲身於『黑曜之瞳』的人，全都是自身隱瞞的祕密被暴露在光天化日之下的人。大家都知道他們犯了什麼罪，都知道他們罪無可赦。儘管他們並不希望事情演變成如此。」

「可是，大家都是很善良的人……對莉娜莉絲這種體弱多病……什麼事情都辦不到的小孩子，也都很溫柔……」

「——是的。他們和我們沒什麼不同。那麼誰能拯救他們呢？無論是貴族或將軍……甚至是王族，也都有想要極力隱瞞的祕密。他們明明殺害兄弟，壓榨人民，中飽私囊，卻欺凌著弱者。那些人和我們的朋友只有一個不同之處。那就是他們的祕密沒有曝光罷了。」

父親將臉湊了過來，輕聲說著。他總是用這樣的方式傳授正確的道理。

……但是。

「弱者必須吞食祕密才能生存。他們失去了自己的祕密，於是需要他人的祕密。這一切都是為了幫助大家……為了幫助我和莉娜莉絲的朋友們所必要的。」

「為了大家……」

「妳是個聰明的女孩，應該能明白吧。莉娜莉絲。」

「是的……太好了……父親大人……果然是很溫柔的人……」

莉娜莉絲拭去淚水。望著與自己顏色相同的金色眼瞳，努力地展現出微笑。

（——騙人。）

即使她處於還沒進入青春期，血鬼的控制之力尚未覺醒的年紀，莉娜莉絲也已經擁有力量。洞察人心，深入思考人們心中想法的力量。揭露祕密的力量。

所以她清楚地明白這點。

——父親所說的正義是騙人的。
「黑曜之瞳」才不是什麼拯救弱者的組織。
黑曜雷哈多利用那種吞食眾多祕密的力量，企圖招來黑暗的戰亂時代。
她抱緊父親。即使知道這一切，她仍然無法阻止自己這麼想。
（父親大人，我好喜歡您，我好喜歡您。即使您正在做很過分的事，對不起。莉娜莉絲……還是好喜歡父親大人。好喜歡，好喜歡，好喜歡——）
隔天，尤非克消失了。
莉娜莉絲知道，那個失去祕密的人喪失了性命。

◆

時間已經過了午夜。靠近水邊的這棟宅邸位於喧囂黃都之中的一處恬靜角落。
「……大小姐。」
門外傳來的聲音喚醒了沉浸於甜美夢境中的莉娜莉絲。
她將床單拉向自己的胸口。
「嗯……」

在連燭光都沒有的昏暗寢室之中，唯有白皙的肌膚與修長睫毛底下的金色眼瞳綻放著光芒。夜晚的空氣沁入莉娜莉絲的肌膚，讓她感到一絲寒意。

「大小姐，歐卡夫的士兵行動了。」

「……好，我會幫父親大人過去看看。可以稍微等一下嗎？」

莉娜莉絲朝著門如此回答。到寢室呼喚莉娜莉絲的工作一向是由芙蕾負責。

「不是什麼緊急的消息。大小姐您也辛苦了，請慢慢來。」

腳步聲離去了。

「……」

莉娜莉絲躺回了床上。

「父親大人。」

美麗的血鬼溫柔地輕撫沉睡她身旁的父親臉頰。

那具以生術保存至今的肉體看起來與過去一點也沒變。即使他無法再開口說話，即使他無法再指引自己。

「莉娜莉絲……一定會將榮耀獻給父親大人。」

她具有迫使萬物服從的特殊能力，卻無比渴求服從於他人，渴求受到他人控制。

——即使她的父親已經不在世上，也仍然控制著她。

打扮好儀容之後，莉娜莉絲走到樓下的大房間。

她的宅邸總是籠罩在寂靜之中。「黑曜之瞳」的成員幾乎都潛伏在黃都各地進行任務。看守宅邸的人數很少，目前僅有兩人。

最資深的成員，同時兼任女管家的杖術家。女性小人(leprechaun)，清醒的芙蕾。

出身於辛艾夫集團的狼鬼(lycant)戰士，摘光的哈魯托魯。

「兩位好。芙蕾大人、哈魯托魯大人。歡迎回來。」

「您好，大小姐。真是個美好的夜晚。」

「感謝您的問候。不好意思得勞煩您為了我的報告過來。」

「呵呵呵。不用在意。讓你們等了那麼久，我才應該道歉。」

「我要報告的是關於歐卡夫自由都市的棋子的事。詳情就請芙蕾閣下說明。」

「黑曜之瞳」所稱呼的棋子，指的是被變成從鬼(corpse)的其他組織成員。

一般的從鬼如果不待在自己的上級血鬼附近，就會維持原有的自我，無法執行複雜的指令。

但是「黑曜之瞳」卻不一樣。他們可以像操控微塵暴亞托拉澤庫那樣，不只是以血鬼的感染控制破壞精神防護，還能製造出在上級個體沒有待在旁邊的情況下仍能忠實執行命令的潛伏密探。那種並非破壞肉體而是破壞精神的技術，乃是從上一代傳承下來的「黑曜之瞳」特有技術。

「黑曜之瞳」操縱著與單純從鬼有著一線之隔的棋子，以這股力量成長為被稱為地表上最大諜報公會的組織。

「好啦好啦。那麼就由我進行報告吧。在入夜之前，至少有七十名歐卡夫士兵離開了黃都。依所我看，他們可能打算撤離所有潛伏人員。」

「……真是乾脆呢。如果他們的行動能稍微多一點猶豫就好了。」

襲擊柳之劍宗次朗的作戰是「黑曜之瞳」設下的大型作戰行動之一。

軍隊派系的頭子彈火源哈迪以極度好戰聞名。而且歐卡夫自由都市長期以來都與這位哈迪處於對立狀態。這項作戰的目的就是操縱歐卡夫的士兵演出一場襲擊使者的戲碼，煽動雙方起衝突。

不僅如此。他們的另一個目的是在柳之劍宗次朗身上「製造出擦傷」。

宗次朗在最後擋下的攻擊是來自使用圓月輪，名為變動的維瑟的「黑曜之瞳」射手。莉娜莉絲的從鬼並沒有繼承空氣傳染的特性。但是他們可以藉由附著在武器上的微量血液對目標進行血液傳染。

（……可是，無論哪邊都失敗了。）

在某種意義上，對宗次朗設下的陷阱是輔助性的策略。

哈迪明明獲得對歐卡夫發動戰爭的絕佳藉口，然而他非但沒有開戰，連對歐卡夫進行任何形式的制裁處置的跡象都沒有。

（如果是他全盤接受『灰髮小孩』的說法，沒有對歐卡夫究責……那麼這看起來簡直就像哈迪大人本身「忌諱引發戰爭」似地。）

莉娜莉絲的食指抵在淺色的嘴唇上，追蹤著敵人的思考模式。她的才能是洞察人心，深入追蹤的力量。

「灰髮小孩」有可能以歐卡夫軍撤離黃都作為交涉材料，在這次事件裡做了場交易。雖然歐卡夫勢力的撤退讓他們早早捨棄了可以堂而皇之出入黃都的有利條件，但那可以說是從根本上解決目前狀況的最佳應對方法。

只要他們不待在黃都，莉娜莉絲就無法操縱歐卡夫的士兵。當然，她也可以控制士兵忽視撤退命令。但在那種情況下，歐卡夫方就可以將不守命令的士兵鎖定為嫌疑對象。如果他們繼續深入追查下去，有可能就會翻出在檯面底下操縱局勢的莉娜莉絲陣營。

目前被視為負責規劃他們戰術的人，是六合御覽的勇者候補，第一千零一隻的基其塔・索奇。還有以「灰髮小孩」的名號聞名的逆理的廣人。他們在發現有歐卡夫自由都市士兵叛離的情況下，連懷疑士兵背叛的想法都沒有，在短短不到兩天的時間裡就達成進行那種大規模撤離行動的共識。

這下子就無法期望讓歐卡夫自由都市揹上黑鍋，與其他候補者互相爭鬥的計畫能成功了。

「我們來殺點人吧。」

狼鬼哈魯托魯雙手抱胸如此說道。

「若是潛伏在歐卡夫軍內部的棋子遭到調查，我方身分曝光的危險性就很大。最能夠證明我方存在的證據是屍體。萬一感染者的屍體被解剖，血液遭到檢查，我們就會拱手把血鬼在檯面底下行動的證據送給對方。」

透過空氣傳染的感染與控制。乍看之下是一種無敵的力量。然而那不過是立足於血鬼的這個種族特性上的力量。

這個世界上存在著預防血鬼病毒感染的血清。

其製造方法極為特殊，又因為有副作用的疑慮，因此只有醫療業人士等一小部分的人接種。但是當人們發現到有血鬼正在散布感染時，他們就能以此擬出對策。

除此之外，莉娜莉絲擁有的血鬼病毒若非出自她本人，否則無法進行空氣傳染。當病毒感染其他人，定居在其體內時，就變成了一般的血液傳染病毒。

「大小姐。如果是我，我會在這個時間點先殺掉變成棋子的那些傢伙，燒掉他們的屍體。從鬼的最大強項就是可以隨時製造，輕易替換。不需要珍惜他們。反正歐卡夫的那些傢伙八成早就看穿還有黃都以外的組織發動諜報戰了。」

「黑曜之瞳」的組織成員雖是莉娜莉絲的從鬼，但是她並沒有對那些人施予精神控制，他們都是出於自我意志發誓效忠。因此莉娜莉絲能夠汲取成員根據自身的見識所提出的意見。在這點上，「黑曜之瞳」與普通的血鬼族群有著一線之隔。

「你說得對。」

接受這個駭人的提議之後，這位千金大小姐露出端莊的微笑。

「芙蕾大人。既然歐卡夫懷疑有通敵者，那麼他們已經進行內部調查了嗎？」

「是的，似乎已經開始了。他們應該正在調查有沒有遭到其他組織滲透吧。當然，我們的棋子沒有那麼容易被找出來。」

「——可以從目前歐卡夫的調查對象裡，找兩三個非我方棋子的人……在未感染的情況下殺掉他們嗎？不只是歐卡夫的人，還有黃都、『日之大樹』。順便也殺一些『教團』的人吧。把他們全部都假裝成我方的斥候。」

「……原來如此。在複數的勢力之中同一時間短少了多名人員。在多少知道有間諜存在這項事實的人眼中，應該會自行把那些勢力連結在一起。」

「是的。無論是基其塔·索奇大人或是黃都。既然對方正在搜查我們……那麼讓他們想像敵人規模很龐大，如此一來對我們絕對會比較方便吧？」

那也是用來延緩歐卡夫自由都市與其他勢力協調的牽制手段。他們將無法根據得到的情報判斷莉娜莉絲的手伸進了黃都的哪個勢力之中。

而且在歐卡夫軍大撤退時的同時發生多起可疑死亡事件，這足以讓其他勢力將懷疑的眼神投向歐卡夫了。為了種下那顆懷疑的種子，她要對所有勢力發動低調的攻擊。

個頭矮小的芙蕾維持著笑容，複誦莉娜莉絲的指令。

「好啦好啦。那麼就一點一點殺些人吧。只要交給維瑟的狙擊，這項工作應該三天就能完成。」

「拜託妳了。父親大人也一定期望如此。」

黑曜莉娜莉絲是一場災害。

瞬間控制包含黃都議會在內的世界中樞，毀滅如今的人類社會，對她而言或許是辦得到的事。就像是微塵暴亞托拉澤庫或世界詞祈雅所能做到的那樣。

但是「黑曜之瞳」不能暴露其存在。當身為疾病災害的血鬼的存在曝光，讓人類採取應對措施。他們在那個時間點就會失去優勢。

擁有空氣傳染性質的只有莉娜莉絲，她的從鬼無法透過空氣傳染。乍看之下是缺點。但是她認為，從生存戰略的角度來看那反倒是一種優點。

因為如果漫無止境的空氣傳染造成整個黃都都遭到疾病侵襲，人族應該就會團結一致追溯感染源，消滅他們。那麼一來就變得與普通的流行病沒什麼差別。

但只要莉娜莉絲沒有行動，她就能將傳染途徑徹底限制在自己的掌握之中。反正只要利用「黑曜之瞳」收入旗下的高強戰士，也能輕易達成血液感染的條件。

因此莉娜莉絲必須慎選攻擊的對象。

為了達成其目的，單純的消滅是不夠的。

她必須煽動人族之間的不和，在世界上製造出「自發性的戰亂」。以「黑曜之瞳」不會成為公敵的前提，建立起只能生活在黑暗之中的人們可以容身的世界。

她就是為此參與六合御覽。若是能利用這場活動，在與黃都具有充分對立理由的勢力——歐卡夫自由都市與黃都之間撒下決定性的火種，她所期待的戰亂時代就會到來。

（然而哈迪大人卻迴避了開戰。）

她原本認為應該以彈火源哈迪為首要目標。然而莉娜莉絲的算盤也許打錯了。

（……在第一輪比賽中。哈迪大人推出的宗次朗大人將會與有基其塔．索奇大人當靠山的歐索涅茲瑪大人對決……但是在那之後，第二輪比賽……第三輪比賽。若是哈迪大人以我所擔心的方式出招，那麼他迴避戰爭的行動所代表的意義就是——）

能進行思考的疾病。她只有在看上真正重要的目標時，才會親自出馬。

「……歐卡夫那邊的應對交給你們了。哈迪大人的動向就由我來打探吧。」

「大小姐，這樣好嗎？」

「沒問題。畢竟只要我出馬，就能比『黑曜之瞳』的其他人打探出更深的祕密。」

在那副微笑與游刃有餘的態度底下，莉娜莉絲其實懷抱著恐懼。

夥伴們的死去。或在無法完成父親遺志的情況下邁入終結。那樣的恐懼有可能會化為現實。

若是放過這個機會，她就會眼睜睜地讓隱藏在這場六合御覽背後的決定性祕密逃掉。

「……而且，一切都能在祕密中進行。」

她再次將食指輕輕地放在嘴唇上。

直到對決開始之前——甚至是開始之後，他們都不能暴露自己的身分。掌握一切祕密，以藏於陰影中的計畫達成目的。那就是黑曜之瞳。

「若非如此，我們就活不下去了。」

八◆第三戰

軍營的執勤室是彈火源哈迪平時待的地方。他經常待在基地裡，關注士兵的士氣與訓練程度，在他的日常業務中，很少會出入中樞議事堂。

目前有一位「客人」獲准自由進出那個執勤室。

「……宗次朗。你用的一直都是那把劍嗎？」

柳之劍宗次朗靠著牆壁坐在地上。

雖然他閉著眼睛，但並不是在睡覺。他只是不喜歡多餘、麻煩的活動罷了。宗次朗甚至沒有練習過他身懷的招式。

「唔。」

「那是拿岡的練習劍喔。而且拿岡不是軍事學校，製造技術沒什麼了不起的。也就是說……那是讓人用來學會最低限度用劍方法的輕劍。雖然不是殺不了人，但只要砍過一個人就不能用了。如果用來對付沙人，會根本砍不死。」

「這樣啊。那麼為何我能用這傢伙來砍人呢。」

宗次朗對事物的原理產生了興趣，這是很少見的情況。

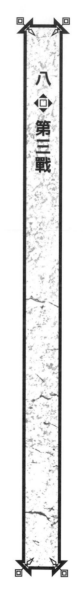

「大概是因為你不是用蠻力吧。劈開物體的『眼』或『縫隙』——雖然我們這邊的高手或多或少都做得到，但你的技術已經超脫常軌了。」

黃都會對手中的「客人」進行各式各樣的解析與實驗，宗次朗的技術也不例外。

宗次朗所揮出的劍刃能像浸入水中似地穿透鋼鐵裝甲。據他所說，他的劍甚至劈開了濫回凌轢霓悉洛的星深瀝鋼。

以那種程度的揮砍速度，確實可以在第一刀就劈開任何材質的物體吧。而且還要再加上從出招到收招都精準無比的那種超乎尋常本事。

……然而，如果只靠這些說明就能解釋他的技術。那就只是屬於「非比尋常的技能」的範疇之內。

宗次朗有辦法直線劈開碰一下就會碎掉的黏獸（ooze）屍體，能以無法說明揮砍路徑的方式做出曲線型的切口，還能在劍刃貼著目標的情況下劈開鋼鐵。

連見識過最多戰士招式的彈火源哈迪也無法理解的領域。「客人」正是那樣的存在。

就如同龍（dragon）的前肢、巨人（gigant）的長命、魔具魔劍那些東西——那種原初的異常性是無法以任何科學或詞術重現的。

因此，他才會被「彼端」放逐到這個世界。

「宗次朗。你很喜歡那把劍嗎？」

「就算是我也懂得劍的好壞。如果拿到別的劍，當然會換一把。」

「……原來如此。那麼若是你出席六合御覽，會需要更上等的劍嗎？」

「沒有也無妨。」

「我給你魔劍吧。」

哈迪打開桌上的包袱，取出一把收在劍鞘裡的劍。

或許他知道宗次朗在「彼端」的出身地，因此選了這把劍。那把長劍的劍刃是有著些微曲度的單面刃。

「在這個世界……有著只要碰到劍尖就會爆炸的魔劍，會噴火的魔劍，或是會自己活動的魔劍。那是每一把的價值都足以匹敵一支軍隊，無法解析的神祕。」

「不需要～」

「呵！你果然會這麼說。放心吧，那把什麼也沒有。」

帶來爆炸的劍會打亂砍中目標之後的反彈。噴出火焰的劍在破壞的範圍與性質上已經不算劍了。而自行活動的劍在精妙的劍術之中更是沒必要的東西。

然而駭人的托洛亞那種連此類魔劍的性質都能當成自身招式利用的真正怪物存在於世上也是事實。

不過將魔劍與無條件的無敵力量畫上等號，是那些不懂劍之道的人所做的幻想。而使用爆破魔劍的破城的基魯聶斯之類的人物，是在明白這點的前提下使用魔劍，才會成為令人畏懼的劍士。

哈迪將自己形容得無比稀有的魔劍隨便地丟給宗次朗。宗次郎沒有站起身，而是閉著眼睛在半空中握住劍鞘。

「阿魯庫扎利的虛無魔劍。」

「什麼樣的劍？」

「不會斷、不會砍出缺口。由於其金屬的韌性，因此也不會偏歪。它是無盡之劍，也是不破之盾。那樣的東西對你來說不錯吧。」

「……咯、咯。」

宗次朗冷哼了幾聲。

半空中出現了幾道閃光線條。收刀時撞擊劍鍔的金屬聲緊接而來。這才讓人知道他剛才對著空氣試揮了幾劍。

「很普通。和一般的劍沒兩樣。還有，能不能當盾也沒差。我從來沒有拿刀格擋攻擊。」

「不過你看起來用得很順手呢。」

「還好啦。」

哈迪看過宗次朗以練習劍揮出的軌跡。

如今他換了一般重量的劍，相差的重量彷彿就轉換成了速度。

更別說那種揮斬擊中目標時會有多大的威力——就連此刻目擊其揮砍速度的哈迪也完全無法想像。

劍士冷笑著，就像是預感將會遭遇流血衝突而迫不及待的野獸。

「咯咯……喂，哈迪。你該不會在打什麼壞主意吧。」

「哈哈哈……！這個嘛……」

第二十七將的臉上也浮現了同樣的笑容。

第三戰即將開始了。

◆

黃都大橋的前面。

那裡有輛在離開橋的前一刻停下的蒸汽動力汽車。駕駛喊著：

「只能開到這裡！沒辦法再前進了！」

「——了解。」

貨車廂的門立刻打開，跳出一隻巨型的怪異野獸。

牠的腳下踩著道路，景象的色彩在其視野中流洩而過。

野獸背上坐著體型肥胖的第十四將尤加。但仍然擁有凌駕於任何汽車的奔跑速度。

「哎呀～我們太晚到了。但應該能勉強趕上對決。」

即使坐在歐索涅茲瑪的背上，面對著直撲而來的駭人狂風，光暈牢尤加仍然沒有絲毫慌亂的樣子。歐索涅茲瑪很感謝他那種穩重的反應。

「……真的嗎？剛離開幾米那市時，你說過會有三天的多餘時間。」

「運氣不好啦。畢竟不但沒車可用，中途還必須繞遠路。」

「蒸汽動力汽車的煤炭不足難道算是運氣不好嗎？那點少少的燃料應該也是從黑市勉強收集來的吧。在我們出發之前有一場大規模物資繳收行動，範圍還只限於幾米那市四周。」

「嗯，偶爾也會有這種事發生吧。」

和尤加來往很久之後，歐索涅茲瑪也明白了某些事。

他絕非如同外在形象那樣愚蠢。尤加應該早就察覺到這一連串的狀況都是第二十七將哈迪的妨礙行動。之所以明知這點卻沒有破壞雙方的和諧，應該也是出於尤加的自尊吧。

不過，若是沒有基其塔．索奇的忠告——讓他們再晚半天出發，歐索涅茲瑪就有根本到不了戰場，導致不戰而敗的可能性。

「……已經沒有和其他人見面的時間了嗎？」

「哈哈哈。反正就算歐索涅茲瑪輸了，我也沒損失。你先去那裡也可以。不過現在已經進入正午時分。如果不直接趕過去，會有點不妙喔。」

「明白了。」

是歐索涅茲瑪自己選擇延後時間，在最後一刻才抵達黃都的戰術。

雖然牠甘願承受因此帶來的代價，但心中仍然不免有些牽掛。

（慈，妳現在人在哪裡啊。）

牠已經記住事前從基其塔．索奇的手下那邊拿到的黃都地圖。

以銳利的角度轉入巷子，踢向牆壁避開馬車，以路上行人來不及看見的猛速前進。就算牠全速奔馳，與接下來的戰鬥相比，這種體力的消耗量簡直有如九牛一毛。

「——你在找魔法的慈吧？不好意思啊。我和弗琳絲妲的關係還算是很不錯，如果私下拜託，也許可以請她把人送來幾米那市。」

「你的想法太樂觀了。要其他的擁立者在對決前把參賽者送出黃都……光是提議就會招來其他人的懷疑。這是不可能的。」

「可是喔，你真的不要現在先見一見她嗎？歐索涅茲瑪在接下來的對決中也有可能會受到重傷吧。」

「……你沒說我可能會死呢。」

急速煞車。怪物般的巨大身體正踩在低矮的建築物窗框上，彷彿沒有體重似地攀上屋頂。牠具有遠遠超越火車或馬匹的機動性。

「哎呀，早知道就直接騎歐索涅茲瑪過來了。」

「整整三天？」

「你辦得到吧？」

「騎在上面的你可不會平安無事。」

這是事實。歐索涅茲瑪的加速度對人體而言是非常沉重的體力負荷。

就算如此，尤加還是有著以平時的態度閒話家常的餘裕。真是個強悍的男人。如果歐索涅茲瑪的擁立者是文官，應該就做不到這種亂來的舉動。

「即使見不到魔法的慈也沒關係。無論現在的她選擇走上什麼樣的道路……都和我沒有直接關係。」

「聽起來你們認識呢。」

「……對方應該不認識我吧。」

「那她又是你的誰？」

「…………這個問題很複雜。如果硬要回答……那就是——」

躍過屋頂，落在兩條街外的巷子裡。

對決即將開始。正如同尤加所言，應該沒有和魔法的慈交談的時間了。

只要在這條巷子裡直走，就能抵達當成對決場地的劇場庭園。

歐索涅茲瑪回答：

「妹妹。」

外型怪異的混獸再次朝地面一蹬，急速奔馳。

這是歐索涅茲瑪第一次踏入黃都，但是牠此刻無暇觀賞璀璨眩目的景色。

不過，牠有辦法獲勝。直到比賽開始之前，哈迪與宗次朗都對牠所使用的真正手段一無所知。

（我會在這場首戰獲勝。）

這是第一輪比賽，也是最困難的戰鬥。

敵人是率領實力匹敵羅斯庫雷伊派系的彈火源哈迪，其組織力所製造的有形無形妨礙從對決開始之前就把他們逼入窘境。

但是只要歐索涅茲瑪在第一輪比賽中擊敗宗次朗，就能打垮羅斯庫雷伊在黃都中與其匹敵的對立派系。掌控黃都軍部的哈迪派系將會在這場六合御覽中孤立無援。

那麼做與打敗身為主流派系的羅斯庫雷伊有著截然不同的意義。正因為哈迪不是主流派系，即使垮台之後雙方仍然有著羅斯庫雷伊這個共通的敵人。

這恰好跟幾米那市的舊王國主義者一樣——如果有人能夠重新團結分散的勢力，那麼這個人就是新的「首領」。

只要歐索涅茲瑪的合作對象仍然是逆理的廣人，接下來就是輕鬆的作業。廣人已經透過與哈迪陣營的使者接觸而布下了局。這場對決雖然是最困難的戰鬥，但也是逆理的廣人干涉對戰表之後製造的結果。

（……必須贏才行。）

因此，為了這第一輪比賽，必須安排好萬無一失的奇襲。

牠一直沒有進入黃都，其他參賽者無緣直接得知牠的外貌與人格。接下來只要透過基其塔・索奇的調查了解同組對戰對手的戰力，做好對策就行了。

——牠不關心其他六合御覽勇者候補的參戰目的，因為沒有必要。

無論接下來要對上的柳之劍宗次朗有什麼目的，那都不重要。

歐索涅茲瑪已經決定，即使面對魔法的慈，也會在必要的情況下出手。

歐索涅茲瑪的目的只有一個。

（根絕所有虛假的勇者。）

◆

城中劇場庭園從六合御覽舉辦之前就是用來當成王城決鬥場地的設施。

石造的觀眾席底下設有選手專用的通道，身為擁立者的二十九官會等在這個位置，觀看自己候補者的戰鬥。

目前只有彈火源哈迪在場，光暈牢尤加尚未現身。

一位年邁的祕書趕了過來，向他進行稟報。

「哈迪大人，屬下有事報告。」

「交通封鎖失敗了嗎？」

「……是的。」

妨礙歐索涅茲瑪進入黃都的行動。這與舊王國主義者在幾米那市的叛亂行動一樣，都是哈迪陣營為了打贏第一輪比賽而準備的策略之一。

那是在不會出現在舞台上的範圍內……嚴格來說，是讓尤加「不會出現在舞台上」的範圍內，盡可能做出的最大限度妨礙行動。在哈迪的計畫上，目前也沒辦法施展更加激烈的策略。

「晚一步才對付蒸汽動力汽車太致命了。蒸汽車向中央的登記還不嚴謹——那是刻意讓我方查不到的車。如果是傑魯奇那邊，應該能做得更好。」

「歐索涅茲瑪即將到達會場。只能讓對決開始了。」

「我知道。宗次朗就是為了開戰而準備的。去聯絡丹妥。」

「丹妥大人……基其塔・索奇的擁立者？」

接觸第二十四將丹妥。那就意味著接觸以「灰髮小孩」為首的歐卡夫陣營。雖然是伴隨著危險的次佳計畫，不過哈迪並不會因為這種狀況而猶豫。

「您的意思是丹妥大人與這件事有關……？」

「九成吧，毫無疑問是九成。鑽蒸汽動力汽車制度的漏洞，還能在我方察覺動向時立刻掌控燃料的黑市。這不是只憑頭腦好就能做到的。還必須要有可以大範圍伸展的手。是軍隊。基其塔・索奇不是能策動歐卡夫自由都市嗎。」

「……有可能是羅斯庫雷伊大人的軍隊嗎？」

「不可能啦。羅斯庫雷伊目前可以在黃都外動用的兵力不符合敵人行動的規模。經過那場狙擊騷動之後的交涉，基其塔·索奇與『灰髮小孩』……毫不猶豫就讓得到黃都市民權的歐卡夫人撤出黃都。他們的目的之一可能就是這個。要那些傢伙在城市外頭支援歐索涅茲瑪。」

能夠動用規模匹敵黃都軍的兵力的人，就只有第一千零一隻的基其塔·索奇。

雖然在能動用軍隊的這點上，羅斯庫雷伊或凱特也是一樣的。然而再怎麼說那都是黃都的士兵。越是位居大型勢力的一角，動用兵力時就越容易被其他二十九官得知其動向。

哈迪像現在這樣在城市外動用兵力，也讓他在黃都國內出現了極大的破綻。在其他陣營眼裡，看起來應該就像一場危險的賭注吧。

「基其塔·索奇與歐卡夫自由都市。為歐索涅茲瑪與歐卡夫那些傢伙牽線的一定是『灰髮小孩』。」

「……難道對方的目的是在六合御覽擊敗我們，讓歐卡夫陣營吸收我方嗎？」

「若是如此，也是可以利用這點——無論如何，那些傢伙都不只是一群傭兵呢。」

身為戰爭專家的哈迪就是會中這樣的計。哈迪認為，真正該警戒的不是遊走於組織之間拉攏各方的逆理的廣人，也不是領導歐卡夫自由都市的魔王自稱者，哨兵盛男。

以高效率的方式運用人海戰術，預測未來狀況配置手下的戰術能力。

第一千零一隻的基其塔·索奇是超乎他想像的強大危險存在。

「我現在就直接與對方談談。如果他們的目的是吸收我方，那就是求之不得。反正若是宗次朗戰敗，我也只能選擇加入那些傢伙的勢力。」

「……柳之劍宗次朗會輸嗎？那是『客人』喔？」

「我可沒那麼說。」

宗次朗很強。正因為那傢伙是真正的高手，哈迪才會決定用他。

但是他沒有必勝的把握。雖然他非得打贏這場第一輪比賽不可，但是能對直到今天為止都不在黃都的歐索涅茲瑪施展的計謀相當有限。在眾人環視的對決當中，哈迪也沒辦法為與歐索涅茲瑪對峙的宗次朗幫上什麼忙。

在開戰之前獲勝的手段全都用完了。這位戰爭販子接下來甚至還考慮到「對決結束後」的勝利手段。

「無論是宗次朗還是別人，一旦戰鬥開打，勝率就絕對不會是十成。畢竟連當事者本人都無法預料在戰場上會發生什麼事。所以我總是先做好下一步的行動。離開對決會場吧。」

「屬下馬上安排會面。哈迪大人最好也一起同行。」

「我本來就有這個打算。這下子事情變得很有趣了。我們走……唔。」

哈迪停下了腳步。參謀隔了一拍也停下來。

彷彿占據整個視野的巨獸出現在磚瓦建造的通道前方。

擁有蒼銀色的毛皮，狀似野狼的不自然野獸。就連二十九官之中體型最高大的光暈牢尤加在歐索涅茲瑪的旁邊看起來也變得很矮小。

「——你就是哈迪吧。」
「喔，善變的歐索涅茲瑪。」
第二十七將不但沒有被那種怪物嚇倒，甚至還駐足等著對方。
他從懷中掏出雪茄，咬在嘴裡。參謀湊到旁邊幫他點火。
哈迪閉上眼睛，吸了一口菸。
「……你們來得真晚，觀眾都等不及了。出了什麼問題嗎？」
「不晚吧。時間已經夠我現在……在這裡把事情處理完。」
歐索涅茲瑪就在通道對面。
如果不經過牠的旁邊，就無法離開這個劇場庭園。
彈火源哈迪若想前往目的地，就必須從碰一下即可殺害人類的暴力身邊經過。
「呼哈！」
哈迪吐出煙笑著說：
「不好意思，我等一下還有重要的事得處理。方便讓我過去嗎？」
「哈哈哈，你可別做太多壞事喔，哈迪。」
尤加一點也不在意現場的緊張氣氛，少根筋似地說著。
即使雙方目前屬於不同的勢力，兩人都有著同為武官的信任。以無情戰術家的名號受人懼怕的哈迪或許也在某種意義上顧慮著這個男人。

「畢竟如果對市民造成危害，我也不會留情。幸好我們都沒有這個問題呢。」

「……是啊。」

哈迪稍微轉個頭，將抽完的雪茄交給參謀。

「歐索涅茲瑪，借過嘍。」

「……」

即使在穿過歐索涅茲瑪身邊時，哈迪也絲毫沒有加快腳步。對於哈迪而言，戰爭就是與死亡為伍。

「對了，尤加。再過十天就是你的生日吧？」

「這麼一說，確實是這樣。」

「看來我還沒有老糊塗。改天讓我幫你慶祝一下吧。」

老將沒有觀看接下來的對決就離開了。

——第三戰的戰士皆已到齊。

善變的歐索涅茲瑪，對，柳之劍宗次朗。

◆

負責擔任六合御覽對決裁判的第二十六卿，低語的米卡雖是女性，身材卻相當高大。因此一邊的男子與她相比看起來就很矮，另一邊的野獸和她相比又太過巨大了。

「雙方都對真業對決的規定沒有異議吧？」

「很清楚。」

「了解～」

進行與第一戰相同的流程後，米卡就退出了現場。

劇場庭園相當寬廣。只要對戰的雙方有意願，他們也可以從中距離開始打。不過歐索涅茲瑪刻意選擇長劍所能及的距離。宗次朗也接受了。

「你的身體……長得很有趣嘛……」

宗次朗低聲說道。

「看起來你似乎是第一次見到混獸呢，『客人』。」

半空中傳來爆響。那是宣告開始的樂隊砲火。

然而雙方卻不為所動。

就算對方處在劍刃可及的範圍，劍豪仍然沒有出劍。

「……咯、咯、咯。你的命，有幾條啊……？」

宗次朗半瞇著眼睛。對方沒有弱點。

即使對方不動，宗次朗也有著可以瞬間看穿敵人戰鬥能力之本質的非凡戰鬥直覺。那是超越第六感，等同於未來預知能力的絕對直覺。

歐索涅茲瑪的超規格巨大體型全部都由等同於英雄所有的肌肉與骨骼構成。而且那種高密度的肌肉還能互相牽引發揮力量。其身體能力不僅在宗次朗之上，應該還超越了他過去在利其亞對決過的蜘蛛戰車的出力。

不僅如此。這隻混獸——並沒有一切生命都具備的致命弱點。

「你有著當劍士的身體呢。不適合使用其他任何武器。」

歐索涅茲瑪也是第一眼就完成了對宗次朗的觀察。

不過歐索涅茲瑪的觀察能力並非天生的異能。而是透過累積的經驗看穿肉體的構造。牠雖然身為混獸，在本質上卻與醫師無異。無論對於皮膚的外表或底下，牠在這片大地上是觀察過最多英雄的存在。

「然後，你在警戒我。」

宗次朗不僅沒有走向對方，反而還拉開與歐索涅茲瑪的距離。兩把劍的距離。雖然他應該有可以從這個距離砍中對方的招式。不過——

「……」

「你在懷疑我有沒有反擊手段吧。放心吧。我沒有你想像中的那種伎倆。」

——牠擁有在長劍可及的距離內使用的王牌絕招。

之所以一直留到對決場地決定之前都沒使出來，是因為那是歐索涅茲瑪所準備的保險之一。

只要確實地配合宗次朗出劍使出那個手段，就有可能一擊打倒對方。

不過只要對戰開始，進入這種距離的對峙。即使那個絕招的致命性與本質，甚至是真面目被看穿，那個「手」段仍然能不受影響地削落敵對者。

「話說回來，我聽到一個傳聞——聽說有位少女名叫『遠方鉤爪的悠諾』。」

「……啊？」

「你知道嗎？她啊——」

空氣發出「噗」地一聲震動。銀色的光線逼向宗次朗。大地發生爆炸。

光線的真面目是六把同時擲出的手術刀。

歐索涅茲瑪打開的背部出現了大量的手臂。那是牠以六隻那種手臂分秒不差進行的精密轟炸。

「……呿！」

沙塵四濺。宗次朗從惡夢般的破壞力之中活了下來。剛才造成空氣震動的不只是歐索涅茲瑪的手臂。

柳之劍宗次朗究竟是如何避開分秒不差同時射出的六發攻擊呢。

他收回被其中一把將腿當成目標的手術刀。同時左手一推撞開飛向肩膀的另一把刀。右手揮出魔劍，同時打落飛向軀幹的兩把手術刀。再抵住劍刃的側面抵消威力，不做多餘的揮砍。而在一連串動作之後形成的側身狀態則是閃過了剩下的兩把刀。

在一般的法則之中，那會被解釋為奇蹟似的幸運。

宗次朗會被說是偶然間動一下就擺出避開所有攻擊的姿勢。

——並非如此。

（「客人」。他們的存在真是太可怕了。）

歐索涅茲瑪的眼睛確實地觀察到了宗次朗的肌肉展示出的整個運動過程。

無論擁有多麼優秀的身體能力……即使是身為英雄，他們仍然有骨骼，有肌肉，必須合理地做出動作。

「客人」則不然。就連剛才那種誇張的迴避動作，他們都能理所當然地做出來。

即使透過歐索涅茲瑪那種連一根肌肉纖維都能辨識的觀察能力，也無法看清楚其動作的過程。

牠只感到一股莫名的突兀感。當察覺到有什麼動靜時，對方已經以人類不可能做到的加速度與臂力完成動作。那是一種動搖法則的根基，難以抗衡的恐懼。

（——不合理。無論是「客人」的存在本身……或是他們所引發的現象，全部都不合理。）

歐索涅茲瑪的無數手臂各自握著新的手術工具。牠的肉體是僅以達到英雄程度的肌肉纖維，以及達到英雄程度的神經所組成。

由於牠身為醫師，可以對自己進行自身的改造。只以最優秀的精選素材組合而成的混獸。那就是歐索涅茲瑪。

從背上長出的手臂做出了投擲武器的動作。宗次朗以迴避的準備回應。

然而野獸的八隻腳卻在牠進行投擲的同時執行不同的行動。展開突擊。歐索涅茲瑪一步就抵達對牠而言很短的距離。

「……！」

宗次朗揮出一劍。

「太遠了。」

歐索涅茲瑪那種讓人認為一定會直接碾過宗次朗的加速度，在刀身淺淺劃過鼻尖的那一刻立即靜止。連巨大軀體的慣性都能自行停止的誇張肌力與身體操作能力。

「這種失手看起來不像一位劍士該犯的錯喔。精神狀況不好嗎？」

「喂……你做了什麼。」

「好吧，柳之劍宗次朗。就讓你看看我的絕招。」

伴隨著「啪」的一聲，牠發出銀色的光線。從超近的距離做出的貼近射擊。

被宗次朗舉劍彈開的那個東西，是畫著螺旋軌道飛過來的鉗子。

「你啊……混帳！」

那招的起手勢與之前的投擲動作都不同，只有前後兩個動作而已。對於只提防先前那種同時投擲的人來說是避無可避的奇襲。宗次朗卻擋住了。即使在這麼近的距離也難不倒他。

「你這傢伙的性格絕對很惡劣！」

「如果你覺得互相廝殺時還需要保持善良之心，那就那麼做吧。」

歐索涅茲瑪已經轉換成準備投擲武器的動作。

宗次朗將刀收在腰間。拔腿狂奔企圖擺脫射擊。他預判著破壞性的流星軌道。右手臂與肝臟。左眼與胸口。喉嚨。以超高速襲擊右小腿。右掌、右肘、右前臂與左側腹。

「唔……！你有完沒完啊？」

牠的每一擊都有著必殺的威力。而且歐索涅茲瑪一點也沒有疲累的樣子，一直保持對自己有利的距離，不斷朝對方灑出武器之雨。

「怎麼啦，宗次朗。」

暴風雨不斷直撲而來。雖然和軍隊的包圍射擊很相似，不過其威力與單純的子彈或箭矢不在同一個次元。宗次朗不斷以誇張的速度揮劍，讓劍身不只是一條線，而是形成了面。宗次朗仍然還活著。

「——你不想在劍的距離內戰鬥嗎？」

「很囉嗦耶。」

「『你很想砍我吧』。以你的身體能力，要突破這點程度的彈雨應該是做得到的。」

觀賞這場對決的大部分觀眾都不會知道那是多麼的異常。但是，如此令人極為費解的狀況就是發生了。

柳之劍宗次朗被逼到劇場庭園的牆壁邊進行守勢。

劍與投擲的射程差距。體格與身體能力的差距。身為「客人」的他看起來簡直就像屈服於那種一般的常理。

「啊……可惡，照老樣子做吧……」

他深吸一口氣，再吐了出來。

銀色的光線穿過身邊，他閃過了攻擊。

宗次朗朝背後的牆壁一踢，向斜上方跳起。

宛如無數砲台的手臂對準了位於半空中的宗次朗。手術刀。二連、三連。宗次朗揮刀彈開攻擊。而歐索涅茲瑪雖然採取攻擊行動，牠的那八隻獸腳仍然是自由的。當宗次朗的身體跳到空中的期間，牠可以重新拉開距離。不過。

「……！」

金屬刃深深地嵌入八隻腳的其中一隻，不是宗次朗的劍。

「你把手術刀──」

緊接著，歐索涅茲瑪下肢的膝蓋、大腿根部，全都被手術刀刺中。

宗次朗躍向空中，引誘牠連續投擲手術刀。目的是讓「被彈回去」的手術刀從歐索涅茲瑪的頭上落下。

即使不必親手拿著，仍然能將刀劍置於其支配之下。超脫世界常理的劍豪。

「你的性命。」

就在反彈的手術刀阻止歐索涅茲瑪行動的那個剎那，宗次朗已欺入懷中。
在未達投擲射程的內側。他以拔刀出鞘的姿勢逼近其脖頸。
「我就收下——」
接著，來自極近距離的衝撞與其擦身而過。讓他整個人被撞飛。
他應該可以砍出必殺的一擊才對。
明明是絕佳的機會，宗次朗卻「什麼也沒做」。
只見宗次朗撞上劇場庭園的地面彈了起來，難堪地倒臥在地。
「咳、嘎……」
他挨了駭人的沉重一擊。那記衝撞原本該能避開才對。
然而他卻感受到一股強大的威脅，讓他確信自己寧可承受那道攻擊。
宗次朗閃過了連自己也不知道的「某種東西」。
……威脅。
（不對，有哪裡不對勁。從最早揮空的那個時候開始，就一直有地方不對勁。）
宗次朗一邊嘗試起身，一邊看著自己的手臂。
上面插著手術刀。這個位置並沒有受到歐索涅茲瑪的攻擊。
（怎麼回事。）
宗次朗受傷了。

（是誰插的？）

某個人。某個人的手正打算割開宗次朗的動脈。

（是我。）

那個某人的手，就是宗次朗的其中一隻手。

「……這是什麼。喂，到底是怎麼回事……」

那裡有個恐怖的東西。

前方。宗次朗看到了自己想避開的是什麼。

不知道從什麼時候開始，歐索涅茲瑪的背上就只剩下一隻手。

那隻手慢慢滑入其體內的黑暗，消失了。

從歐索涅茲瑪體內伸出的無數手臂全都是慘白的屍體，以肌腱或金線改造與補強後，精巧地將不同種族的肌肉縫合而成。

唯有那隻不同。

雖然只瞥見了一眼，他仍然認為那是一隻非常美麗的手臂。

柳之劍宗次朗是這麼想的：好可怕。

為什麼必殺的劍豪沒有在揮出第一劍時就砍下對戰對手的頭部呢。
為什麼他會一味維持守勢抵擋攻擊，等待反擊的機會到來呢。
為什麼，柳之劍宗次朗一步也動不了，只能傷害著自己呢。
「……那是，什麼？」

善變的歐索涅茲瑪是以最優秀的生物素材組成身體的混獸。
那一隻手臂，可說是最強也是最凶惡的生物素材。是可以連碰都不用碰到，就讓柳之劍宗次朗那樣的高手陷入無法戰鬥狀態的絕招。
牠有個特權。是其他候補者都不具備的特權。
「魔王的手。」
——那就是「真正的魔王」。

◆

已經不記得是多少年前發生的事了。
不過，他還記得倒塌輸電塔的影子。
那是宗次朗記憶中的「彼端」景象。

在交互相疊的大樓廢墟對面，是一座被大火燒熔的塔。宗次朗望著塔，對塔的傾倒方向感到不可思議。

「——吶！喂，可惡，別走得那麼快啦，宗次朗！」

一位年約四十幾歲的男子呼喚著宗次朗的名字。是塚嚴。宗次朗早就已經砍死所有步兵，只是走路的塚嚴卻晚了三分鐘才來。

在這場巷戰之中，那個男人竟然像在開玩笑似地穿著和服。

柳生塚嚴。雖然他自稱是柳生新陰流最後的正統繼承人，但實情卻不得而知。

「都是因為你穿成那種不好走路的模樣啦，笨蛋～」

「你……你老是在取笑我這個師父。我以後真的會劈了你喔。用『月影』劈了你喔混帳。」

「誰是師父啊。」

連同等級四的防彈衣一同被整齊劈開的軀體散落於地。

宗次朗以腳尖踢著被砍下的步兵手臂。連同握在手中的突擊步槍。

在「彼端」的世界裡，宗次朗的劍術明顯非常異常。

「哪有比弟子還弱的師父。所以你什麼時候才要拔出那把劍啊？」

「別小看我喔……我已經不是你那種亂揮刀就會開心的年紀了。這種事啊，你看嘛，我不是有說過？那叫合一啦。當自己與宇宙、對手的呼吸合而為一時，不用動手敵人就會自行離去。那也就是所謂無懼無怕的和之道——」

「之前對付游擊兵的時候，你還嚇得倒在地上喔。」
「哎呀，那是一種……一種劍術啦……」
「你在逃跑的時候不也是把刀亂揮嗎？」
「……」
宗次朗不耐煩地收刀入鞘。
從血管噴出的血，一滴也追不上宗次朗的揮劍速度。只憑這一把刀，他已經砍過不計其數的人了。
自從遇到塚嚴已經過了多久呢。宗次朗只是基於塚嚴送給他第一把刀的那點人情，才會一直像這樣陪伴著他。
他回想著自己還受過什麼其他恩情，但也想不到什麼特別的回憶。
「不知道還會不會有Ｍ１過來喔？」
「……我說啊，戰車那種東西可是在來真的時候才會出現喔。現在又不是第七枚核彈掉下來的那個時候。如果下次來了，我們就絕對死定了。」
「來的都是步兵或裝甲車，太無聊啦。」
「……可惡。再說了，為什麼你可以劈開戰車啦……你不是人類吧。絕對不是人類……」
有什麼辦法，那東西就是做成可以劈開啊——宗次朗這麼想著。
宗次朗的劍確實並非萬能，世界上的某處一定存在著他砍不了的東西。而且戰車比其他東西還要難砍。這點他也不打算否認。

不過，他仍然在認知上與其他人類有著很大的落差。

「劈不了才奇怪吧。那些戰車又不是一開始就是戰車的樣子。」

無論是什麼樣的裝甲，只要是人為製造，就一定會在某個時間點經過彎曲、熔化。否則就不可能形成製造者期望的形狀。而既然是組裝而成的物品，也就不可能完全沒有縫隙或錯位。因此根本沒有無法破壞的道理。宗次朗只是單純地以刀進行破壞。

即使面對塚嚴，他也一直如此主張。

「你……你啊……你知道金屬加工是怎麼做的……不對，你不知道吧。到了你這個世代，已經不會知道了。應該說學校本身就不存在了呢。」

「唔。學校。塚嚴那個時代的學校很有趣嗎？比砍戰車還開心嗎？」

「……根本比不上啦～我們來聊聊柳生的事吧。」

塚嚴搔了搔頭。當提到這類話題時，他一定都會閉上嘴，試圖轉移話題。

自稱已經沒有人可以確認真偽的柳生新陰流繼承者之名，宣揚聽起來不可信的劍術知識，穿著和服，還配戴著刀。

他反而像是厭惡和平時代的人生。

——然而比起派不上用場的理念，宗次朗更喜歡聽那些故事。

沒有戰爭，也沒有帶來物資的士兵。那時候的人是怎麼過生活的呢？

打從出生時開始，他就不知道相原四季出現之前的世界是什麼樣子。

「……你其實根本不是什麼柳生吧？」

「啊？我、我是真的喔！你……每次都是這樣啦！這下子得使出『花車』了。被我狠狠砍死也別後悔喔。」

「哦，那個是不是轟炸機？」

「噫！」

弱得令人傻眼的師父。

既沒辦法以刀身彈開步槍子彈，也沒辦法將劍刃插入奔馳中的裝甲車。甚至連單純享受戰鬥這點小事都做不到。只會擺出一副自以為了不起的樣子，從來沒派上用場過。

令人感到奇異的是，即使他如此弱小，卻仍然相信以刀戰鬥這種事。

在那之後，柳生塚嚴活不過兩年，理所當然似地死了。

或許就是因為如此，宗次朗才會來到這個異世界。

◆

「——是屍體。」

歐索涅茲瑪如此說道。那是聽起來像好幾種聲音混合而成的混獸特有嗓音。

「就只是蛋白質的集合體。不具任何意義。」

宗次朗和剛才一樣，沒有揮刀攻擊。但是，狀況已經不同了。

「停下來。」

宗次朗低聲說著。企圖制止正要割斷自己動脈的那隻手。以自己的意志，以自己的肉體。

這裡有個決定性的不同。現在的他與剛才在戰鬥時不知恐懼的自己不一樣了。

歐索涅茲瑪很清楚。魔王的手上已經沒有留下任何一丁點「真正的魔王」在過去所造成的那種影響力。

那只是單純的屍體——就算像歐索涅茲瑪那樣把它接上自己的身體，也只需要經過被連續幾個大月的惡夢逼瘋，不斷殺死自己的「那種程度的過程」，就能習慣了。

那不過是不再具備異常性的普通少女屍體。

那是她活著時才會存在的恐懼。如今的歐索涅茲瑪已經理解這點。

……然而。這個絕招對首次目擊的人而言——

「……哈、哈……！」

黏膩的汗水不停地從宗次朗的全身滴下。

他在「彼端」的大地砍過了所有能砍的物體。所以理解了一點。

他甚至不確定自己的手指有沒有握著劍。

（我……我已經——）

他看著少女的手臂。

就只是如此——敵人還是原本的樣子，敵我雙方的技術與力量並沒有因此改變。

（沒辦法砍死這傢伙了……）

雖然只是擦過去而已，他還是遭到對方的身體撞上。應該有哪根骨頭裂開了吧。

宗次朗注視著從自己的左手臂源源不絕流出的血。拔出來的手術刀落在地面上。得用它割開自己的喉嚨才行。不對，用手中握的劍來割會比較快。

他必須這麼做。好可怕。因為太可怕了，讓整個思考都陷入一片混亂。

因為那是世界上任何人都無法直視，不能理解，沒有勝算的東西。

「我，要，砍了喔。」

手上傳來切開肉的觸感。他正在割開自己側邊腹部的肉。

「哈——哈——」

「精神性發汗。你的手背上正在出汗喔。」

歐索涅茲瑪沒有攻擊，而是吊人胃口似地慢慢說著。

「你就繼續注意著自己有沒有握好劍吧。調整呼吸，將意識集中在手上。這可是關係到你的生死。千萬別放手喔……千萬要記好了。」

大地如同火藥引爆般爆炸。歐索涅茲瑪再次展開突擊。

「啊啊啊啊啊！」

宗次朗放聲大吼，擺出備戰姿勢，確實地對準了從正面直撲而來的歐索涅茲瑪。

他擺得出備戰姿勢。絕對不壞的魔劍將在對方碰到自己之前砍中牠。

他砍得下去。在宗次朗鈍化的認知之中，那是確切的事實。

砍得下去。還剩三步。可怕。砍得下去。還剩兩步。

可怕。砍不下去。

好可怕。

「……！」

沙塵飛舞。宗次朗趴著擺出蟾蜍般的姿勢，從歐索涅茲瑪的底下滑過去。

那是在歐索涅茲瑪碰到他之前的短短一步距離內，才會在其腳下出現的狹小空間。他鑽進了「魔王之手」在物理上無法碰觸到的腹部側邊。

在那個位置的話——

「呀……啊！」

劍光一閃。歐索涅茲瑪的軀幹在宗次朗的頭上被砍成兩半。

雖然身體被切開，歐索涅茲瑪的前半塊身體卻低聲說著：

「太慢了。」

宗次朗自己也明白。剛才那招速度很慢，太慢了。恐懼破壞他的劍術，他沒有砍下去。歐索涅茲瑪是自行切斷了身體。

歐索涅茲瑪只靠前半塊身體獨立行動。

「太慢嘍，宗次朗。」

宗次朗翻轉身軀，將歐索涅茲瑪的前半塊身體納入眼中。歐索涅茲瑪以放射狀伸展手臂，緊接著無數的手術刀閃閃發光。同時擲出。

防禦。不對。他有個直覺。應該警戒的是位於宗次朗背後的後半塊身體。

「喔喔喔喔喔喔！」

宗次朗放聲大吼。踢向腳邊，踩著從死角直逼而來的手臂跳了起來。宗次朗前一刻所待的位置插上了無數的手術刀。

還有另外一隻存在。

沒有頭部的「後半塊」混獸軀體正噁心地蠢動著大量湧出的手臂與後腿。那東西只是單純地執行著來自神經節的單純命令：捕捉敵人。

「我不是說過嗎——」

而具有智能的前半塊身體已經等在宗次朗閃避位置的前方。

再次突擊。以無數手臂同時推動的加速。宗次朗將刀往上一舉。

「千萬別放手喔。」

歐索涅茲瑪的利牙咬住了刀身。在強烈的衝擊扭斷手腕之前，宗次朗先鬆開了手。突擊與他擦身而過，削去腹部側邊的肉。

牠從劍豪的手中奪走了劍。

攻擊尚未結束。牠在擦過宗次朗身邊的同時，以數量龐大的手臂發動襲擊。這次不是投擲，而是揮出手術刀。

宗次朗在壓縮到極限的時間裡，看著朝他直逼而來的刀刃。

看著那每一隻手臂的可活動範圍，以及速度。

銀色的刀刃接二連三地刺向他。接著遭到解體。手臂在風暴中被砍飛。三隻。

那是屍體的手臂。

「──『空手……奪白刃』！」

宗次朗揮舞從手臂那邊搶來的手術刀。

同時在沒有碰觸到「魔王之手」的情況下對付敵人。

「……停、下、來！」

宗次朗差點就順著揮舞的力道，將手術刀刺向自己的喉嚨。

好可怕。

那一定只是隻普通的少女手臂。

但如果真的碰觸到自己，一定會造成無可挽回的結果。

可怕的一瞬間過去了。那是常人死幾條命都不夠的恐怖一瞬間。

歐索涅茲瑪的前半塊身體從上方飛過了剛才被切下的後半塊身體，後者一跳就讓兩塊重新連接在一起，連接縫都找不到。

雙方重新調整戰鬥姿勢——

在那之前，空氣先響起「噗」的一道震動。歐索涅茲瑪連一次呼吸的空檔都不給對方。

混獸的異形肉體在任何情況下都能直接切換成攻擊狀態。

「嘎！」

超脫世界常軌的劍豪彈開直飛而來的七把手術刀。這點無庸置疑。

即使遭受嚴重的體力消耗。柳之劍宗次朗還是做得到。

然而在肉體的消耗之外，精神上的消耗——

「……你該不會以為我的攻擊已經結束了吧？」

宗次朗發出悶哼。

「咕……咕、嘎。」

那是痛苦的呻吟。

「真正的魔王」帶來的恐懼。在那種壓力之下，被逼得超過極限的精神……

「恐懼過去之後。」

宗次朗失去了右腳。不是因為被手術刀擊中。

他擋住了歐索涅茲瑪的射擊風暴。而就在他揮刀的時候。

「在那個瞬間，最容易產生精神上的破綻。」

宗次朗同時砍下了自己的右大腿。

他做了不該做的事。

無論是多麼厲害的強者，肉體與意志的掌控全都會離他而去。

——那就是，恐懼。

他少了右腳。

「咕、咕……咕。」

一切都結束了。

宗次朗的手上只剩下一把短短的手術刀。

血液一陣一陣地從被砍斷的腿上湧出。他恐怕已經永遠無法再完美地使出劍豪所擁有的劍術了。

即使如此，宗次朗仍然發出冷笑。

……我已經預測到一切。

他看見了接下來的發展。「宗次朗沒有對抗手段」。他清楚明白這點。

接下來歐索涅茲瑪將會展開突擊，伸出「魔王之手」。

敵人主動踏入攻擊範圍的絕佳機會即將到來。

宗次朗卻無法揮刀攻擊。

手臂碰到之後，接下來會發生的事……連宗次朗的直覺都無法預測。然後就完蛋了。

宗次朗沒有任何可以做的事。

但是，他知道。

「——我看到，你的命了。」

◆

「彼端」的夜晚。不知道是在鐵塔那段記憶的前面還是後面。

塚嚴拔出了刀，正在進行某種古老流派劍術的練習。雖然他每天都主張不要拔刀，但宗次朗如今業已不想點明了。

話說塚嚴根本就沒有這種練習的習慣。那只是閒暇時隨便做做，用來滿足自我的修行。

在宗次朗眼裡，那是只是一種浪費大量勞力的無用行為。但把這個想法講出口也很麻煩，因此他仍然什麼也沒說。

「宗次朗～接子彈的那招要怎麼做啊，你昨天不是做過嗎？」

塚嚴的聲音在帳篷外響起。宗次朗聽了只想裝睡。為什麼這個男人總是在問些問了也沒意義的問題呢。

「我才沒有接～要是接了，刀子不就會斷掉嗎，笨蛋。」

「你別把師父叫成笨蛋啦。」

雖然心中充滿厭煩，但如果宗次朗沒有回答，他一定又會來找話來煩自己吧。明明雙方的年紀差距有如親子，那個人卻簡直像個小孩子。

於是睡眼惺忪的宗次朗就敷衍地說明下去。

「……我說啊～那不是拿刀碰彈頭。而是感覺像用刀腹碰子彈的側邊那樣。對著飛過來的軌道插進去……之後就是靠橫向的力量，把刀身當成彈簧。只要配合子彈的旋轉用力一抽，它就會自行偏掉。」

「不對……不對不對不對。什麼意思？我們在講的是步槍彈吧？你說的這些話與其說是好笑，比較像莫名其妙耶？」

「所以我就說塚嚴做不到啦，你太弱了～」

如果一次飛過來十發左右的步槍彈，他仍然有辦法處理。超過這個數量則是沒試過。不過考慮到槍枝在中距離的彈著分布，面對手槍時他還是可以進行有利的應對。

然而，只憑這樣的技巧並沒有辦法在這個世界生存下去。如果出現火焰噴射器或手榴彈，就需要更加不同的處理方式。

以刀應付所有的攻擊對柳生塚嚴很困難，他太弱了。

「如果飛過來的是劍或小刀之類的東西，大概就更容易打偏。畢竟是縱向旋轉，從旁邊朝著中心點敲下去就行了。」

「縱向？因為子彈是橫向旋轉，所以小刀是縱向旋轉？」

「……小刀要橫著轉也可以吧？不管怎麼轉都屬於縱向。」

——宗次朗從未在兵刃之戰中敗北。

在異世界裡，那點應該也是不變的真理。

◆

柳之劍宗次朗砍傷了自己。

正如同歐索涅茲瑪的說明，惡夢在放下心的那個破綻中出現。那是在平時的宗次朗身上看不到的瘋狂錯亂。

一切都被歐索涅茲瑪拿來當王牌手段的一隻手臂所支配。

僅僅是存在就能讓人感到恐懼的魔王之手，受到歐索涅茲瑪這隻殺戮之獸以智慧和戰術的運用，成為了地上最凶惡的抑止力。

這不是「只需要警戒」牠在刀刃所及的距離會使出什麼反擊絕招的程度了。從戰鬥開始的距離拉到這個距離的時間點，宗次朗就已經無計可施。
只要在極近的距離與歐索涅茲瑪對峙，就無法抵抗必殺的恐懼。
（沒有止血的時間……應該說——）
宗次朗以模糊的意識思考著。出血性休克發作了。
血壓下降，運動機能低落。他變得比在這第三戰的其他任何時間點都還要虛弱。
只是被奪去一隻右腳，人類就會變得極度脆弱。
（……連動的時間都沒有啊。）
即使如此，他還是非動不可。
他對著前方舉起手中的手術刀，表示自己沒有投降的意思。
就算那是沒有絲毫意義的事，還是有那麼做的必要。
「了不起的勇氣。」
歐索涅茲瑪沒有多說什麼，而是再次展開奔馳。
牠跑到一半，頭部就裂了開來。白皙纖細的手腕滑順地從中伸出。「魔王之手」。
……宗次朗已經看到進逼而來的歐索涅茲瑪的命。
不是存在於構成混獸全身的無數生命體的命。
如果要問有什麼地方的命是只要切斷，就能斷絕牠的一切——
（別放下刀。）

好可怕，好可怕。
他的師父懷抱的或許就是這樣的心情吧。
在宗次朗享受的那場戰火之中，悠諾也是如此嗎。
（什麼嘛，到了這個時候還在想東想西——）
只要刺出刀刃，斬斷生命就夠了。
這麼做就能讓宗次朗輕易獲勝。
既然確切的死就等在面前，他就沒有任何不那麼做的理由。
剩下五步，四步。
對方的軌道與速度明明就完全符合宗次朗的直覺。
只要砍下去就行了。如此一來一切就結束了。好可怕。
（……不要放下刀啦！）
他的手企圖牴觸意志放下來。那隻手到底想砍什麼東西呢。
好可怕。
魔王之手。宗次朗根本連碰都沒有碰到它。
就像是將堤防連同都市一起沖走的海嘯，那種恐懼單方面地摧毀行進路線上的所有存在。
宗次朗無法動彈。
他只能憑藉一把不可靠的短刀與那種恐懼對峙。

還沒有來到面前。對方明明只是在這麼短的距離，以那麼驚人的速度突擊而來，竟然就花了那麼久的時間。

還沒到，還沒到。還有思考的餘裕。

只要砍下去就行。已經太遲了。

就算現在開始揮刀，以這個距離也來不及了。

好可怕、好可怕、好可怕、好可怕。

就像是意識於瀕死之際會產生的現象，時間被拉長了。

在那種意識之中，他只能「認知到自己什麼也做不了」。

幾近發狂的恐懼被延伸成好幾倍，不斷侵蝕著精神——

剩下一步，接著——

（不要……）

他終於發現到沒有握著手術刀的感覺。

——精神性發汗。千萬別放手。

白色。

白色的手就在眼球的前面。

歐索涅茲瑪伸出了魔王之手。

異世界的劍豪輸給了恐懼。

「嗚。」

發出呻吟的，是歐索涅茲瑪。

魔王的白皙手指在碰觸到宗次朗的前一刻彎起，攻擊落空。

「……！這……是……！」

歐索涅茲瑪看到了魔王之手的上面發生的異變。

手術刀刺穿了肘關節。

牠原本應該咬碎停止不動的宗次朗，歐索涅茲瑪現在卻露出異常的狼狽模樣。在宗次朗面前停下腳步，痛苦呻吟。

「手……」

然後，牠不該停下來的。

緊接著，又有其他手術刀在迴轉中削下魔王手臂上的肉。

美麗的手臂淒慘地被劃爛，脫離歐索涅茲瑪的身體飛到半空中。

理應沒有痛覺的歐索涅茲瑪放聲大吼。

「咕、啊啊啊啊啊啊！」

那是第二把──不對。

「唰、唰」的聲音接連響起。五把手術刀微微偏離原本兩把的位置，插到了地上。多達七把的手術刀從天而降……也就是說——

「啊、啊啊……手……怎麼可能……它、它們彈回來……了嗎……！就在那個時候！」

超凡的劍豪甚至能把擲向他的刀子精準地彈開。

正因為如此，歐索涅茲瑪才會確信宗次朗的對應能力在造成恐懼之後的奇襲投擲之上。於是選擇以突擊當做解決他的手段。牠沒有冒著刀子被彈回來的風險擲出攻擊，而是打算以魔王之手直接觸碰以破壞宗次朗的存在。

「你把刀刃……打到半空中……！」

「宗次朗無計可施」。宗次朗自己也明白這點。

既然如此，如果沒有宗次朗的意志介入——

對於無法動彈的宗次朗，最能確實造成必殺一擊的方法是以魔王之手進行接觸攻擊。

因此他以超人般的戰鬥直覺，確定了混獸將會選擇那個攻擊手段……

不過世上真的存在如此高超的技術，讓他在那個確實會到來的未來裡，有辦法使歐索涅茲瑪那些被彈到半空中的手術刀配合時機自由落下嗎。

治承四年。

當時有一段在源賴政陣營奮戰的惡僧，五智院但馬的軼事。

面對平家陣營的三百兵力，貴族陣營的五十名兵力於橋上與其展開會戰。他只憑長刀就將平家陣營射出的傾盆箭雨全數砍落，因而獲得了斬矢的但馬這個別名。

他不只是砍向砍不了的東西，不只是以砍不了對方的速度揮刀。

即使置身於足以讓他砍斷自己右腿的惡夢之中，柳之劍宗次朗仍然做到了。

他看著歐索涅茲瑪。即使砍下了魔王之手，對方還是具有遠遠超越宗次朗的身體能力，還是有狡猾至極的智慧，還是有殺也殺不死的無數條生命。

即使如此，現在的他已經能砍向對手了。

宗次朗在空中握住砍斷魔王之手的手術刀。把它當成新的武器。

足夠了。

「只有可能是『意外死亡』。」

宗次朗大吼著。

「幹掉那傢伙的……！是意外死亡！」

「喔……喔喔喔喔喔喔喔喔喔喔！」

歐索涅茲瑪張開無數的手臂。

在互相能觸碰到對方的距離裡，兩頭野獸激烈交鋒。

不過，就算失去一條腿，死亡近在眼前。

在斬擊這個戰鬥領域之中，異世界的劍豪仍然——
每一次交錯，短刀就砍破歐索涅茲瑪的心臟，切斷一條神經節，再砍破一顆心臟。致命、致命、致命。全部都是致命處。
……到此為止了。薄薄的手術刀碎裂在宗次朗的手中。
「——哈。」
如果是一般的生物，早就已經可以將其徹底殺害。
等同於裝甲的毛皮妨礙了他，密度宛如鋼鐵的肌肉妨礙了他。
最糟糕的是累積至今的恐懼與失血所造成的耗損，妨礙了宗次朗的招式。
就如同宗次朗擁有非現實的劍術，歐索涅茲瑪身上也存在著非現實的強悍肉體。僅此而已。
超脫世界常軌的劍豪第一次弄斷了刀刃。

歐索涅茲瑪的前肢直逼而來。
「……」
「啪喳」，一陣水聲響起。
那一擊搗散了肉塊。
「嗚、嗚嗚……咕……咕嗚嗚嗚～！」
歐索涅茲瑪發出不明其義的低吼。

爪子再次揮下。這次打碎了骨頭，讓目標失去了原形。

「……喂。」

站不起身的宗次朗注視著那副景象。

歐索涅茲瑪看也沒看宗次朗一眼，只是不斷地進行破壞。破壞那隻被砍下來的魔王之手。

「呼——呼……嗚、嗚嗚……咕……嗚……」

低吼中帶著顫抖。牠正在感到恐懼。

無敵的野獸十分憔悴，看起來就像至今所受到的一切反撲全都顯現於外。

爪子再一次打向殘骸。

那只是普通的屍體。已經化為不具意義的肉末。

「——果然是那東西。那東西就是你的命。」

具有淩駕無法量測之「客人」的身體能力，以及基於與英雄戰鬥的經驗而得出的戰術，還具備對地面上所有生命都能造成必殺王牌的最強混獸。

善變的歐索涅茲瑪其實是很可怕的怪物。

但是，還有更可怕的東西存在。

「那種東西『怎麼可能不恐怖』。怎麼可能習慣。雖然你應該已經知道了……無論是你或我，其實都怕死了那傢伙。」

「咕、嗚嗚……我……我……！」

「……你……是在自殺吧。是因為想死才會戰鬥吧。」

逼人自殺，殺死親近對象的「真正的魔王」所帶來的恐懼。

那種情緒無法消除，也無法逃離。

只會在無自覺的情況下走向瘋狂。

「不、不對……！我要殺了假勇者！只有這個方法才可以贖罪！那是我自己的意志……應該是這樣才對……！我、我……！魔王的手！竟然做出這種褻瀆……！咕……嗚……真正勇者……不對、不是的……！對不起……歐魯庫托……！」

「我才不管你有什麼問題……應該說——」

宗次朗向前方舉著折斷的手術刀。

這次不是因為明白自己屈服於恐懼而擺出的虛張聲勢。

就算繼續打下去，宗次朗應該無論如何都不會有勝算吧。宗次朗之所以知道自己只能等著失血而死，卻仍然繼續維持那個姿勢，原因還是為了戰鬥。

為了戰鬥，為了之後的戰鬥。

即使認識了恐懼這種感情，仍然要繼續戰鬥下去。

「我只要能開心就好。」

「我，我……」

歐索涅茲瑪一邊為已經有所自覺的恐懼而顫抖，一邊勉強擠出這句話：
「……認輸了。」
「……」
「呼——呼……是你……贏了……！宗次朗……！」
無論是誰，都無法抵抗那麼一種的恐懼。
只要生於魔王的時代，世界上的任何人都是如此。
宗次朗看著地上四濺的血水。
「……」
歐索涅茲瑪不惜捨棄這場比賽的勝利——或是在很久以前不惜捨棄自己的性命——最後總算摧毀的少女手臂，如今已經不再散發恐懼了。

◆

比賽結束之後，歐索涅茲瑪被送上了獸族使用的巨大馬車。
一起搭上貨車的尤加擔心地問著：
「你真的沒事嗎？看起來傷勢很嚴重，撐得到醫生過來嗎？」
「……我就是醫生。肉體的傷勢……不成問題……」

「這樣啊。我本來打算如果你撐不下去的話，聽聽你的遺言呢。」
在這場戰鬥之中，受到對魔王之手的恐懼影響的觀眾絕對不在少數。不過那種感覺被解釋成對混獸那種怪異形體的恐懼。
如今那隻手已經不存在於世界上，尤加也無緣得知歐索涅茲瑪身上的真相。
「……尤加。」
「嗯？」
「……我……是在自殺嗎？」
牠完全沒有那種自覺。
歐索涅茲瑪以為自己是依照自身的正義而行動。
不能容許虛假的勇者存在。牠相信世上看過以前那場戰鬥的人只剩下自己。相信被留下來的牠有那麼做的義務。
——但是。以「真正的魔王」的力量殺光勇者自稱者……獲得最後勝利之後，在人民的面前揭露一切真相。到時候會有什麼樣的景象等在牠的面前呢。
歐索涅茲瑪的思緒不可能想像不到之後會發生的慘劇。
牠是在一路衝向毀滅。牠所做的選擇沒有其他意義，就是死亡。
自殺。

直到那一刻之前，牠都沒有發現。

「唔～雖然我不太清楚是什麼意思，不過歐索涅茲瑪很努力喔。我從來沒看過那麼驚人的戰鬥。既然有那麼一點勝算，那就完全不算自殺吧。」

「……那麼……挑戰『真正的魔王』，是自殺行為嗎？」

「別突然跳到奇怪的話題啦。」

尤加傷腦筋似地笑了笑。

他只是被碰巧選上，很好往來的將領。對於歐索涅茲瑪而言，只要有名義上的擁立者就夠了。即使如此，牠還是很慶幸是尤加成為自己的擁立者。

沉浸於重度的疲勞所帶來的睡意中，歐索涅茲瑪說道：

「……宗次朗說……那是意外死亡。能戰勝那種恐懼的，唯有意外死亡……」

「唔，那個魔王的死也只能讓人那麼想吧。所以我們才會要把六合御覽的贏家當成名義上的勇者……沒有實際上戰場的市民是沒辦法真正了解那種恐懼的。」

「……不對。」

歐索涅茲瑪知道那件事的來龍去脈。

在這場六合御覽的相關人士之中，可能只有牠知道真相。

「『真正勇者』是存在的。」

「真正的魔王」確實在牠的眼前被打倒了。

「……其實……打倒魔王的人……就在這片大地上……我……知道那個人……」

閉上眼睛之前，牠彷彿在流逝而過的人群之中看到了那個身影。

那一定是牠在朦朧的意識之中窺見的往日錯覺。

『最後的隊伍』。

隊伍中有飄泊羅針的歐魯庫托，有善變的歐索涅茲瑪……還有——

「……賽特拉……」

這是過去曾經挑戰「真正的魔王」之人的其中一種結果。

「真正的魔王」已死。在漫長的旅途之後，其肉體的殘骸也消散了。

但若想知道其過程發生了什麼事，還請暫且耐心等待。

——而這是決定一位勇者的故事。

第三戰。勝利者，柳之劍宗次朗。

九◇城中劇場庭園地下通道

從第三戰開始稍微倒回一點時間，在觀眾席底下的劇場庭園通道。

在柳之劍宗次朗的對決之前，悠諾正在那個位置待命。做著記錄對決前的天候與觀眾狀況之類的不重要工作。

（……現在不是做這種事的時候。）

自從看見輪軸的齊雅紫娜的名字，她的腦中就塞滿了復仇的事。

（不能繼續那樣下去。當時……我已經決定向宗次朗復仇了。）

所以悠諾才會將宗次朗帶來這裡。有可能出現超越柳之劍宗次朗的強者，這片大地的唯一死地——六合御覽。只要宗次朗在這場比賽中敗北，悠諾就能再完成一次復仇。就能相信自己還可以做到的事。

因為她還必須親手殺了輪軸的齊雅紫娜。

（對決快要開始了呢。）

她將早就完成的記錄文件擺在腿上，等待不知人在哪裡的哈迪回來。

悠諾看了看時鐘。

（好奇怪。他應該很快回來才對啊……）

悠諾等不下去，於是叫住正在巡邏的士兵，向他詢問。

「不好意思。我是第二十七將書記輔佐悠諾，請問哈迪大人現在身在何處？」

「哦，妳問哈迪閣下啊？」

士兵一臉詫異地回答悠諾的問題。

「他好像在對決開始前就離開劇場庭園不知道去哪裡了。應該是有什麼緊急要務吧。」

「怎麼會！」

發生了什麼事，他去了哪裡——那不是重點。

悠諾相信對於哈迪而言，宗次朗的這場戰鬥是賭上其政治生命的一戰。宗次朗也同樣會賭上一切戰鬥。難道不是如此嗎？

然而哈迪竟然因為什麼緊急要務而乾脆地離開對決會場。

更別說與那件緊急要務相比，悠諾這樣的小女孩只是擺在一旁不管也沒關係的存在。

「那麼，我……」

她差點就要捏爛記錄紙。腦中充滿的全是沒有意義，會招來自我毀滅的行動。

她都明白。即使與身為超脫常軌的「客人」宗次朗一起行動，以為自己受到哈迪的認可。結果悠諾仍然不過是「微不足道」的存在。

「我還需要待命嗎？」

「那得問哈迪閣下才知道。妳想去看上面的對決嗎？」
「我不是……那個意思……！」
她知道就算對這位士兵回嘴也於事無補。
到頭來，悠諾對於哈迪，對於這場六合御覽仍然是一無所知。
「……打擾了！」
悠諾粗魯地行了一禮之後，離開了現場。
（不夠、不夠、不夠。）
記錄紙還留在現場。這麼做一定會讓她在哈迪回來之後挨罵，但是她已經不管了，什麼都不想管了。
（不夠。我的復仇，完全，通通都不夠！）
帶著亂成一團的思緒，她繼續走著。
不知不覺間，她來到了複雜通道的深處。
有一處牆壁沒有燈光，那個角落特別陰暗。
「……啊。」
她停下了腳步。因為一位年紀與悠諾相近的少女出現在眼前的門後方。
那不是這個對決場地的相關人士。
「……」

少女默默站在原地，金色的眼瞳望著悠諾。

（……不會吧。）

在想到其他念頭之前，這位美得令人心痛的少女先占據了她的思考。

「那個，妳是——」

悠諾閉上張到一半的嘴。因為她隔著門縫看到一位靠著牆癱在地上的士兵。士兵失去了意識……也可能已經死了。

（對啊。我剛才經過的通道……原本應該有哈迪大人的衛兵站崗才對。）

然而悠諾卻只是搖搖晃晃地亂走就能侵入這裡。衛兵上哪去了？在哈迪大人離開的期間，異質的存在潛入了此地。

那麼她就是敵人。是哈迪與宗次朗的敵人。

悠諾腦袋的運轉速度並不慢。遇到對方之後。她一下子就做出了那個結論。

「妳是——」

「……」

但就算那是入侵者，悠諾該拿這位少女怎麼辦呢？

少女看起來沒有攜帶武器。只有漆黑的黑髮，以及極度白皙的肌膚。

「喂，誰在那裡。報上名來。」

突然，背後傳來的聲音打斷了悠諾的思考。

另一位巡邏兵走了過來。
（我可以自由行動。）
遠方鉤爪的悠諾什麼都沒有。但現在——
「——我是遠方鉤爪的悠諾！很抱歉……她是我的……朋、朋友。是朋友。因為觀眾席沒有位子，我正想請示能不能帶她從選手通道觀戰。哈迪大人現在在哪裡？」
「『遠方鉤爪』。是哈迪大人的書記嗎？場內禁止外部人士進入。哈迪大人也不在！應該待在這裡的衛兵去哪裡了？妳那個朋友有身分證明嗎？」
（……不行了。）
悠諾閉上眼睛。為什麼自己打算幫助這位少女呢。
由於袒護了她，悠諾可能會因為間諜的嫌疑而被定罪。
「——請等一下。」
少女開口說著。她牽起士兵的手，給他看了個小小的印章。
「我的許可證在這裡。」
沒有意義。那種看起來是她在侵入之後奪走的印章沒辦法當作通行許可證。那是通行時領取，離開時退還的物品。正因為如此，像他們這樣的衛兵才會守在此地。
（這個女孩果然是入侵者。我為什麼要做這種蠢事……）
「……沒有錯。這是許可證。」

「不好意思打擾了，我們走吧。」

纖細的手牽起了悠諾的手。

發生了什麼事？就算踏出腳步，悠諾還是無法理解。

（怎麼會？那種理由不可能說服衛兵。也看不出來這個女孩做了什麼。為什麼……為什麼她要握著我的手。）

走在通往地面的階梯上時，兩人的手一直沒有分開。

正確來說，是因為悠諾太過混亂，來不及放開手。

「妳、妳──」

用一句話就讓士兵聽從。難道她是女王那種具有莫大權力的人物，只是悠諾不知道而已嗎。

少女回望著自己，讓悠諾的內心沒來由地騷動不已。

「那個。」

少女不好意思地垂下眼睛，以微弱的聲音說道。

「非常感謝您幫助我。」

「……沒關係啦。妳是……哈迪大人和宗次朗的敵人吧？」

「……」

「不方便回答也沒關係。我是遠方鉤爪的悠諾。妳呢？」

「……真抱歉，不應該讓恩人先自我介紹。我是『影積』。影積莉諾蕾。」

那是一位襯衫與肌膚都白皙透明，卻有著飄渺虛無的氣質，宛如融入黑暗的少女。

那張臉近在眼前。就連身為女性的悠諾都感到她美得令人嘆息。

也許比琉賽露絲還要美。

（——我在。）

她轉過頭去，將那種想法趕出腦袋。

（我在亂想什麼……！世界上才沒有比琉賽露絲更美的女孩。琉賽露絲是我唯一的……我明明已經決定好了……！）

不該有這種事。所以，不是那樣的。

「為什麼妳要幫助我呢？」

「如……如果妳是敵人……我也想一起打倒宗次朗。」

「……悠諾大人是哈迪大人的書記吧。」

「妳覺得很奇怪嗎？但是，其實……六合御覽對我而言，不該是這樣子。在做其他的事之前，我必須先復仇才行。在像這樣……放心地安於現狀之前。我需要一個開端，不管是……不管是什麼都好。用來讓我復仇的開端。」

「復仇……」

現在的悠諾連對強者們之間的戰鬥做出一點小小的反擊都沒辦法。或許就是這樣，她才會在心中對年紀相仿卻展開行動的莉諾蕾抱有某種期待。

又或許，那也只是部分的理由。實際上從看到輪軸的齊雅紫娜的名字開始，她可能就已經自暴自棄，管不了那麼多了。

在走出劇場庭園之前，兩人都沒有受到士兵的盤問。

不過，第三戰開始了。悠諾應該就看不到結果吧。

心中閃過些許的迷惘與罪惡感——就在這個時候。

「啊。」

身旁的莉諾蕾突然雙腿一軟跪了下去。

悠諾下意識地扶著她的肩膀。一股淡淡的花香撲鼻而來。

「喂。」

「……不……不用擔心。」

「沒事吧？……跑個路有那麼累嗎？」

「……我對陽光敏感。讓妳見笑了……」

莉諾蕾虛弱地微笑著。那種楚楚可憐的模樣美得令人背脊發涼。

「既然已經出場了，那就慢慢走也沒關係。我們在那邊的攤販座位上休息吧。」

「……我才剛與悠諾大人見面。不能讓妳那麼費心……」

「我也不是要對妳親切。」

必須把事情問個清楚。至少，這是可以肯定的。

兩人點了同樣的飲料。在露天攤販前的位子上面對面坐下。

「……那麼，妳可以告訴我嗎？為什麼妳會在那個地方？」

「那個——」

莉諾蕾戰戰兢兢地開口問道：

「悠諾大人為什麼要對我好到那種程度呢？那個……我……沒有打算危害悠諾大人。更別說我沒有能幫上悠諾大人的保證。」

「……誰知道呢！大概是妳太漂亮了吧？」

悠諾不開心地道。她覺得自己非得維持不開心的心情不可。

這一點也不公平。對方毫無疑問是危險、可疑的存在。如果她遇到的是更加可疑的老人，或是可怕的大鬼，她還會像這樣產生興趣嗎？

「那個——」

莉諾蕾垂下了睫毛。

——太狡猾了。是她太美的錯。她明明不是琉賽露絲。

「……妳說……漂亮……」

「有什麼好奇怪的？妳到底在那個地方做什麼，快點說！」

「……是、是的。如果不會對悠諾大人造成麻煩，就讓我在這裡向妳報恩。」

少女將一份文件放在桌上。

她之所以弄昏那個士兵，應該是為了奪取這份文件吧。

不過，那是以低普及率的文字所寫的文件。不是一介士兵寫得出來的東西。

「這是以天語所寫的文件。若是利用文字傳達事項，可以讓底下的人無法解讀。本人不用在場就能傳遞訊息。也可以筆跡證明是本人所寫——這據說是哈迪大人透過士兵向親信交換重要情報時的作法。」

「『大腦』通知『腦幹』。根據結果，有必要修正『末端切除』的時期。進行與『蟲』的交涉——』」

「……！妳看得懂內文嗎？」

「唔……嗯。別看我這樣，我好歹是拿岡的學生。運氣好看得懂天語。雖然裡頭所寫的內容……都是軍方的暗語，結果都看不懂。」

「可以請妳——」

莉諾蕾的臉湊了過來，學著她的動作望向文件。

「……可以請妳把那些內容唸出來嗎！我來解讀意義！」

「我……我知道了。那個，可以稍微分開一點嗎……」

「啊，抱、抱歉……」

「沒有啦，我會不好讀文件……只是這樣而已。抱歉喔……」

兩人經過一番生硬的來往之後，悠諾開始讀出文件的內容，莉諾蕾則是解釋著其中的含義。在交談過程中，悠諾在莉諾蕾的美貌之中身上看到了知性的光輝。

此人擁有比悠諾所認識的拿岡學生更加犀利的洞察力。她究竟是何方神聖呢？

「——也就是說，這是……」

「是的，如果悠諾大人……打算揭發哈迪大人的祕密，這個計畫就太危險了。悠諾大人不能隨便涉入。想出這些東西的人……心思縝密得難以置信。」

莉諾蕾握住悠諾的雙手。悠諾想擠出什麼話，卻辦不到。

「……」

已經不是做出一點小小反擊那種程度的東西了。

「……真是太感謝妳了，悠諾大人。我一定會回報這份恩情。」

對毀滅故鄉的強者們的復仇。

決定這片大地最強存在的六合御覽。

只是個微不足道，平凡少女的悠諾不可能擁有任何對抗那些巨大存在的手段。

然而這場偶然的邂逅，帶給了悠諾那樣的可能性。

一個，是第二十七將哈迪不為人知的計畫。

另一個，是在六合御覽的檯面底下施展陰謀算計的一席修羅。真名為黑曜莉娜莉絲。

十◇伊茲諾庫皇家高等學校

自從祈雅就讀於伊茲諾庫皇家高等學校，已經過了三個大月。

出生於伊他樹海道那個人跡未至祕境的祈雅，到現在仍然受到旁人異樣眼光的看待。

這個伊茲諾庫皇家高等學校原本是為王公貴族的子女而設。即使黃都逐漸對市民敞開教育的大門，就讀於該校的學生也多半是富裕家庭的人類。

身為森人（elf）的祈雅就讀的是比她的年齡低一階的初等部。即使如此，她的成績仍然非常差勁。

更糟糕的是，她那種難伺候又旁若無人的性格還是沒有改變。

不過。

「祈雅！一起吃午餐吧。」

「剛才的問題妳竟然能獨自解出來耶。好厲害喔，祈雅。」

現在是中午休息的時間。今天仍然有好幾位女學生聚集到祈雅的座位旁邊。

來自邊境沒有禮貌的森人少女不可思議地受到這個新世界的接納——至少她們在表面上是友好的。

祈雅的目光停留在少女集團之中的一個人身上。

「……」

閃耀著白銀光輝的柔順秀髮。深邃得見不到底的大眼睛。

祈雅對人類的美醜沒什麼概念。但就算如此，她也知道那個女孩子具有與其他少女截然不同的異樣存在感。

她的名字是瑟菲多。

統治人類的女王。就是祈雅來到黃都時見到的那位住在美麗皇宮裡的那個人。

「吶。」

祈雅不耐煩地說道。最近幾天，她的心情一直都很糟糕。

「女王大人，妳不會覺得很煩嗎？而且看起來妳也沒有想和我說話的樣子。」

——瑟菲多不是她心目中想像的女王。

瑟菲多遠比大她三歲的祈雅還要聰明，比同年級的人還要優秀。但是在祈雅眼中，她只是個陰沉、缺乏表情、看起來一臉憂鬱，與理想完全相反的少女。

瑟菲多的碩大眼瞳之中總是泛著絕望的陰影。

若是哪個國家有她這樣的人立於頂點，那個國家八成會完蛋。

祈雅原本懷抱著期待。幻想著自己造訪黃都那天所見到的夢幻景色的主人會是多麼光彩奪目，多麼能為人民帶來幸福的人物。

「沒有那種事吧，瑟菲多大人？」

「瑟菲多大人不會排斥森人同學喔。」

「祈雅同學。女王大人雖然不怎麼愛說話，但是我相信她其實很想跟妳交朋友喔。」

瑟菲多的跟班們執意地想把祈雅拉進她們的小圈子。這也讓她感到心裡發毛。

若是被少女們孤立，遭到霸凌可能還會比較輕鬆。反正無論有多少敵人，祈雅都有在戰鬥中所向無敵的自信。

瑟菲多以缺乏抑揚頓挫的聲音說道：

「……對不起喔，祈雅。如果妳不嫌棄的話，和我們一起吃午餐吧。」

「…………可以是可以。但是堂堂的女王不要說『對不起』這種話啦。」

她也曾想過，或許是自己的家庭教師愛蕾雅太多事，為了她在私底下做了什麼。

愛蕾雅有著黃都二十九官這個了不起職稱的事，她是最近才知道的。

祈雅並不清楚具體來說那是什麼樣的工作。但如果真是如此，她又為什麼會安於那種生活呢。

（大人物就該過著輕鬆的生活啦。不該是如此嗎？）

祈雅與瑟菲多集團保持著距離，走向同一間餐廳。並且盡量讓自己不要想著故鄉的事，因為那會讓她的心情越來越差。

黃都這個城市還是有著數之不盡的快樂事物。她也有不是女王跟班的新朋友。今天回家時就去逛移動遊樂園吧。聽說西城區那邊還有沙人（zmeu）的表演。而且這間學校的配給食物雖然分量少，卻遠比故鄉伊他的食物高級。

祈雅一邊品嚐著燉煮得很透的豆子料理，一邊看著對面瑟菲多的模樣。

「女王大人，妳一直都是那個樣子嗎？」

「……那是什麼意思？」

瑟菲多停下了用餐的動作。微微歪著白皙的脖子望向祈雅。

祈雅的手肘擺在桌上，還用整隻手握住叉子。

「妳一～直挺著腰，不會累嗎？以女王大人的吃飯方式，就算不在大腿上鋪餐巾，也不會弄髒吧。」

「這個嘛。」

瑟菲多維持著原本的表情，眨了眨長長的睫毛。

「會累啊。很累呢。」

「……如果女王大人覺得沒問題，那我也沒什麼意見啦。」

祈雅想要自由地過生活。和住在伊他樹海道的時候沒什麼兩樣。

她也不打算加入周圍女孩們的對話。祈雅很快就把餐盤上的食物吃完了。

（她不會厭煩嗎。而且在其他女孩子的面前也不能再要一盤。）

「哎呀？祈雅同學，妳吃完啦？」

「好快喔。」

「也沒多快。只是妳們吃太慢了吧？」
祈雅從口袋裡掏出一粒小小的果實，含入嘴裡。
女王的跟班們臉上露出疑惑的表情。
「那個……祈雅同學，那是什麼？是食物嗎？」
「咦？不就是中庭的黃柳草嗎。那不是種來給人吃的喔？」
「黃柳草……可以吃嗎？」
「不知道耶……？」
那在伊他是很普通的事。但是對她們卻非如此。
祈雅不管面面相覷的少女們，逕自將果實擺在瑟菲多的面前。
「……反正女王大人八成也沒吃過吧。」
「……」
瑟菲多沉默地注視著祈雅。
那雙眼好黯淡。彷彿毀滅的景象一直烙印在那雙眼睛的深處似的。
公主收下淺桃色的果實，稍稍傾著頭露出微笑。
「謝謝妳，我就收下了。」
祈雅嘆了口氣，快步離開了餐廳。
（……妳明明就沒在笑。）

◆

祈雅居住的宅邸位於距離高地上的學校很遠的城區。那是她的家庭教師愛蕾雅的家，是一棟比祈雅在故鄉所住的房子大十倍的美麗建築。

當祈雅回到家時，門口剛好走出一位男子。那是個將頭髮往後梳，嘴巴很大的男子。

「唷，這不是祈雅嗎。」

「……差勁。」

祈雅用盡全力擺出鄙視的態度瞪著男子。那是名為「日之大樹」的公會首領，灰境吉夫拉托。不過對於祈雅而言，他是個大搖大擺地把愛蕾雅家當自己家的暴君。

祈雅知道吉夫拉托每天都對愛蕾雅使用暴力。他不但在愛蕾雅的家喝酒，幾乎每天都伸手討錢，將難以處理的問題丟給愛蕾雅處理，還以虐待愛蕾雅為樂。

「趕快滾出去啦。」

「哈哈，所以我這不就出來了嗎？」

當祈雅在上課時，這個男人總是待在愛蕾雅的家裡。無論祈雅去哪裡玩，或是在餐廳享用配給食物。每當她想起這件事時總是會很不開心。

「我知道妳很討厭我。不過我得對小孩子好一點啦。」

（……卑鄙的傢伙。）

如果祈雅在施暴的現場，她絕對會狠狠教訓這個男人一頓。

但是當祈雅從學校回來，事情都早就結束了。

「不准再來了。」

「那就得看那個女人的態度了。妳也勸一勸她啦，祈雅。如果想要我晉級，她就得出個『比羅斯庫雷伊更好』的條件嘍。哈哈哈。」

「給我消失！不然我就真的讓你消失！」

「啊～啊～好啦好啦。」

吉夫拉托賊笑著離開了。

他說自己喜歡小孩。怎麼可能有那種事。

幸好祈雅沒有真的把「給我消失」這句話說出口。

「……我回來了，愛蕾雅。」

愛蕾雅在只點了蠟燭的家裡收拾著凌亂的起居室。

「妳今天回來得很晚喔，祈雅。」

「……」

看到愛蕾雅的脖子上有道新的瘀青，祈雅皺起了眉頭。

是吉夫拉托幹的。這個房間，還有愛蕾雅的傷痕都是。
自從被選為勇者候補之後，吉夫拉托的暴行就越來越嚴重。
「學校過得開心嗎？」
「……算是還好吧。」
「如果有什麼煩惱，可以來找老師商量喔。」
「還好……沒什麼需要擔心的。我可是無所不能呢。」
祈雅移開了眼神。她沒什麼需要擔心的，但那是指對於祈雅自己。
以祈雅一直以來所看到的愛蕾雅教師形象，她的生活是令人難以想像地孤單。
愛蕾雅沒有家人也沒有朋友。除了祈雅之外，與她有來往的人全都是勇者候補吉夫拉托與其手下那些品性惡劣的傢伙。
碎玻璃與陶器的碎片散落一地。
今天來到家裡的，也許不只有吉夫拉托一個人。
可能還有「日之大樹」的那些傢伙。
（……想到就讓人心裡發寒。）
那種事到底有什麼樂趣呢。
「愛蕾雅。我今天不想煮飯。去外面的店吃吧。房間我會之後再收。」
「呵呵呵呵。真的嗎？不可以用詞術收拾喔。」

「這點小事沒關係吧。在伊他時不都是這麼做的。」

不管怎樣她就是想到外面。她不願再看到吉夫拉托暴行的痕跡。

為什麼那個人有辦法對比自己弱小的對象施暴呢。

像吉夫拉托那樣的人，若是遭到比自己強的某人——比方說祈雅——以同樣的方式欺負時，他會不會乖乖地接受那種不合理的對待呢。

（我不管有沒有證據。下次遇到他時一定要弄哭他。）

祈雅目前遵守著不得使用詞術的約定。之前在發生同樣狀況的某天，當她治好愛蕾雅手上的割傷時，還被愛蕾雅狠狠罵了一頓。

不過當她真的再也忍不下去時，她也不打算就這麼默默地什麼也不做。

「愛蕾雅，妳知道嗎？學校附近的店家有在賣利其亞的魚料理耶。」

祈雅假裝不在意愛蕾雅的傷勢，繼續說著。

「雖然價格可能有點高……但是連女王大人都沒辦法每天都吃到新鮮的魚喔！」

「真是的……妳根本就已經準備好出門了嘛。」

「走吧，愛蕾雅。」

祈雅換了雙鞋子。那是一雙看起來小巧可愛的鞋子。與她住在伊他時所穿的鞋大不相同。是愛蕾雅買給她的。

「我們不會繞道去劇場喔。」

「我知道啦。」

兩人走到了路上。

黃都這座城市總是很吵鬧，人也很多。人的數量這麼多，他們睡覺時有辦法全部都擠進城市的建築物裡嗎？祈雅一直都覺得很不可思議。

「……吶，愛蕾雅。下次我可以帶朋友來家裡嗎？妳一定會很開心喔。」

「開心？」

「因為愛蕾雅很孤單吧？」

不知道為什麼，愛蕾雅露出了驚訝的表情。她將眼神從祈雅身上移開，換個話題。

「……妳要帶的是學校的朋友嗎？祈雅和女王大人關係很好吧？」

「不是。是在蓄水池那邊廣場上認識的小孩。我們六個人比賽爬樹，我是最快的。而且沒有用詞術喔。」

「那大概就是軍人的孩子吧。那附近是黃都軍眷屬的宿舍。」

「……軍人。」

這麼一說，當天和她一起玩的朋友曾經炫耀過他的父親。

那個小孩的父親是受到第二十七將哈迪賞識的勇敢士兵。據說他在面對舊王國主義者時英勇奮戰，解放了被占領的托吉耶市。

「課堂上有教過吧？黃都原本是為了保護人類不受『真正的魔王』威脅而建造的最後據

點……所以很多市民都與軍隊有關係。祈雅常去的麵包店老闆的兩個孩子都是軍人，學校的老師之中也有人身兼軍職喔。」
「哦……我都不知道。是這樣啊。」
黃都的軍隊。如果不久之前的祈雅，可能會把這些話當成與自己無關的事，聽過就算了。
「愛蕾雅也有軍人朋友嗎？」
「……我看起來像有嗎？」
太陽逐漸落下，夜晚覆蓋了天空。
愛蕾雅走過了最後一條巷子旁成排的煤氣燈，那副微笑看起來彷彿籠罩上了陰影。
「我在想，既然愛蕾雅也是二十九官，應該至少也有一個……呃，認識的軍人吧。」
「有什麼事讓妳在意的嗎？」
「嗯……」
也不是什麼重要的事。那只是個傳聞罷了。
「黃都軍——不會攻打伊他森林吧？」
「……」
那是她在學校聽到的傳聞。如果是真的，應該不會傳入祈雅這種小孩子的耳裡。
「那只是老師之間在聊啦……聽說黃都必須從其他地方拿取維持運作的資源。又說伊他沒有被魔王破壞，是很適合的對象。」

如果祈雅當場質問教師們，應該就能知道消息的真假。但如果是真的，祈雅又該怎麼辦呢？

「……議會中確實有提出那樣的討論。」

「……！」

「可是老師在伊他住過，實際見過在那邊生活的人們……我希望不要讓那件事發生。雖然老師沒有對軍方的行動置喙的餘地就是了。不過我覺得這與黃都的方針無關。」

「可是……如果真的發生了，我有什麼能做的嗎？」

「嗯。只要打贏六合御覽，就能拯救大家。」

——只要獲勝，就能實現任何願望。

這是祈雅在抵達黃都第一天就聽過的話。

（對呀。吉夫拉托是愛蕾雅的勇者候補嘛。）

所以愛蕾雅才會打算擁立勇者候補參加六合御覽，即使遭到暴力對待也忍耐下來。全都是為了拯救祈雅的故鄉。

「不過……我一點也不想受到那種傢伙的幫助。而且那是我的故鄉……和愛蕾雅又沒有關係。」

「不能說沒有關係喔。」

愛蕾雅伸手輕撫著祈雅的頭。

愛蕾雅在伊他當家庭教師時，兩人總是會頂撞彼此，如同姊妹般整天吵架。但是在來到黃都之後，她卻徹底地變得很溫柔。都是因為在這裡的生活太過寂寞，讓她變得軟弱，沒有精神。

「畢竟祈雅是老師的學生嘛。」

「……如、如果說！」

一輛馬車從大馬路上經過。

那是軍方的車。士兵已經融入黃都的日常景象，隨處可見。

「如果說伊他真的受到攻打，我……我一個人也能打贏黃都軍。我會守護伊他。」

「是啊。妳也許能做到吧。」

「是不是？因為我只要說一句『吹走吧』，無論來了幾萬人，都會被風颳走。可以用火焰炸掉，也可以讓地面裂開，把他們吞進去。」

那絕對不是小孩子在說大話。

連那樣的大話，祈雅都能將其實現。無論是一句話改變天候，或是讓無限的軍隊轉眼消失。她天生就具有如此全能的力量。

「……」

「呵呵，不過我知道喔。祈雅不會做出那種事情。」

「……別說得好像妳很懂人家啦。」

每一位黃都的士兵可能都有家人。就像是祈雅的朋友，或是麵包店的老闆那樣。他們認識的人數量可能還超出祈雅的想像。

（和黃都軍戰鬥這種小事……）

祈雅在黃都這裡「待得太久了」，讓她沒辦法保證那些人與自己絕對毫無關連。

況且——當她為了保護伊他而殺光軍隊之後，故鄉的人們還會像以前那樣疼愛祈雅嗎？還會疼愛殺了那麼多人的祈雅嗎？

「祈雅是個溫柔的孩子喔。那是比所向無敵更有價值的特質。老師是這麼相信的。」

「……」

祈雅望向天空。雖然兩顆月亮應該掛在夜空中，卻被厚重的雲層遮住而看不見。

她幾乎想說出「放晴吧」。就像待在故鄉的那段日子裡，隨性會做的那樣。

（我是無敵的。）

只要一句話，就能讓各式各樣的念頭化為現實。

就像是現在所穿的這雙鞋。只要祈雅有那個意思，想做幾雙就能做幾雙。

在這片大地上，沒有可以威脅到祈雅的敵人。無論是什麼樣的威脅擋在面前，祈雅的詞術都能將其排除。

（……但是。哪裡有真的得做到那種地步的敵人呢？）

時間逐漸朝六合御覽推進。

據說灰境吉夫拉托即將與絕對的羅斯庫雷伊對決。

◆

當天晚上。

除了與祈雅居住的那間宅邸，愛蕾雅還擁有其他掛在別人名下的房子。那是用來以無線電接收聯絡員報告的房子。

「祈雅似乎已經順利打聽到攻打伊他的情報了。我這邊也已經確認此事。」

『——那就好。如果沒有效果，我還打算直接對本人說呢。幸好她是個直覺比想像得更敏銳的孩子。』

通話對象是伊茲諾庫皇家高等學校的教師。至少在表面上是那樣的身分。

「任務就只有這些。在六合御覽結束之前切斷聯絡，徹底進行潛伏。知道了嗎？」

『了解。那麼愛蕾雅卿，我們日後再會。』

愛蕾雅切斷了通話。

在伊茲諾庫皇家高等學校這個少數能接觸公主瑟菲多的地方裡，潛伏了許多愛蕾雅手下的特務。他們只是透過日常對話或物品執行指示，達成任務後收取酬勞的關係。並不會對收到的指示過問。其中有些人以瑟菲多跟班的身分嘗試讓祈雅與公主接觸。

前幾天，對戰的組合也決定好了。一切都照著她的計畫進行。

侵略伊他的情報是愛蕾雅刻意洩漏給祈雅的。就算剛開始只有些許的懷疑，但只要種子種下去，像祈雅這樣的小孩子將會難以擺脫那種恐懼。

「……可以運用的資源並不只限於眼睛可以看見的東西。」

黃都諜報部門首長——第十七卿，紅紙籤的愛蕾雅。

即使黃都未來將會執行襲擊伊他的作戰，負責人也是她本人。視祈雅今後的表現，她仍然可以停止部隊的行動。

而且伊他遭到襲擊的情報本身就可以當成能運用的資源。

祈雅就這樣一步步走上必須守護故鄉的道路。

她撫摸著脖子上的瘀青。那是被吉夫拉托打出的傷痕。

不過遭受這種暴力也是愛蕾雅允許的。

（沒問題的。我和母親不同。）

灰境吉夫拉托與祈雅一樣，都是她的策略裡的必要棋子。品性惡劣的人比較好操縱。而且之後捨棄他的時候也不會捨不得。

——比羅斯庫雷伊更好的條件。吉夫拉托是這麼說的。

（吉夫拉托應該正在受到羅斯庫雷伊陣營的拉攏。羅斯庫雷伊在六合御覽中的行動比我想像得還要慎重、徹底。）

吉夫拉托將會在第一輪對戰時安全地敗退，藉此收取比獲勝更好的報酬。他應該是打算利用與最強騎士交手的經歷為自己鍍金吧。

那不但關係到「日之大樹」的評價，與羅斯庫雷伊陣營建立起連結的他也能得到今後在黃都活動時的安定基礎。

（耍小聰明。真不希望他把算盤打到那種地步。）

對於愛蕾雅而言，吉夫拉托的用處是讓她在首戰時與羅斯庫雷伊分配到同一場對戰的誘餌。或許還有其他比吉夫拉托更愚蠢——打算挑戰羅斯庫雷伊，而且真的以為自己能獲勝的人存在。然而在有限的準備期間裡，愛蕾雅沒辦法獨力找到比兼具充分知名度與戰力的吉夫拉托更適任的人選。

直到六合御覽開始，她都沒有夥伴。必須一個人獨自戰鬥。

（如果已經排好和羅斯庫雷伊對戰，就必須變更方針，在對決開始前捨棄掉吉夫拉托才行。一定得打贏首場對決……一定得讓羅斯庫雷伊輸掉……）

就算那是表面上的方針，黃都二十九官原本也都應該支持唯一一位的勇者候補。第二將，絕對的羅斯庫雷伊。

先擊潰羅斯庫雷伊，將黃都最大的派系納入掌中。那就是愛蕾雅的目的。

（雙方花費在謀略上的力量總和差距太大了。我在六合御覽中最多就只能拿到一場勝利。但只要在第一輪比賽中——一開始就打倒羅斯庫雷伊，之後我就可以「接管」羅斯庫雷伊陣營在第二輪比賽之後的計畫。再把誰具有符合勇者名號的力量，最後該讓誰獲得勝利的這個位置，從羅斯庫雷伊換成祈雅就行了。」

從十六名候補縮減到剩下一半的第二輪比賽開始，女王將會親臨六合御覽觀戰。而且只要女王一開金口，就能輕易推翻掉黃都推出的勇者候補。

因此，她還策劃讓祈雅接近女王。

愛蕾雅的手中已經握有壓倒性的力量。接下來只要再獲得靠山就行了。

（我擁有「世界詞」。那是任何人都無法想像得到的終極王牌。）

她又摸了一次脖子上的瘀青。

那麼小的孩子竟然就會擔心愛蕾雅的這道傷痕，還想帶她出去走走。

……沒問題的。祈雅對愛蕾雅十分信任，絕對不會起疑。她恐怕作夢也想像不到自己會被捲入陰謀之中。

——因為，愛蕾雅妳看起來感覺很孤單吧？

（沒問題的。）

愛蕾雅閉上眼睛，彷彿要遮蔽窗外一閃一閃的星空光芒。

愛蕾雅一直都是孤獨的。沒有必要信任任何人。

在六合御覽的對決開始之前，她將獨自準備好整個陰謀。

（首先，得解決掉羅斯庫雷伊。）

在黑暗的盡頭，一定有著光明。

十一◆庫匠自然公園

在黃昏的公園裡，厄運的利凱重申著已經做過不知道多少次的說明。

「敵人不會總是從正面攻過來。妳也得注意視角的邊緣。」

「嗯！」

魔法的慈正在聽他訓話。雖然她每次都只有回答的聲音特別認真。

「在習慣之前就先不要注意手或視線，而是觀察全體的輪廓。對方有所行動時輪廓的外型一定會改變，之後對方採取什麼行動就以經驗掌握。」

「嗯！」

「……妳真的有聽懂嗎？不要看我，看那棵樹的方向。」

「嗯——！」

「啪」的一陣空氣爆裂聲響起。利凱的箭矢速度比火藥擊發的槍彈還要快。

慈仰身閃過。

「太好了！」

「不對不對！不對啦！妳還是沒懂嘛！妳剛才是看到才閃開的吧？那樣不行啦！」

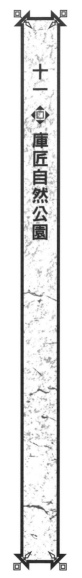

「有什麼不同嘛！人家不是都閃過了！」

「靠預兆閃躲與看到之後再躲完全是兩回事。就算是躲不了的攻擊也非得躲過不可。如果沒有預留讓身體躲開的時間，就很難轉換到下一個動作。所以無論是防禦時或攻擊時，靠預兆閃躲都是很重要的。」

「可是我被打到又不會有事。」

厄運的利凱壓著額頭仰天長嘆。

「小慈。這是閃躲的訓練啊……」

花了半天的訓練，成果可以說幾乎等於零。

當然，利凱也很清楚她的自信是怎麼來的。魔法的慈是無敵的。根本想像不到地面上有什麼能打倒她的手段。

就算如此——絕對的羅斯庫雷伊、星馳阿魯斯、冬之露庫諾卡。考慮到地面上有著眾多英雄，也無法一口咬定世上完全不存在超出利凱想像的必殺絕招。

……所以利凱認為，至少該傳授給慈一般的戰士技術。

既然慈可以只靠體能就躲過利凱的箭，那麼只要再加上整套的技術，她應該就能真正成為自稱無敵也綽綽有餘的存在。

「……小慈，妳想贏嗎？」

「嗯。」

「既然如此，那就得動腦思考。小慈以外的傢伙全都在拚命思考。觀察、行動，盡一切力量戰鬥。因為他們賭上了性命。沒在思考的只有小慈而已。」

「……我知道。但是我真的做得到嗎……？……是不是天生頭腦不好就沒辦法成為英雄呢。我感覺自己還是……沒辦法成為像利凱或蓋庫拉夫尼魯那樣。」

「那就只能練習了。明天再活用妳這次反省的經驗。今天已經天黑了。」

「……我還能繼續喔。」

「我已經累了。」

利凱露出苦笑。陪擁有無限體力的慈訓練時，更像是利凱在訓練自己。

魔法的慈是完美無缺的存在，但同時也是具有全方位發展潛能的原石。既然如此，慈的力量在未來會發展到什麼地步呢。

（……但也許，她是不會改變的。）

他最近這麼想著。那是某種看似已經看開，卻又不同於放棄的感慨。

精神與肉體的不變，或許正是專屬於慈的強大力量。

「那就明天見嘍，利凱。」

「嗯，替我向弗琳絲妲大人問好。」

◆

夜晚。一輛黑檀木打造的馬車穿過巨大的鐵門。這棟宅邸位於高級住宅密集的黃都高地，看起來規模特別巨大。

從馬車走下的婦人宛如歌劇女伶，身材相當寬大。

不過她那套連指尖的裝飾都精心設計過的外出打扮，反而讓肥胖的體型給人優美的印象。其名為黃都第七卿，先觸的弗琳絲妲。

她是管轄黃都醫療部門的首長。而不吝於為自己或周圍的人花錢的她，也是黃都屈指可數的資產家。

「哎呀哎呀～真是嚇人！」

看到庭院的景象，弗琳絲妲吃驚地喊了出來。

環繞宅邸四周，根據花色排列整齊的花壇被破壞得不成樣子。其中一座樹籬從中間被徹底砍倒，旁邊的樹籬也滿布彷彿被亂砍一翻似的痕跡。

一把被折斷的修剪樹木用柴刀孤零零地躺在地上，明顯就是製造出這片景象的凶器。

「小慈！」

接著弗琳絲妲在大門前發現了抱著膝蓋垂頭喪氣的少女。她看起來很失落，連那條栗子色的大麻花辮也沒什麼生氣。
「弗琳絲妲……對不起……我……本來想幫忙……因為聽說園丁今天休假………」
「哎呀！妳想幫忙修剪庭院嗎？」
「我每天都在看……明明就是做同樣的事……」
「小慈……我說了好多好多次，妳這個人真是──」
那巨大的身體抱緊了慈，搔著她的頭。
「真是的～！妳實在是個好孩子耶～！呵呵呵呵呵！好乖好乖好乖～！竟然想要主動幫忙，妳的心腸真是好！有這樣的心意就夠了！不用在意收拾的事，趕快去洗澡吧。我等一下會準備晚餐。可愛的小慈！」
「唔、嗯……！好！」
弗琳絲妲在這場六合御覽之中，原本預定擁立這個時代最高強的詞術士真理之蓋庫拉夫尼魯為勇者候補。慈不過是突然插進來拿走了那個名額罷了。
不過，這位深愛自身擁有之財富的第七卿同樣地愛著勇者候補這棵搖錢樹。
因此慈也就源源不絕地接受了原本應該是由庫拉夫尼魯獲得的援助。
比方說自從慈來到這座宅邸，廚房裡就有她專屬的調理師。使用的浴室也不同於家裡其他人，是在慈來訪之後才額外增建的。雖然不知道她是什麼種族，不過她所受到的待遇與人族相當，甚至可以說更好。

（弗琳絲姐果然很溫柔。）

於是慈就照著弗琳絲姐所說的前往浴室。

（可能是因為她有很多錢吧。）

她在更衣室解開衣服上的結，脫掉裙子與內衣褲，露出發育良好的豐滿裸體。雖然剛來的幾天她甚至會忘記關門，不過現在她已經可以按照別人教她的步驟入浴。

慈一如往常地關上有著三重構造的門，望向第一個浴池。

「今天洗的是淡藍色的水呢……」

來自室外的夜晚空氣所帶來的些微寒意，滑過慈那勻稱的裸體。不過冷熱的感覺並不會為她帶來痛苦。事實上，那點程度的影響根本傷不了她。

白嫩的赤腳走下階梯，整條腿泛起波紋後沉入水中。弗琳絲姐每次都告訴她，入浴時要讓水泡到肩膀處。

過了一會，浴室外傳來一個聲音。

「小慈！妳已經在洗了嗎？」

「嗯，今天洗的是什麼呀～？」

「是氫氰酸喔。」

——這片有著淺淺藍色的液體，是從左葉草萃取出的氰化物。

置身於只靠汽化的蒸汽就能輕易殺害昆蟲野獸的劇毒之中，魔法的慈卻不受這些水的影響。

身上的肌膚毫髮無傷，仍然保持著原本的美麗。

「竟然連泡在氫氰酸裡都沒事，小慈果然好厲害喔～真是太棒了！妳實在是強悍的好孩子。我會向議會仔細報告妳的事喔。」

「嘿、嘿嘿嘿……是嗎……！我只是天生這樣才會沒事啦……」

慈害羞地連嘴巴都泡到浴池裡。致命的水面上咕嘟咕嘟地冒出泡泡。

……增建的這間浴室實際上就是弗琳絲妲用來測試這位新勇者候補能力極限的實驗室。為了慈而僱用的廚師與調理師同樣也不分晝夜地試驗著魔法的慈那種毫無極限的耐受能力。熱水、水銀，各種劇毒。弗琳絲妲記錄著她對各式各樣種類攻擊的承受能力，不斷以客觀角度登錄、更新這位來歷身分都不明的候補者強度。

其目的只有一個。深愛自身擁有之財富的她同樣地愛著勇者候補這棵搖錢樹。

「等妳洗完之後，我這邊有新口味的濃湯喔！是從凱迪赫那邊拿來的！」

「我知道了！不過我想再泡一下。」

魔法的慈輕鬆寫意地步出死亡之池，走向有一門之隔的第二個浴池。這裡的是用來洗掉毒物的一般熱水。

即使慈可以感受到冷熱或皮膚的刺激，她也不會感覺到理應伴隨而來的強烈痛苦。那種感覺已經被隔絕了。

然而就算如此，比起第一個浴池，她還是比較喜歡第二個浴池。

「嘿嘿……好溫暖。」

她將身體泡入乾淨的熱水之中，臉頰靠在浴池的邊緣，幸福地閉上眼睛。

黃都是個美好的城市。沒有蔓延於「最後之地」的那種恐怖與黑暗。這裡充滿著溫暖、美食、歡樂。更重要的是，這裡有很多人。有弗琳絲姐，以及利凱和庫拉夫尼魯。她也和濟貧院的孩子們成為了朋友。

……而且，還有她在過去的那個時候所遇見的公主瑟菲多。

「我好喜歡洗澡喔。」

真實身分不明的「魔王遺子」。她具有接納幸福的能力。

無論身處什麼樣的境遇之中，她都相信這是個善良的世界。

十二◆第四戰

絕對的羅斯庫雷伊即將出場第四戰。當然，六合御覽的對戰表是他所操縱的。

——時間回溯到決定對戰表的兩小月之前。

黃都設有為數眾多的市民公會堂會議室。雖然市民們廣泛地利用這種設施，但是很少有人能想像足以左右政治決定的重要會面竟然會在這樣的房間裡進行。

就在這天，有七個人聚集於會議室之中。帶頭的是絕對的羅斯庫雷伊。

他認真地打掃室內，將燭台插上全新的蠟燭，迎接其他與會者。

「哎呀，看來我是最後到的呢。」

這位給人溫和印象的老者是黃都第十一卿，暮鐘的諾伏托庫。

他負責管轄「教團」，在六合御覽之中擁立擦身之禍庫瑟。

「是啊，第十一卿。雖然我們可以立刻就開會，但你要不要先休息一下？」

「不了不了……別在意我。是遲到的我不對。呃。雖然聽起來像遲到的藉口，不過我在路上給了個孩子麵包……算了。立刻開會吧，第二將閣下。」

諾伏托庫尷尬地搔著頭，坐到空位上。

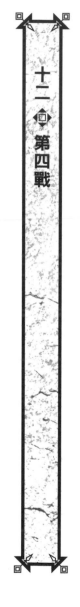

「那麼就直接進入話題核心吧。」
一位戴著單片眼鏡的老人首先開口道。
伊茲諾庫皇家高等學校工術專業一級教師，骨節的歐諾佩拉魯。
在羅斯庫雷伊的戰鬥之中，他負責支援製造直劍的工術。
「差不多到該決定對戰表的時候了。已經剩下沒多少時間嘍。」
「最大的問題還是擁立第一千零一隻的基其塔．索奇的丹妥那傢伙吧。」
有著瘦長如鐵絲的身軀，一口亂七八糟牙齒的男子。黃都第九將，鑿刀亞尼其茲。
在黃都鎮壓托吉耶市的舊王國主義者時，他與荒野轍跡丹妥是一同負責指揮北方方面軍的將領。
「他還是絲毫沒有接受我方招攬的意思。最好看作丹妥那傢伙已經徹底被歐卡夫自由都市吸收了。至少應該在對戰表上把他分在與羅斯庫雷伊不同的組別……或是在對戰之前，嘻，先幹掉他。」
「不成。丹妥是女王陛下中意的人物吧？」
戴著深色眼鏡，有著褐色皮膚的男子。黃都第二十八卿，整列的安特魯。
在羅斯庫雷伊的戰鬥之中，他負責支援操作揮劍軌道的力術。
「如果換個方式來看，也可以視為丹妥牽制了歐卡夫的軍隊。在那些傢伙吸收丹妥的時間點，他們就失去了對我方發動全面戰爭的手段。要如何在對我方有利的條件下拆解歐卡夫，將其納入黃都的掌控。這會是往後的方針。」

「……到頭來，我們還是得避免出現對上棘手的擁立者的可能性啊……」

給人嚴厲印象的禿頭男子。黃都王室輔佐御醫，血泉的埃奇列吉。

在羅斯庫雷伊的戰鬥之中，他負責支援羅斯庫雷伊用來強化自身的生術。

「關於擁立者具有高威脅度的窮知之箱美斯特魯艾庫西魯與地平咆梅雷，我方會把他們放到與羅斯庫雷伊不同的組別。如此一來，他們就不會對前半四場對決的對戰表提出太多意見。就讓他們的計謀在他們自己的組別裡頭盡情發揮吧……」

「前提是有沒有把他們分配到其他組別……安排在後半的四場對決。」

戴著薄片眼鏡，眼神犀利的男子。黃都第三卿，速墨傑魯奇。

第一個構思這場六合御覽，盼望改革黃都的男子。

「該不該把『教團』的推薦名額放進我們這組呢。由於此事關係到第一輪比賽，我希望在今天就做出決定。」

「這個嘛……總之呢，根據我的看法……」

諾伏托庫開口說道。大家對他的期待，就是負責這種收集情報的工作。

因此，他已經透過對擦身之禍庫瑟派出殺手，驗證了其戰鬥能力。

「——不該讓庫瑟與第二將對上。」

就像是鍋釘西多勿對星馳阿魯斯所做的那樣。

打從一開始，暮鐘的諾伏托庫就同樣也是用來「陷害自家候補戰敗」的擁立者。

「對於擦身之禍庫瑟過去戰鬥的調查，總之……大致都完成了。一言以蔽之，很詭異呢。在他周圍所發生的死亡都沒有原因……」

「別只調查過去的案例，應該觀察他是如何戰鬥的比較好吧？庫瑟本人不是沒有多大的本事嗎。」

「是的，已經做過了。」

諾伏托庫在桌上擺了幾張照片。

照片上所拍到的都是諾伏托庫派去的殺手屍體。他們的驗屍結果毫無例外，全都顯示那些人遭到短刀刺傷。肩膀、腹部、腿部。

「……就像這樣。總之呢……除了腹部受傷的一人以外，看起來都不是致命傷。」

「你的意思是……即使傷口不致命，他們仍然因此而被一擊殺害。」

「我再次重申自己的看法……庫瑟的力量極度地詭異。那是超越結果的因果，應該說……即使庫瑟本人沒有碰觸到目標，對手也會死於只能說是突然暴斃的狀況。我認為他反倒是第二將在第一輪比賽中最應該避免碰上的對手……因此不能讓他在首戰遇上庫瑟。以上就是我的報告。」

——擦身之禍庫瑟。

「教團」的候補者被認定為適合當羅斯庫雷伊第一輪對戰的對手。

為了讓以羅斯庫雷伊為首的改革派改變黃都的體制，他們認為或許應該在前期的比賽就讓人民目睹第二將打敗「教團」的聖騎士，藉此對人民加強有必要設立新社福機構的印象，幫助改革制度的順暢進行。

然而與此同時，羅斯庫雷伊也不能戰敗。而且他沒有特殊的能力，不過是個普通人類。就算機率微乎其微，只要有『意外死亡』的可能性，他們就必須盡全力避開那種危險。

羅斯庫雷伊維持著那副端正的相貌陷入思考，同時對諾伏托庫道謝。

「……我明白了。謝謝你，諾伏托庫卿。不過這是個有益的情報。就把擦身之禍挪作其他用途的棋子吧。」

「喔……是什麼樣的用途？」

「對魔法的慈的實驗。」

羅斯庫雷伊使了個眼色，桌子對面的傑魯奇就拿出一疊厚厚的文件。

文件的分量雖多，卻只是五天份的紀錄。記錄這些資料的人擁有僱用具備相對應知識的書記，留下如此龐大文字記錄的充分力量。

「這些是弗琳絲妲卿當成事前資料交給我們的魔法的慈實驗記錄。對慈保有的能力所做的檢驗，以及其實際戰鬥能力的推估都詳細記載於此。這種有條有理的作法很有弗琳絲妲卿的風格。」

「然後她打算將慈當成戰力高價賣給我們吧……」

亞尼其茲瞥了文件一眼。雖然他身為二十九官，卻看不懂文字。

「有什麼不好呢。能以金錢駕馭的對象在信賴關係上應該也很好釐清吧。」

「不對……那種想法可能太過草率了。亞尼其茲。」

羅斯庫雷伊打斷他的話。

「我認為比起不為金錢所動的人，對平時就能靠金錢駕馭的對象有必要更加提防與徹底調查。因為那樣的人有著『已經被金錢收買』的可能性。即使弗琳絲妲卿有可能成為有力的協助對象，我也不想隨便把她招入我方內部。就把她看作是讓其盡早敗退會比較沒有後顧之憂的對象。」

「是喔？不過就這個記錄來看，魔法的慈確實是無敵的。嘻嘻，連泡在熔化的鋼鐵也不會死耶。那可不是能輕易殺掉的對手……」

「——沒錯。正因為如此，我打算利用擦身之禍庫瑟。」

魔法的慈面對任何種類的攻擊都是不死之身。

既然如此，必定能以因果不明的手段殺死敵對者的擦身之禍庫瑟的攻擊有沒有效呢。

只要在對戰表上將雙方湊在一起，就一定能讓這兩人互相殘殺。

羅斯庫雷伊如此說道：

「將庫瑟與慈放到後半的四場對決。與我分在不同組別。並且盡量早點讓這兩個人對決。如果魔法的慈能活過這場對決，就把她視為擁有貨真價實的戰力。到那個時候，我們就用盡一切手段，徹底收買弗琳絲妲卿與魔法的慈本人。將魔法的慈當作在比賽外行動的游擊手，控制整個六合御覽。」

「那麼若是擦身之禍庫瑟獲勝，又該怎麼辦？」

安特魯問道。羅斯庫雷伊繼續說下去。

「只要沒有緊急性，就讓他一路在自己的組別贏下去，讓他處理掉危險因子。既然他是必殺的殺手，那麼即使碰上輪軸的齊雅紫娜或冬之露庫諾卡，也一定能除掉對方。」

「未來也許有必須緊急處理掉庫瑟的狀況也說不定。例如在確定擦身之禍庫瑟與黃都敵對的情況——」

「……到那個時候，就讓第十一卿展開行動吧。」

「哦。」

第十一卿諾伏托庫有氣無力地回應。

「如果『只是處理掉他』，那倒是沒問題。畢竟庫瑟雖然有可能是無敵的，但弱點也很明顯……」

羅斯庫雷伊稍微點了個頭。只要他們擁有最後仍能除掉擦身之禍庫瑟的手段，就能根據對戰表的組合，反過來利用他推動比賽進行。這也是主辦者的特權。

可利用刺客的人，不一定只限於其雇主。

「不過在這點上，又會出現其他問題。」

確實地打贏第一輪比賽。那對於羅斯庫雷伊而言是最重要的問題。

於是他們開始討論將首戰的對手換上第二順位候補的可能性。
但同樣的，那位候補身上也有著些許的問題。
「——該拿灰境吉夫拉托怎麼辦？」
灰境吉夫拉托。在亞塔加煤礦都市以進行類似巡守隊的活動崛起的公會「日之大樹」首領。在「真正的魔王」時代的混亂之中，不挑工作的他們連連建立許多功績。最後受到眾人認可其能力，讓他以勇者候補之姿得以進入黃都。
雖然現在的他們主要擔任慈善活動或城市鬧區的警衛，其性質在本質上仍然是傭兵公會那種無秩序的暴力集團。
在黃都的知名度方面，他並不會亞於六合御覽的其他候補者。然而說到實力——他理所當然地不及星馳阿魯斯、地平咆梅雷、冬之露庫諾卡那些最強等級的怪物。甚至與單獨實力明顯居於下位的絕對的羅斯庫雷伊或奈落巢網的澤魯吉爾嘉相比，也遠遜於他們。
在第一輪比賽之中，以羅斯庫雷伊的首戰對手而言，他是最好對付的對手。
……因此與會的眾人對他抱持的擔心並不是針對吉夫拉托本人。
而是在此人背後的擁立者。
「……第十七卿，紅紙籤的愛蕾雅。」
安特魯雙手抱胸自由自語著。
「問題在於她是否值得信任。她可是不會輸給第十三卿與第二十七將的陰謀家。如果可以，我希望在對戰表上離她越遠越好。我方的優勢在於直接將擁立者吸收為夥伴。比起勇者候補的戰力，擁立者值不值得信任才是第一要素。」

「……若是『地平咆』身邊沒有卡庸在就好了。如果他的擁立者不是那個男人，我們應該就可以把比賽開始的位置設在很近的距離，獲得勝利……」

「您又糊塗了，埃奇列吉老師。地平咆梅雷那位英雄可不是如此好對付的貨色喔？況且就算羅斯庫雷伊在封鎖『地平咆』本領的情況下獲勝，人民也會清楚地看在眼裡。行不通啦。我認為避開那傢伙是最恰當的判斷。」

「羅斯庫雷伊，第三順位之後的候補人選已經挑好了嗎？其餘的候補是……無盡無流賽阿諾瀑、善變的歐索涅茲瑪、奈落巢網的澤魯吉爾嘉。」

「是的，首先我認為應該避開澤魯吉爾嘉。」

對於安特魯的提問，羅斯庫雷伊立即做出了回答。

「埃努卿不是野心勃勃的人……然而他的人脈很廣，比愛蕾雅卿更難看穿心思。是個棘手的對象。一來我們沒有足夠的時間分配給對他的警戒……更重要的是他所擁立的候補，奈落巢網的澤魯吉爾嘉。雖然不知道雙方是怎麼搭上線，但她可是前『黑曜之瞳』成員。就算只看她個人，其諜報能力與戰鬥能力都是吉夫拉托的『日之大樹』遠遠無法企及的。」

「那麼賽阿諾瀑呢？」

「賽阿諾瀑的棘手之處，在於他擊敗彼岸涅夫托的報告有一定的可信度。如果他和我被分在同一組，就是必須處理的對象。但我認為沒有必要冒著首戰就對上他的危險。於是剩下就只能讓歐索涅茲瑪當第三順位的候補——但是牠真實身分完全不明。假設無法事前排除掉，讓牠進入比賽之中，我就無可避免地得賭上危險與其戰鬥。考慮到給人民的印象，我希望不要在第一輪對戰就出現我不戰而勝的狀況。所以還是把牠擺在第三順位。」

「呵……看起來，你似乎已經對所有人都做過仔細的評估了呢。」

「那是當然的。若非如此，像我這種程度的人就沒辦法晉級。」

羅斯庫雷伊一臉平靜地回答。然而現場沒有人不知道，這位英雄為了追趕上那些怪物，實際上是費盡心血挖空了心思。

無論再怎麼努力地預測狀況，建立再縝密的計畫……只要他在某處下了一步錯誤的判斷，一切都會就此崩盤。因為羅斯庫雷伊只是個普通的人類。

要如何扭轉註定敗北的命運，奪得勝利的結果。要用盡多麼卑鄙的手段，才能製造出那一絲的可能性呢。在比賽開始前的這個階段，是絕對的羅斯庫雷伊能唯一左右的戰場。

「這樣說來，與吉夫拉托對決果然還是最安全的方案了。」

繞了一大圈又回到原本的結論，讓亞尼其茲不滿地說著。

安特魯針對議題繼續說下去。

「我這邊也正在調查第十七卿的動向。值得一提的是她在吉夫拉托那邊看不出有玩弄策略的跡象。目前也沒有拉攏其他二十九官進入自己派系的樣子。」

「也就是說，她是一個人。」

羅斯庫雷伊思考著。他知道紅紙籤的愛蕾雅是一位精明的野心家。

如果站在愛蕾雅的角度，她會怎麼想呢。面對眾多強者，就算準備了某種幫助吉夫拉托邁向勝利的計畫，但實行計畫的關鍵人物還是吉夫拉托。用那種形同走鋼索的方法，真的有辦法持續到獲得最後的勝利嗎？

至少靠吉夫拉托這位候補者是辦不到的。

「——她有沒有可能準備了替代的候補？」

當出現意外狀況，導致參賽者在比賽之前就出局時，擁立者可以挑選替代的參賽者出場。當然，要找到具有打贏六合御覽之實力的強者並不是件容易的事。

安特魯回答：

「包含那個考量在內，目前看不出任何跡象。自從她從伊他樹海道回來之後，第十七卿就開始關照吉夫拉托與『日之大樹』的成員。要瞞著『日之大樹』的耳目接觸其他強者是不可能的事。」

「對了。關於愛蕾雅大人的動向，我想說件事。可以讓我發言嗎？」

「……請說，歐諾佩拉魯教授。」

「愛蕾雅大人似乎特別關注那個她從伊他帶回來的森人女孩。還暗中操作讓她成為瑟菲多大人的同學，加強那個女孩與瑟菲多大人的關係。這件事能不能當成參考的材料？」

「年齡呢？」
「十四歲。」
「原來如此，也就是說……」
「……她換了個方法。不是由她自己出手，而是透過自己的學生籠絡王室……應該就是這樣吧。」
如此一來，愛蕾雅的動向就合理了。看來她果然沒有捨棄掉野心。
但是那個手段並非奪取六合御覽的勝利，而是拉攏女王成為傀儡。
對於身懷野心者而言，六合御覽乃是絕佳的權力鬥爭機會，但也因此危險性很高。所以他們可以當作愛蕾雅基於那樣的風險而放棄了六合御覽……將故意用來打輸的候補吉夫拉托送給羅斯庫雷伊陣營，藉此暫時保障自己的安全。
羅斯庫雷伊雙手交疊，靠在桌上。
「……如果這一連串的推測正確，紅紙籤的愛蕾雅的戰略是長期性的計畫。既然如此，我認為目前拉攏她是正確的作法。歐諾佩拉魯教授。學校有在監視那位森人女孩的動向嗎？」
「當然有。我就是為此而存在。順帶一提，她的名字叫祈雅。成績有點差勁。是個看起來很有趣的學生喔。」
紅紙籤的愛蕾雅並沒有與其他任何二十九官聯手。
也沒有在吉夫拉托的背後暗藏其他強者。

她為了達成自己的野心，已經準備其他的手段。

羅斯庫雷伊的理性判斷她不會造成問題。在進入戰鬥時，他可以壓抑感情，依循合理性行動。然而人類原本就不是理性的動物。為了擺脫不安，還必須要有那麼一點的保障。

「——傑魯奇。關於愛蕾雅值不值得信任，我想請教你的意見。」

「……」

戴著眼鏡，給人犀利印象的男子。第三卿，速墨傑魯奇。在二十九官之中，他公然敵視第十七卿，不斷警告其危險性。他也是與第二將羅斯庫雷伊聯手主導身為主流的改革派，在實務能力上最為優秀的文官。

自從會議的話題聚焦於愛蕾雅的存在之後，傑魯奇就一直保持沉默。他明白自己的發言將會引導會議的討論方向。

「……我們就信任紅紙籤的愛蕾雅一次吧。」

「真的嗎？」

埃奇列吉不禁吃驚地大喊。傑魯奇平淡地繼續說下去：

「我比誰都清楚她的優秀之處。無論出身為何——我認為都應該給有能力的人一次機會。在這場六合御覽之中，讓愛蕾雅加入我方……給予她正確的評價。到那個時候，也許就能平息那個女人的野心。比起單純的合理性，我更想賭在這一點上。」

「我明白了。」

羅斯庫雷伊閉上了眼。
連提問的羅斯庫雷伊自己都沒有預料到傑魯奇會如此回答。
但就是因為如此，代表著他的話字字真誠。
「那就決定第一輪比賽的對手為灰境吉夫拉托。與第十七卿交涉，分頭拉攏吉夫拉托本人和愛蕾雅。各位對此方針沒有異議吧。」
「沒有異議。」
「沒有異議～」
「沒有異議。」
確認所有人同意之後，羅斯庫雷伊宣布會議結束。
他已經用盡了所有普通人類能做到的手段。在對戰組合的安排上，羅斯庫雷伊的意見應該是絕對的。
羅斯庫雷伊離開了位子，獨自思索著。面對眾多舉世無雙的強者。羅斯庫雷伊的那些已經完美計畫到終局的戰略究竟能走到哪一步呢。
會議結束之後，與會者紛紛離去。
「哎呀哎呀，你竟然會投贊成票，真是意外呢～」
亞尼其茲起身後，看了看還在檢視資料的傑魯奇。

「你是不是對她多少有點骨肉之情呀？」

「……那不過就是卑賤的小妾所生的妹妹。比起私情，我對她的憎恨還比較強烈。」

即使亞尼其茲這麼說，傑魯奇仍然不改其緊繃的表情。

他一直都如同機械般無情、精確。

「我一定會負起做這個決定的責任。」

即使對與父親同為第十七卿的那個人，也不會改變。

這是在距離六合御覽開始，還有兩小月的時間點。

在某種意義上來說，第一輪比賽的第四場對決早就已經開始。而且在某種意義上來說，這場對決的結果也早就已經確定了。

決定勇者的史上最大比賽的對戰組合表，絕非由運氣來決定。

然而就連絕對的羅斯庫雷伊，也無法預測自身命運的去向。

◆

那是深深刻劃在心中，如今已無法消除的遙遠記憶。

窗戶是開著的，白色的窗簾隨風搖曳。

身患絕症的愛蕾雅母親正躺在床上。

在那個時候，她的身旁有著準備宣告死亡的醫生——就只有這個人。

沒有其他任何人。除了年幼的愛蕾雅之外，一個人也沒有。

父親召開的晚餐會上明明來了那麼多的人，宴會是如此地熱鬧。父親過去所愛過的母親身旁卻一個人也沒有。

……就連她即將死去的那個時候，也是一樣。

因為母親僅僅是姿色出眾而被選上的貧民窟妓女。對於父親而言，她只是一位小妾。

「……吶，媽媽。」

愛蕾雅握住衰弱母親的手，努力擠出笑臉。

因為她盼望自己所說的話能成為即將逝去的母親的真實。

「媽媽……吶……媽、媽媽，妳很幸福吧？」

母親虛弱地反握住愛蕾雅的手。

她對母親只有嚴格教育自己的回憶。比起母親，幾乎沒來過家裡的父親溫柔多了。

妳得增長學識。不要讓別人鄙視妳。

妳得舉止優雅。不要讓別人看輕妳。

每次搞砸事情時，愛蕾雅都會受到挨打而哭泣。然而，母親是孤獨的。

她知道，母親獨自待在屋裡時，總是哭得比愛蕾雅更加悲痛。

她們兩人都受盡了折磨。

「就、就算父親不在家裡……！妳也覺得沒關係吧！以前的朋友來拜訪時，媽媽也會露出笑容吧？還……還有料理，妳會稱讚我做的蒸蛋很好吃……！去幾米那市時，還編了花圈！晚上還會念書本給我聽！吶……！我們……！我們很幸福對不對，媽媽！」

她以強烈的力量握住母親的手，盼望能以同樣強烈的意念留住其靈魂。

她希望至少能在母親的心中留下一點點的幸福。

她希望即使母親活得孤獨，即使受到眾人的蔑視，還是能以有自豪的女兒在一旁扶持為榮。

「……愛蕾雅。」

母親輕輕一笑，撫摸著愛蕾雅的頭。

母親現在還活著。光是想到這點就讓她淚流不止。雖然還活著，卻已經活不到明天的早晨了。而父親竟然完全不知道這件事。

太殘酷了。

「媽媽……沒辦法獲得幸福喔。因為媽媽——」

那副笑容深深咬著她的心，直到現在也仍然無法擺脫。

「媽媽的血脈是卑賤的。」

語畢，一陣風吹進窗戶，帶走了母親的生命。

聽完醫師短暫的死亡宣告之後，愛蕾雅仍然帶著絕望的沉默愣在原地。

愛蕾雅整天都沉浸在悲傷之中，同時也恐懼不已。

在空無一人的屋子裡，她抱頭顫抖著。

（——我也是。）

流著母親的血。那是無論愛蕾雅怎麼做都無法改變的血脈。

（我也是血脈卑賤的女人！我也沒辦法獲得幸福！不要……！孤獨地死去，在眾人的鄙視之中死去，我……我不要那樣！我不想用那種方式死去……！）

愛蕾雅終於明白了母親之所以執著於教育她的原因了。

也知道為什麼母親要讓愛蕾雅遠離那位溫柔的曾祖母了。

她拚命地努力，彷彿受到強迫症的驅使。為了脫離最後只會死於不幸，誰也不屑一顧的弱者階級。一定可以用自己的力量改變什麼。這麼做全為了登上受到他人認可的高貴階級。

妳得增長學識。不要讓別人鄙視妳。

妳得舉止優雅。不要讓別人看輕妳。

（我……我和婆婆不一樣！我和母親不一樣！就算只有一個人，我也可以變得更加了不起……！變成貴族……變成真正的貴族……！）

她緊依著蠟燭的光芒，努力學習文字。

再以學會的文字涉獵各種文獻，獲得比同年級學生更加優秀的成績。

雖然因為那個過程嚴重損壞了她的視力，但是她仍然持續下去。

她學習歷史學、地理學、物理學、詞術，以及政治學。她不是能常保第一名的天才。但為了不被他人看輕，她不得不努力。還不惜屈辱地接受對家人見死不救的父親援助。於是，她得以進入貴族就讀的學校。

某天的傍晚。當時留在教室裡的學生，包含愛蕾雅在內只有三人。

「吶，愛蕾雅同學。我聽爸爸說，妳的母親是花街的賣淫女啊？」

「對呀，是……真的嗎？愛蕾雅……」

「……」

「呵呵，不覺得很有趣嗎？長得這麼可愛的資優生竟然是妓女生的。妳不過就是區區小妾的女兒，到底是從哪弄來上學的錢呢？」

——她覺得很幸運，因為現場只有三個人。

愛蕾雅回家前，在說了那些話的女孩書包中偷偷塞了個瓶子。那是會以緩慢化學反應產生高熱的藥品。當天夜裡，女孩的家裡發生火災。連同兩位那個人的年幼兄弟在內，女孩全家人都被燒死了。

她覺得很幸運，這就省下殺死那個女孩父親的功夫了。

另一個人是愛蕾雅的好友。她在隔天遭到暴徒襲擊，受了重傷。

聽老師說，女孩的臉部被殘忍地毀容。她將會搬去其他城市進行療養。

（還不夠。）

愛蕾雅從未度過任何可以稱得上青春的時光。

（不只是她們。所有人都想對我落井下石！我必須爬到更高的地位，爬到無法被人踢下去的位置……我不想再嘗到這種恐懼的滋味了……！我到底……我……我到底該做多少的努力才夠啊……！）

什麼博愛與友情，全都是口頭上說說而已。無論是同學還是老師，她都把那些人都當成企圖奪取自己性命與尊嚴的敵人。因為那些人就是會因此而感到開心的恐怖怪物。既然如此，愛蕾雅就只能把所有人都排除於自己的世界之外。

無論再怎麼努力地預測狀況，建立再縝密的計畫……只要她下錯了一步棋，一切都會簡簡單單地就此崩盤。

據說「真正的魔王」正逐漸毀滅著世界。然而她卻一直都得面對更加強烈，時時刻刻朝她逼近的恐懼。

所以，她才能一直保持優秀的成績直到畢業。時而利用計謀，時而利用美貌。用盡所有醜陋的手段。朝著美麗無瑕，誰也無法輕視的——真正貴族邁進。

……經過了無窮的努力之後。

她還記得那天的事。暖爐的光芒照亮了屋子。前任第十七卿坐在搖椅上。愛蕾雅則是望著他。

「——第十七卿。」

愛蕾雅已經爬上了第十七卿貼身祕書的地位。

就算如此還是不夠。全體二十九官都知道愛蕾雅的出身。

她有個哥哥，傑魯奇。那個人一定比誰都還要敵視她，想要對她落井下石。

到底得走到什麼程度，才能讓她逃離汙穢的血脈呢。

必須變得更加、更加了不起才行。

必須獲得足以完全蓋過醜陋背景的美麗光輝。

自己和母親不一樣，和婆婆不一樣。因為我們已經是貴族了。

不要讓別人鄙視妳。不要讓別人看輕妳。

「可以請您把二十九官的席位讓給我嗎？」

在黑暗的盡頭，一定有著光明——

◆

「哈哈哈哈，討厭啦，祈雅。這種髮夾已經不是我這個年紀的人可以戴的了。」

愛蕾雅笑著說道。臉上掛的不是她平時那種隱瞞內心想法的微笑。

而是在伊他當家庭教師時的純真笑容。

「有什麼關係嘛！呵呵呵！戴起來像公主，很適合妳喔，愛蕾雅。」

「討厭啦，就說不適合嘛。」

兩人的左右兩側擺著成排的各式服裝。這裡是黃都最近新開的店。店家會以最新型的攝影機幫客人拍照。在這裡，任何人都可以隨意挑選服裝入鏡。

既然身為森人的祈雅可以打扮成貴族子弟，那麼愛蕾雅穿上小女孩喜歡的衣服，也不會有人多說什麼。

現在是第四戰的前一天。

祈雅的學校放了假。

因為黃都最偉大的英雄，絕對的羅斯庫雷伊的對決就在明天。

當決定一切命運的對決近在眼前的當下，祈雅卻帶著愛蕾雅到街上遊玩。正因為重要的日子即將到來，她覺得更應該先把所有的不快全部忘掉。

或許拒絕她會比較好。在愛蕾雅的計畫之中，那是毫無意義的行為。

「——吶，愛蕾雅。」
祈雅在以簾子隔開的隔壁更衣室裡，對愛蕾雅說道。
「我最近在想喔。也許我的詞術並沒有那麼萬能呢。」
「……妳為什麼會那麼想？」
「世界詞」的力量沒有極限。只要有心，就沒有辦不到的事。根據愛蕾雅的了解，那是不容懷疑的事實。祈雅的詞術甚至能自由自在地控制生命體的成長，在利其亞新公國時還停止了光的行進。
「因為我大概沒辦法製造出今天這種打扮漂亮的愛蕾雅與我一起拍出的照片。雖然我可以複製已經拍好的照片……但如果只憑想像，做出來的照片絕對和今天拍的不一樣吧？」
「或許……或許如此吧。」
她安心了。那種程度的限制一點也不成問題。
即使祈雅無所不能，但也不是無所不知。祈雅無法引發自己想像不到的現象。但反過來說，若是讓對象死亡或消滅這種單純的結果，她絕對連想都不用想就能施展出來。
「在我的村莊裡，大家也說不能什麼事都交給詞術來做。老師教我的，應該就是這個道理吧。」
「……是啊，沒有錯。就像祈雅同學可以立刻變出利其亞的魚料理。但那是什麼樣的味道，長什麼樣子……必須得在利其亞嚐過那道料理之後才能知道。世界上所有的東西都是如此……因此妳得增長自己的見聞。多看……多學才行喔。」
愛蕾雅以教師般的口吻說著。
她之所以禁止祈雅使用詞術，不過是為了在明天的對決之前隱瞞「世界詞」的存在，避免愛蕾雅的底牌曝光罷了。事到如今，她根本沒必要如此教育祈雅。
（為什麼我會這麼做呢。）
自從在伊他樹海道任教的那個時候開始，祈雅就是個任性自負，比誰都還要難應付的學生。
她要打贏這場六合御覽，掌握黃都的頂點。若不是為了這個計畫——她可能早就放棄什麼家庭教師的工作，把祈雅趕回家了。
然而祈雅在表現出反抗態度的同時，卻又有著某種天真的率直。
她不但有著體貼比她年紀更小的孩子的溫柔，還能像這樣花時間思索愛蕾雅的教誨。
（……難道我是對此感到開心嗎。）
看著更衣室的鏡子。愛蕾雅的嘴角流露出笑意。
自己竟然會擺出這樣的表情。
明明到了明天時，她就會殺死羅斯庫雷伊，走上比現在更慘烈的血腥之路。
（我竟然會為了學生的成長而感到開心。）
「愛蕾雅！妳換好衣服了嗎？」
「……好了。祈雅妳沒問題嗎？」

愛蕾雅此時的打扮宛如皇室成員。雖然那些漂亮的寶石是用來搭配服裝的人造石，金飾也是不純的假貨。

但只要愛蕾雅獲得勝利，這副裝扮遲早會變成真的。

不要讓別人鄙視妳。不要讓別人看輕妳。

「您好可愛喔，愛蕾雅『大人』。」

祈雅笑嘻嘻地取笑著愛蕾雅。

「祈雅『小妹妹』，妳也是啊。」

看到祈雅穿著大方露出背部的禮服，一副小孩裝成熟的模樣。愛蕾雅也回了她一句。

「愛蕾雅！再拍兩張後換穿別的衣服吧。我已經決定好穿什麼了。我一直很想穿那件喔。」

「所以妳才會特地帶我來嗎？」

「因為太可惜了嘛。愛蕾雅明明是這麼——」

祈雅突然閉上了嘴，望向愛蕾雅的視線也落回自己的腳邊。

「……這、這麼，我的意思是我明明就這麼可愛！」

「呵呵呵。」

真是好對付的小孩。一切正如愛蕾雅的計畫，這位少女景仰著愛蕾雅，對自己表現出好感。

就算女孩能使用無敵的力量，愛蕾雅也仍然控制了她。

不過。

「……吶，愛蕾雅。那個髮夾要多少錢？我搞不好可以用零用錢買下來喔。」

「祈雅想要一個啊？」

「沒有啦……反正只要我有那個意思，要做一百個也行。」

愛蕾雅看著祈雅的側臉。她正露出溫和的微笑。

看起來就宛如一位極為普通的少女，根本不像無所不能的「世界詞」。

「……可是，我想要不是用詞術製造的。」

紅紙籤的愛蕾雅從未有過內心放鬆的時刻。

她一直也從未有過能交心的朋友。

反正只要贏了六合御覽，她就能獲得回報，就不枉她這整段的人生了。

◆

祈雅一直在忍耐。無論是故鄉伊他的事也好，愛蕾雅被虐待的事也罷，都讓她憂心不已。但都還不到讓人感到天崩地裂的程度。

她裝出那些都不是什麼大問題的樣子，帶愛蕾雅出門去逛照相館，難得一次地開心聊天。然而——

「……愛蕾雅？」

愛蕾雅倒在客廳裡。
當祈雅跑到路邊欣賞街頭表演時，愛蕾雅先回到家裡——所以祈雅那個時候並不在她的身邊。而且——
「沒事的，我沒事啦，祈雅。」
「這醫得好吧？用生術……或是請醫生……！吶，這個傷醫得好吧？」
愛蕾雅一隻眼睛正在流血。這太沒天理了。
「……」
「……妳說話啊！」
祈雅推開愛蕾雅，衝進房間裡。
他又動手了。他打了愛蕾雅，打了自己最重要的老師。
吉夫拉托打著赤膊，不成體統地躺在長椅上。這個男人應該不會在假日的白天來到愛蕾雅的家才對。以前從來都沒有發生過這種情況。
（為什麼？）
為什麼。這有什麼意義呢？她得等到長大後才能明白嗎？
她生氣了。
不只是祈雅，伊他的小孩都很喜歡愛蕾雅那雙天藍色的眼睛。如今卻被這個男人打傷。
她明明知道這位勇者候補的勝利是拯救祈雅故鄉的唯一方法，但還是無法原諒對方。

「吉夫拉托！」

「幹嘛啦……啊？是祈雅啊。妳吵死人了。」

他明天就要與羅斯庫雷伊對決了，他肩負著祈雅故鄉的存亡……但是他卻傷害了自己最寶貴的愛蕾雅。

「你……到底想做什麼？為什麼要欺負愛蕾雅？你不是勇者候補嗎？為什麼在決定勇者的比賽裡會有你這種傢伙存在？」

「哈……小孩子。」

躺在椅子上的吉夫拉托發出了嘲笑。

「當然是因為這是件好差事啊。」

「你說差事……」

「沒錯，我就告訴妳吧。反正已經是對決前一天，已經沒有人可以代替我了。我啊——打從一開始就和羅斯庫雷伊約好要輸給他啦。妳懂嗎？」

「……」

面對緊咬著嘴唇的祈雅，他打從心底開心地繼續說道：

「只要輸掉對決，我就能拿到錢。哈哈哈！很誇張呢……『日之大樹』的那些無依無靠的傢伙將會出名，受到認同。就因為像我這種……像我這種出身底層的窮酸傢伙當上了勇者候補！那種家世良好的貴族女人根本不敢反抗我啦！」

是謊言。什麼勇者候補，什麼這個男人會拯救伊他，全都是謊言。

這個男人其實一直踐踏著愛蕾雅。

「哈哈，妳說說看呀，祈雅！還有什麼事比這更有趣的嗎？妳應該能明白吧？出身於什麼也沒有的鄉下地方……在進入貴族學校之前的妳應該能明白吧！我要往上爬！我要對一直……一直踐踏我們的那些貴族混蛋報復回去！」

「……我要殺了你。」

自己似乎是第一次對別人說出那種話。

不管在伊他樹海道時如何，不管她有沒有對別人說過「我要殺了你」或是「去死」之類的話。

現在的祈雅非常清楚。這個男人就是值得自己這麼做的「敵人」。

「哈。」

吉夫拉托不屑地笑了笑。起身就準備離去。

「喂喂，饒了我吧。我對小孩子可是很溫——」

「不對。」

「……」

「你從來都沒有打過我吧。每次都只針對愛蕾雅。趁著我去學校時偷偷摸摸地動手。」

祈雅往前走了一步。吉夫拉托那張笑嘻嘻的臉上多了幾分厭惡的神色。

祈雅不曾在吉夫拉托的面前施展過萬能的詞術。她乖乖地遵守愛蕾雅的叮嚀，從來都沒有那麼做。即使如此，吉夫拉托卻還是對祈雅有所忌憚。

只要她揭露那個決定性的瞬間……吉夫拉托就一定會與祈雅發生衝突。對還只是個孩子的祈雅動手。

她再走一步，拉近雙方的距離。

「吉夫拉托。你害怕小孩子。」

「……什麼……」

「你說因為小孩子很老實所以喜歡他們？才不是，我就一點也不老實。你每次都只敢在我看不到的地方毆打愛蕾雅吧！你該不會很希望被對你一無所知的小孩當成好人？所以你才會每次都用這種藉口從小孩子的面前逃走！」

「別看扁人了，臭小鬼……！」

雖然吉夫拉托嘴巴上很凶狠，但是腳下的步伐卻逐漸往後退。

祈雅的存在迫使他站起身，將他逼向玄關。

——好弱。

這名男子比小孩還要弱。是個稱之為戰士都嫌可笑的卑微人類。

「我之前打算下次見到你時要『弄哭你』。但我決定現在要做出更過分的事。」

祈雅有那個能耐。

「做出你想像不到的事。」

「臭小鬼……臭、臭小鬼。我要宰了妳。開什麼玩笑……！不准侮辱我。如果是面對那些不熟悉我們的傢伙，我還可以正常應對。混帳，我才沒有逃！我不是小孩子！我、我會使用我的力量……別小看我！」

吉夫拉托揮舞著劍。他應該打算像平時那樣嚇唬人吧。

然而無論是他進逼的動作、身上的氣勢、甚至是殺氣，與祈雅的一句話相比，全都太慢了。

她覺得自己現在狠得下心殺人。對方的死法已經決定好了，那就是『炸開』。

「……『炸——』」

「『——奇形之花。凝結吧。』」（artpanon hamkest）

「嗚。」

吉夫拉托停下了腳步。帶著充滿屈辱與憤怒的表情，雙腿一軟倒向了祈雅。

在他的身後，將手掌貼在吉夫拉托背上的愛蕾雅剛完成詞術的詠唱。比打算殺了他的祈雅還要早一步。

吉夫拉托倒在祈雅的腳邊。

一動也不動。

「咦。」

祈雅再看了地上一次。她的鞋尖被弄溼了。是吉夫拉托的血。

是吉夫拉托口中吐出的鮮血。

「愛蕾雅。」

祈雅失了魂似地喃喃說著。

「……沒事了。我把他胃裡的酒……變成毒藥。」

「是愛蕾雅做的嗎？」

「……」

客廳桌上有橫倒著的酒瓶。

如果吉夫拉托剛才喝的酒是愛蕾雅家裡的東西，那麼只要她正確地對準胃袋的位置，就能以專門製造毒物的生術做到那種事。然而——

「吶、吶、吶，愛蕾雅。」

然後，她理解了。

自己「害愛蕾雅殺人」了。

愛蕾雅皺著眉頭笑了，並且溫柔地抱緊祈雅。

「祈雅……」

好溫柔。她沒有罵祈雅。不該這樣。自從來到黃都之後，愛蕾雅一直都是如此。

柔軟溫暖的身體包住了祈雅。

「怎麼這樣，不要、不要啊。愛蕾雅。」

如今一切都變了。只憑那句話也無法改變現狀。該怎麼做才好。勇者候補死了。伊他即將被摧毀，該怎麼辦才好。

所有的思考都亂成了一團，讓祈雅無所適從。

「愛蕾雅，我……！啊……！」

她想繼續說下去，但是話音卻梗在喉嚨中。讓她知道自己原來正在哭。

有人死了。死在祈雅的面前。

「對……對不起……」

「祈雅……謝謝妳保護我。」

「不、不要道謝啦。」

「吶，祈雅。我才該說對不起。如果在拯救伊他之前……多顧慮一點祈雅的心情就好了。但是，這下子也都結束了。」

愛蕾雅的手指溫柔地撫摸祈雅的後腦杓。

「老師的勇者候補，已經不在了。」

「……讓我來吧！」

祈雅緊緊地抱了回去。雖然祈雅的身材很嬌小……可能沒辦法帶給愛蕾雅充分的安心感。

即使如此，她仍然知道愛蕾雅正在發抖。

祈雅還有一條能挽回局勢的路可以走。

「讓我上場吧！讓我成為勇者候補！」
「……祈雅。」
祈雅什麼都做得到。在戰鬥之中，她不會輸給任何人。
「讓我代替吉夫拉托上場吧！」
於是她親口說出了這句話。一如紅紙籤的愛蕾雅的計畫。

◆

「……羅斯庫雷伊！請等一下，羅斯庫雷伊！」
在絕對的羅斯庫雷伊即將登上城中劇場庭園的對決場地前一刻，鑿刀亞尼其茲喊住了他。
「亞尼其茲？」
看到亞尼其茲喘不過氣的樣子，就知道他有什麼要緊的事報告。
「真、真是難以置信……！你的對手……灰境吉夫拉托死了！是意外死亡！明明就沒時間尋找代理的候補了，卻在對決開始之前……『紅紙籤』她……！」
「……你說什麼？」
羅斯庫雷伊困惑不已。怎麼會這樣？
他們直到對決的前一天，都仔細監視著愛蕾雅的動向——觀察她有沒有接觸可能成為代理候補者的強者。
在那樣的狀況下，她會有什麼理由殺了自己的候補者嗎？難道是發生什麼意外，導致她必須動手殺人，又或者那真的是意外死亡呢？
「那麼我這場對決將會不戰而勝……看起來也不會如此結束呢。」
「對，你說得沒錯！她已經推出代理候補者……敵人不是灰境吉夫拉托……而、而是之前說的那個小孩！沒有別名！是伊茲諾庫皇家高等學校的學生，祈雅！」
祈雅。那是歐諾佩拉魯報告中的少女名字。
紅紙籤的愛蕾雅從伊他樹海道帶回來，施以個人教育的森人少女。
運動的實測成績普通，學識方面的課堂成績低劣。詞術的課堂成績為最低等。
只憑表面上的情報，至少可以確定她不是足以登上六合御覽舞台的戰士人才。
（……她有什麼用意？在這種狀況下已經沒辦法中止對決了。紅紙籤的愛蕾雅到底是出於什麼目的而推出祈雅當代理？難道這個孩子有什麼打贏六合御覽的強大之處？還是為了拉攏女王，不只需要學生的身分，還需要參賽者的身分？又或是吉夫拉托真的死於意外，沒有其他可以上場的人了？）
羅斯庫雷伊看著亞尼其茲。只見他氣喘吁吁，和自己一樣陷入混亂。
第九將亞尼其茲從很久以前就是羅斯庫雷伊的戰友之一。他正在等待判斷。等待人工英雄的大腦，羅斯庫雷伊做出的判斷。

（快想，快想啊。既然已經發生了不尋常的狀況，就得做好最壞的打算。普通的少女。如果只以外觀判斷，魔法的慈也是普通的少女。如果愛蕾雅為了這天，暗藏魔法的慈那種祕密王牌。詞術成績最低。但那是課堂上的成績。和體能不同，她要怎麼假裝都可以——詞術士。假設那是詞術士，在這個對決場地裡，她的詞術是以什麼為施展的焦點？她會做些什麼？）

羅斯庫雷伊以驚人的速度思考著。假設祈雅的真面目是詞術士，那麼自己有什麼確實地封鎖其攻擊手段，確實地讓自己的攻擊先打中對手，而且可以在對決即將開始的短暫時間之內準備好的應對方案呢？

只要敗北就會死。死亡隨時都緊追在他的身後。

絕對的羅斯庫雷伊的戰鬥總是重複著如此極限的狀況。

「——灑水。亞尼其茲，你可以在對決開始前安排灑水的特別表演嗎？」

「你是在刁難人啊……！應該勉強可以！我這就立刻召集街頭藝人，在灑紙花的同時一起灑水！可以，我當然做得到！然後呢？」

「假設這個敵人是詞術士！既然會場已經事先決定好，能當做詞術施展焦點的就是土或風！對那兩個屬性混入現場沒有的水，變成泥巴與霧氣！焦點性質的差異將會造成詞術晚一點發動。而那一點——我就會在那一點的時間之內貼近對方出劍攻擊！」

「羅斯庫雷伊！對手可是……小、小孩子喔？」

「那可能也在對方的計算之內。我這位……黃都的英雄看到對方的模樣，不知該不該攻擊的猶豫可能都在算計之中！我不會殺她——不，我會做得『看起來像沒有殺她』！你辦得到嗎！」
「我馬上準備！……你要小心啊，羅斯庫雷伊！」
羅斯庫雷伊在緊張的覺悟之中登上舞台。他已經沒有退路了。

坐滿整個會場的觀眾們都感到十分納悶。
因為在黃都最強的騎士面前，有個不該有的存在正在與他對峙。那是一點也不符合這場真業對決氣氛的嬌滴滴森人女孩。
金裡透白的頭髮。眼角有些上翹，宛如湖水般清澈的碧眼。
就算如此，還是很可怕。
（……祈雅。妳的別名是什麼？妳有什麼本事？）
對於羅斯庫雷伊而言……這位普通少女，這個在他一步步累積的戰略之中突然冒出來的莫名異物，是比什麼都還可怕的存在。
「……你就是羅斯庫雷伊？」
「……」
「長得很帥嘛。」
少女仰望著羅斯庫雷伊，冷淡地低聲說道。
羅斯庫雷伊拚命壓下對未知的恐懼，露出了微笑。

「多謝誇獎，還請手下留情。」

除了衣服之外，祈雅身上沒有攜帶看起來能當成詞術焦點的器具。如果她擁有明顯是那種用途的裝備，亞尼其茲應該會事先向他報告才對。

如果這個少女的攻擊方式是詞術，屬性應該是土或風。

裁判米卡命令雙方拉開距離。羅斯庫雷伊在腦中測量著那個距離。

一步、兩步。兩步就能進入劍的攻擊範圍。那個距離算是很近，但仍然太遠了。

米卡高聲宣布：

「當樂隊的砲聲一響……對決就此開始！」

羅斯庫雷伊聽著自己的心臟跳動聲。

從米卡做出宣布到砲聲響起，這段時間彷彿被無限地拉長。

樂隊的火砲砲身高高朝向天空，周圍的街頭藝人們也跟著灑出了水。

在灑落的人工雨水之中，劇場庭園的地面逐漸變濕……

（……不行！只靠這些水還不夠……！）

由於劇場庭園也會被拿來當成運動用的場地，地面鋪設了排水效果良好的沙子。

灑水的效果差得超出羅斯庫雷伊的想像。即使憑他的智慧與經驗，也沒辦法完全預測灑水之後地質狀態的變化。

雖然沒辦法完全拖慢土詞術的發動。但只要出招時遠離土地或許就沒問題了。

將貼近祈雅的目測距離修正為三步。起腳時增加一步的步伐，利用這步高高躍起，從以祈雅的身高難以反擊的空中揮劍。

「維迦！在對決開始的同時施展最強的熱術！」

『好的，我明白了。我們這邊也會延遲樂隊開砲，等待羅斯庫雷伊先生的信號。』

沒有必要真的朝站在地上的祈雅砍下去。在剛才的灑水之中，祈雅已經渾身都被淋濕了。而另一方面，羅斯庫雷伊則是以不導電的護手保護自己。透過無線電使用遠程詞術的維迦可以羅斯庫雷伊的劍為施展焦點，以電流熱術進行支援。他對維迦那種多次拯救自己於困境的詞術精準度給予無比的信任。

（只要打中一下。專注在這一擊就行了。）

來自空中的奇襲。劍身觸碰到祈雅的瞬間將會釋放出強大的電流，一擊電昏祈雅——或是讓她當場死亡。

沒有必要砍傷對方的身體。當祈雅被那招擊倒，在民眾的眼中看起來就會像羅斯庫雷伊在不傷害對手的情況下，以無比巧妙的刀背攻擊打昏她。

觀眾裡沒有人能確認被抬出對決場地的少女生死狀況。

（……抱歉了。）

這一切可能只是羅斯庫雷伊擔心過度。

她可能只是個無辜又不走運的少女。至少她的年紀很小，有著大好的未來。而無情地斷絕那個未來的，是羅斯庫雷伊的怯懦與英雄的重責大任。

如果現場沒有民眾觀看，他應該就能像拯救伊絲卡時那樣拯救那個女孩了吧。但是他做不到。他沒有強大到可以給予那種慈悲的同時又能獲勝。

絕對的羅斯庫雷伊肩負著絕對獲勝的義務。

第四戰。

絕對的羅斯庫雷伊，對，世界詞祈雅。

（抱歉了，祈雅。）

羅斯庫雷伊稍微轉了轉手腕，偷偷下達開始對決的指示。他可以操縱對決開始的時機。當砲聲鳴響的那一刻，羅斯庫雷伊已經完成了身體重心的移動。

（抱歉了！我得……殺了妳！）

羅斯庫雷伊使出渾身解數拔腿急馳。

黃都最正統的劍士前衝時的速度等同於子彈。少女不可能來得及應對那種速度。

踏出一步、兩步……

「『埋起來』。」

突然間。

黑暗覆蓋了羅斯庫雷伊的視野。大地宛如張開血盆大口，猙獰地隆起後一口吞下羅斯庫雷伊，將他整個人埋了起來。

呼吸與思考都中斷了。

觀眾席上的歡呼聲彷彿被潑了冷水似地瞬間消失。

以狀況來看，敵人是詞術士的猜測命中了。羅斯庫雷伊操作會場的環境打亂詞術的施展焦點。預先規劃好戰術以防不測。也準備了可望有必殺效果的手段與覺悟。

全都沒有意義。

在寬廣的城中劇場庭園裡，已經看不見絕對的英雄羅斯庫雷伊的身影——在他原本所站的地點，屹立著一座沉默的土丘。

世界詞祈雅的詞術無所不能。

「這樣就結束了嗎？」

隔了一會，周圍的觀眾席才發出驚叫聲。

祈雅旁若無人地無視人群的驚叫，背對著下場悲慘的英雄轉身離去。

那是不為人知，連在紙上談兵中都不可能想像到的壓倒性無敵存在。
無論再怎麼努力地預測狀況，建立再縝密的計畫——
「那就是我贏嘍。」
只要下錯了一步棋。

◆

黃都的人民無時不刻都期待著羅斯庫雷伊的勝利。
對決的前一天，在黃都櫛比鱗次的商店裡，有過這樣的一段對話。
「吶，關於明天的對決啊。迪拉支持的是羅斯庫雷伊吧？」
一位少年趴到結帳櫃檯上，對看店的青年這麼說道。
「……畢竟那可是羅斯庫雷伊呢。喏，螺絲鎖好了。你沒有要買其他東西吧。」
「吶，迪拉！羅斯庫雷伊有那麼厲害嗎？」
「有啊。你只要像我一樣，在黃都住久了就會知道——」
雖然青年的反應很冷淡，但也沒有趕走少年。
看店的青年語氣平淡地繼續說下去。
「那個人不是保護哪個不知名地方或不知名人士的英雄。他保護的是所有市民。無論是貧民、孤兒，就連我們這種市區的小角落也不例外。」
「所以你果然看過他嘛。」
「……看過喔。」
他閉上眼睛，回想著當時的情況。
回想著凡是看過的人都能以此為傲的英雄閃光。
「他曾經對付過魔王自稱者製造出的巨人屍魔（revenant）。羅斯庫雷伊……穿著鎧甲，蹬著牆壁攀上高處。當他跑到那隻怪物的眼睛高度時，縱身跳入空中揮出了劍……你能相信嗎？那個人……竟然是人類耶。他和我們是一樣的。」
「……哈哈哈，真的嗎？聽過大家的說法之後，我怎麼聽都不像啊。」
「是人類喔。」
若非如此，他在面對那場災難時就不可能獨自守護民眾。
全體人民都知道他一直毫不懈怠地鍛鍊劍術。
全體人民都知道他不分貴賤地關心著市民。
「他只是離我們很遠，但與我們沒什麼不同。那個人是英雄啊。」
「好厲害喔。那麼吉夫拉托根本就不是對手嘛。」
「……所有住在黃都的人都欠了羅斯庫雷伊恩情。他不只是普通的英雄……而是能讓其他人產生想要變得和他一樣的想法。讓人覺得只要走在正道上，終有一天能成為那樣的人。」

「喂！迪拉～！差不多該打烊啦！」

店鋪的後頭傳來聲音。那個聲音聽起來已經醉醺醺了。父親真是急性子。

他嘆了口氣，望著來到店裡的少年。

「抱歉啊，家父要我今天早點打烊。說是要提前慶祝羅斯庫雷伊的勝利……實在拿他沒辦法。每次都這樣。」

「這樣啊，不好意思打擾了。」

「你明天會去看對決吧？」

「……！嗯！」

最後的顧客離開後，看店的青年開始整理店裡。他放鬆了臉上的表情，露出些許的微笑。

比起詩歌中的任何英雄，比起不知道哪裡來的星馳阿魯斯傳說，他更相信一件事實。

青年就像在確認那個事實似地自言自語：

「羅斯庫雷伊是無敵的。」

◆

「啊啊，羅斯庫雷伊……！」

「羅斯庫雷伊！」

「不會吧……羅斯庫雷伊……！」

「羅斯庫雷伊！站起來，羅斯庫雷伊！」

觀眾席之中逐漸湧出悲歎與困惑。

紅紙籤的愛蕾雅站在半地下的參賽者出入口觀看賽場的狀況，她閉上了眼睛。

祈雅贏了。愛蕾雅終於能安心了。終於看到一絲曙光了。

（祈亞是無敵的。她比羅斯庫雷伊還要快，可以用一句話就打倒他——）

那個事實以最完美的方式得到了實證。剩下的三場對決全都能以同樣的方式獲勝。

羅斯庫雷伊這位候補遭到瓦解之後，擁立他的最大派系必須選擇接納祈雅，才能讓六合御覽繼續下去。因為他們必須打倒很可能會在之後的第三輪比賽晉級的冬之露庫諾卡才行。

輕鬆殺死星馳阿魯斯，將馬里平原化為永久凍土的可怕古龍。面對再明顯也不過的災厄，如今能做到那件事的人，除了世界詞祈雅以外別無他者。

他們若想掌控祈雅，就絕對無法排除愛蕾雅的存在。她就是為此而花費漫長的時間與祈雅建立起信賴關係。

祈雅最信任的人就是愛蕾雅老師。

羅斯庫雷伊已經鋪好利用之後的對戰組合走向勝利的道路。

六合御覽就此結束了。

「……肅靜！」
在哀號與喧嘩之中，一道清晰洪亮的聲音響起。見證六合御覽所有對決，負責判定勝負的裁判。身形高大，渾身充滿嚴肅氣息的女中豪傑，低語的米卡。
她的聲音壓下了逐漸陷入狂亂的會場。
「如同對決前雙方的約定！這場真業對決必須進行到有一方倒地不起，或是有一方親口承認敗北。對決必須滿足其中一項才會決定勝負！」
於是她宣布了明眼人都看得出的對決結果——
「因此，絕對的羅斯庫雷伊『尚未被打倒』！」

米卡的宣布。
紅紙籤的愛蕾雅隔了一拍才理解那段話的意思。
（——怎麼會。）
她感到自己彷彿再次被拖回了可怕的黑暗深淵。
米卡的表情宛如鋼鐵般紋風不動。
她彷彿在宣告某種不辯自明的道理，語氣中毫無任何動搖。
「只要該項事實仍然存在，這場對決將會繼續進行下去！」
歡呼聲再次響起。

司法的守護者。黃都第二十六卿，低語的米卡。

關於她負責見證所有對決一事，不只愛蕾雅……就連那個哈迪都沒有異議。那個人應該是互相試探，彼此敵對的二十九官全體都認同的中立裁判才對啊。

（她被拉攏了……沒想到連那個米卡都是敵人。對決的裁判竟然是我們的敵人——）

啪啦。一道物體裂開的聲音響起。埋住羅斯庫雷伊的小丘應聲崩塌，分解成了無數的直劍。以造劍工術進行的遠距離支援。

不對。現在有個更糟糕的大問題。

觀眾判斷戰鬥能繼續下去——歡呼聲再次響起。那就代表了……

從工術產生的勉強可供人呼吸的土塊空隙中，伸出了一隻裹在護手裡的手。那隻手動了起來，握住直劍。

愛蕾雅倒抽一口氣。

她望向祈雅，發現自己還算錯了另一件事。

（祈雅沒有……殺死他……！）

◆

他雖然想重新整理思緒，無奈已經沒有那個力氣了。

光是要使氧氣遭到阻絕的腦細胞維持意識就已經讓他接近極限。土塊聚合的壓力瞬間壓碎了渾身上下的關節，或是導致關節脫離原本的位置。

他無視劇烈的疼痛，將脫臼的左肩接了回去。

他將牙關咬到出血的程度，卻仍然沒有發出哀號或嗚咽聲。

因為他是絕對的羅斯庫雷伊。

（……土工術。超出規格的發動速度……以及發動規模。）

如此的見解是正確的嗎？這個想法沒有經過充分思考，不過是在腦裡直接確認眼中所見畫面的單純作業罷了。

羅斯庫雷伊忍受疼痛走出土丘，半自動地擺出標準的持劍姿勢。

即將離開對決場地的世界詞祈雅回頭望向騎士，臉上掛著疑惑的表情。

她皺起眉頭，彷彿打從心底覺得對方是笨蛋。

「……這是怎樣？」

傻眼，輕蔑。那些對羅斯庫雷伊而言都無所謂。

就算可能有一瞬間的機會，他仍然需要時間。眼前的少女受到了動搖。在她再次展開攻擊行動之前的短暫片刻。就是羅斯庫雷伊研究敵人的真面目，找出獲勝方式的時間。

（她……沒有詠唱。不是標準的詠唱。「埋起來」這句話是傳達給其他人的暗號。她和我一樣，是利用無線電……從外部獲得支援……不對，只要是與我對決，士兵應該就會在事前確認對手身上有沒有通信機器才對……難道她用了什麼巧妙的偽裝手段嗎……或是有其他可以從遠距離讓詞術產生作用的方法……不對……不對……！）

羅斯庫雷伊無法理出頭緒。原因不只是他被耗去大量的體力。

而是因為按照這個世界眾所皆知的道理，祈雅所引發的現象太過異常。

（愛蕾雅完全沒有與其他強者進行接觸……！就算有能在這裡進行支援的人……！也只能視為這位少女……憑一己之力就將單純的工術，變成在威力與速度上超越魔王自稱者的詞術……！）

還有他做出了自己實在不願承認的結論。

如果是利用某種機關而引發這樣的現象，他還有辦法進行封鎖。只要能徹底看穿對方的伎倆，羅斯庫雷伊就能反過來利用對方的伎倆幫助自己獲勝。

但如果「什麼機關也沒有」呢？

如果他所目睹的現象就是一切的解答。這位名為祈雅的少女確實是一位可以運用強大工術的詞術士呢？

這麼誇張的怪物怎麼可以就這樣毫無徵兆地突然冒出來。這種毫不講理，無敵的——

（……還有沒有什麼勝算——）

羅斯庫雷伊的身體再次遭到土塊覆蓋。那是一瞬間的事。

「『埋起來』……這個人是怎樣啦？」

（沒用的。）

置身於再次陷入的黑暗地獄之中，羅斯庫雷伊這次感覺到右腳掌被壓碎的聲音。祈雅的工術或許可以輕鬆地以土塊的壓力擠死人。她只是沒那麼做罷了。

沒有獲得任何新情報。羅斯庫雷伊受到了和剛才一樣的對待，根本躲不掉她的攻擊。

「『歐諾佩拉魯號令於黃都之土（ownopellal io kou）。倒映於替身（yurowastera）。寶石的龜裂（vapmarsia）。停止的流水（sarpmore bonda）。延伸吧（utokma）。』」

無線電立刻傳來工術的詠唱聲，另一端的人企圖讓羅斯庫雷伊回到戰場。

（沒用的。歐諾佩拉魯教授。沒用的。）

長期培養的經驗與判斷力讓他清清楚楚地明白這點。

光是一邊吐出嘴裡的砂土，一邊走出土丘，被壓爛的腳尖就傳來陣陣劇痛。

（我……實在沒有辦法了……想不出任何解決這種狀況的對策。我沒有預料到這個敵人。我是人類，贏不了她。）

他覺得自己做什麼都是白費工夫，很想就此倒下。

面對這種不可能預料到的莫名其妙怪物，他哪有辦法對抗呢。

羅斯庫雷伊將劍鞘當成拐杖插在地上，站起了身。

「……吶。」

祈雅發出驚訝的聲音。

羅斯庫雷伊擺出標準的持劍姿勢，一如他在無盡的反覆練習中所做的那樣。

光是做出那種根本沒有意義的動作，就讓他在喉嚨裡發出痛苦的呻吟。

「我不太想欺負你耶。」

「……在、在下乃是只懂得劍之道的騎士。還請讓我再多品嘗一下與立於詞術頂點之人交手的榮譽。」

他一邊虛張聲勢地說著違心的恭維話，一邊盼望對方在這段期間不會發動攻擊。羅斯庫雷伊正在拚命掙扎。

——他在思索著殺害這位少女的手段。

直劍散落一地。那是工術分解土丘之後的副產物。

由於數量太過龐大，反而讓人不會對那些劍產生警戒。

「『安特魯號令於賈威朵之鋼。以第四左指為軸。突破聲音。自雲端而落。轉動吧。』」
(antel io jadwedo laeus 4 motbode temo yamvista iusemno hain xaonyaji)

遠程支援的力術讓劍飛了起來。企圖從後方的死角切斷祈雅的延髓。

然後那把劍的劍刃就這麼融化消失了。

「？」

少女瞪大了眼睛，轉頭望向落在身後地上的直劍殘骸。

就連遭到偷襲，整個過程都會在她沒有察覺的情況下結束。

「……啊，我忘記說出來了呢。『保護我不受危險的東西傷害。』」

祈雅在這場對決中不只使用了將敵人密封於土棺材裡的工術。此時守護著她的，是足以蒸發鋼鐵的熱術之盾。

那種熱術具有在祈雅不知情的狀況下，完全擋住大海的希古爾雷所釋放之毒物的絕對防禦性能。

對於羅斯庫雷伊而言，剛才的攻擊本來就是沒什麼勝算的垂死掙扎。不過——

（就連一丁點的可能性也沒有。）

劍在物理層面上對她沒有用。也就是說，羅斯庫雷伊擁有的攻擊手段完全對她起不了作用。

那是足以讓人崩潰的事實。

他差點就要絕望地雙腿一軟跪在地上。不過羅斯庫雷伊往前踩出一步，忍了下來。

羅斯庫雷伊以深植於習慣之中的流暢動作舉起劍，筆直地盯著祈雅。

（快住手。沒用的。我已經沒辦法再打下去了。）

即使他再怎麼想丟下劍，再怎麼想倒在地上，再怎麼想大喊這是無用的掙扎。他也沒辦法那麼做。

絕對的羅斯庫雷伊被禁止使用投降這個敗北條件。

「咦……怎麼回事……？太奇怪了吧……？」

——這次輪到祈雅對敵人的身分感到狐疑了。

她都已經展現出壓倒性的力量，應該沒有必要再戰鬥才對。

然而裁判米卡卻宣布戰鬥繼續進行下去。祈雅要打贏這場對決，似乎還得再多做些什麼。

「因為……這很明顯吧？不管怎麼看……你都……應該輸了啊。」

「……」

祈雅遠比這位羅斯庫雷伊還要強大。比參與這場六合御覽的任何一位勇者候補都還要強大。

無論是地平咆梅雷或是冬之露庫諾卡。只要她的一句話，就能逼他們俯首稱臣。她認為唯有那種戰鬥，才能獲得勝利的榮耀——解救故鄉。

「你在那裡……用那種身體……到底想做什麼？」

「……咳、咳。」

然而，絕對的羅斯庫雷伊太異常了。

連年幼的祈雅都看得出他已經是滿身瘡痍，然後他還是以標準的姿勢站著。

祈雅想起了米卡剛才所說的話，想起結束這場對決的條件。

「……吶，只要你站不起來就可以了吧？」

「我絕對不會——」

「『停止。』」

宛如被一隻看不見的鐵鎚擊中，只見羅斯庫雷伊癱在地上。

羅斯庫雷伊體內的力氣完全消失，連一根指頭都動彈不了。

「……你看！這樣就不能動吧！對不對！」

不管是誰來看，這都是無庸置疑的完美勝利。
祈雅笑著望向米卡，望向周圍的觀眾。
「羅斯庫雷伊……」
「羅斯庫雷伊，不要啊……！」
「站起來！羅斯庫雷伊！」
「不要放棄！」
「羅斯庫雷伊！羅斯庫雷伊！」
米卡沉默不語，遲遲沒有宣布對決分出勝負。
祈雅可以永遠維持這道詞術。照理來說這應該是一場明顯的勝利。
——必須有一方倒地不起。
因為人們都相信羅斯庫雷伊可以從這種狀態站起身。
絕對的羅斯庫雷伊身上背負著必須戰鬥到最後一刻的義務。
「羅斯庫雷伊～！」
「不要認輸，羅斯庫雷伊！」
「羅斯庫雷伊！羅斯庫雷伊！」
「羅斯庫雷伊！」
「啊啊，羅斯庫雷伊……！」

在祈雅的眼中，那副景象看起來非常噁心。

「……這些人到底是怎麼回事……！」

她看著動不了的羅斯庫雷伊。當然，對方絲毫沒有可以逆轉局勢的跡象。

……然而，祈雅卻注意到一個事實。

「噫！」

理應能永遠維持效果的詞術，卻在這時解除了。

羅斯庫雷伊一邊痛苦地咳嗽，一邊抓著地面站起身。

「咳……！咳、咳、哈……！」

不對。那不是一般的咳嗽。根本不是那種東西。

他的咳嗽聲聽起來與即將溺死之人的瀕死喘息無異。

在剛才的那一瞬間裡，現場只有祈雅注意到，羅斯庫雷伊的呼吸停止了。

祈雅的強大詞術忠實地遵照她的意志，「停止」了羅斯庫雷伊的所有動作。就連不自主的生命活動也不例外。

祈雅像是躲著羅斯庫雷伊似地拖著腳步往後退，不敢靠近他。

羅斯庫雷伊連追上去都沒辦法。

他筆直地站著，面對祈雅擺出標準的持劍姿勢。

「羅斯庫雷伊！羅斯庫雷伊！」

「羅斯庫雷伊！」

「羅斯庫雷伊站起來了！」

「羅斯庫雷伊！」

「為、為什麼……為什麼啊！」

少女的抗議傳不進狂熱鼓譟的觀眾們耳裡。

那是一種既無道理又十分可怕的事。

為什麼還不結束呢。為什麼誰也不願結束這場對決呢。

「我、我……我不是贏了嗎？」

她哭著大喊。

在這座寬廣的對決場地包圍之下，所有人都變成了祈雅的敵人。

「羅斯庫雷伊！」

「羅斯庫雷伊！」

「羅斯庫雷伊！」

「羅斯庫雷伊！」

「羅斯庫雷伊！」

黃都最強的騎士仍然站著。他拖著腳步踩出步伐，緩緩靠近。

他明明就知道這麼做根本沒有意義。

騎士不退卻，人類不放棄。

「我明明打倒你那麼多次了！」

她想贏。她想拯救自己最重要的故鄉。

該怎麼做才好。該怎麼做才能戰勝這種可怕的犯規對手？

他們到底想逼自己做什麼？他們還想要祈雅做出什麼更過分的事？

「——殺了他！」

即使有個人對著祈雅極力呼喊，也被巨大的歡呼聲蓋住，傳不到祈雅的耳裡。

愛蕾雅倚著出入口的門框，大聲喊著。

已經很明顯了。給予這位英雄決定性敗北的手段，就只剩下一個。

「殺了他！妳只能……妳只能殺了那個男人！祈雅！」

◆

——某天。第十七卿的祕書愛蕾雅說出了她的要求：

「可以請您把二十九官的席位讓給我嗎？」

年邁的第十七卿低沉地笑著，宛如不把這場對話當成一回事。

他可能把祕書的問題當成隨便的玩笑話吧。

……不過他突然換上若有所思的表情，咬著菸管。

暖爐的火光照亮了他的側臉。

「……這個嘛。等到時機成熟，我應該就會把位子交給妳。」

「您真是愛說笑。」

「不是說笑。妳雖然年紀還很輕，但我認為是個配得上二十九官之位的優秀女孩。雖然有人對妳的出身有意見，但不用理會他們。今後必須由有能之人治理這個國家，協助女王。」

待在第十七卿所坐的那張搖椅後面的愛蕾雅保持著臉上的微笑，整個人卻僵住了。她不知道該讓自己的臉做出什麼表情才好。

第十七卿在說謊。因為愛蕾雅周圍的人都在欺騙她，都是企圖對她落井下石的敵人。那是他們的唯一目的。

「由於『真正的魔王』的破壞，所有人都已經疲憊不堪了。到了這個時候，不該再有什麼對身分或出身的歧視與偏見……現在已經不是人類彼此相爭的時代了。」

「……」

「我也打算朝這個方向努力。是妳的話，應該就能明白這個願景吧，愛蕾雅。」

「……第十七卿，您知道嗎？『白磁燕』餐廳的廚師好像被逮捕了喔。」

「……妳在說什麼？」

第十七卿轉過了頭，對愛蕾雅露出疑惑的表情。

愛蕾雅仍然保持著溫柔、美麗的微笑。她該做出什麼樣的表情才好呢。

「是我白天時與第八卿會談的那間店，那裡——」

「我知道。是一間水準很高的店。」

「咳、嘔。」

第十七卿突然嘔吐起來，一股折磨胃臟的劇痛讓他痛得弓起了身。

在那種情況下，他只能不斷一直吐氣，沒辦法吸氣。

「……不過，就算是那麼優秀的店家，也有著卑鄙的小人呢。」

「嗯、嘔，愛蕾——」

「只要給點小錢，他就會端出別人吩咐的料理，然後白白斷送自己的人生……你不覺得那種人受到歧視與偏見是應該的嗎？凡是血脈卑賤的人一定都會做出那種行為。」

「呼……呼、呼……呼，啊。」

青月果種子的毒性很弱。所以中了那種毒而死，是偶爾才會發生在體力衰弱的老人或病人身上的少見不幸事件。

除非其毒性像現在這樣受到生術的強化。

在他人意識出現空檔時施展詞術是一種暗殺技巧。在雙方對話開始之前……當第十七卿在椅子上打瞌睡時，愛蕾雅已經詠唱了用來殺他的詞術。

「……好了。我再說一次吧，第十七卿。您會讓我成為二十九官嗎？您真的是衷心那麼想的嗎？」

「呼、呼、啊、嘎……」

他是騙人的吧。愛蕾雅打從一開始就知道了。

所有人都是敵人。他知道愛蕾雅的出身。只要有任何一個人知道此事，這個男人也遲早會毀了她的人生。

「您覺得以身分或出身區分他人是很沒意義的事嗎？」

愛蕾雅壓住第十七卿的雙肩，讓他連痛苦呻吟都做不到。

第十七卿的嘴角不斷冒出白沫。雖然他的唾液之中已經出現胃壁滲出的血，愛蕾雅仍然在他的耳邊繼續說著。

「……吶，第十七卿？您能對母親也說出同樣的話嗎？」

「……！嗯嗯、唔～！愛、愛蕾……愛蕾雅……」

「媽媽可是比我更努力喔。為了成為真正的貴族，為了成為配得上你的女人，她一直在努力。」

愛蕾雅冷血地抓住痙攣的肩膀，口吐經年累月的恨意。即使如此，她仍然遵照母親所教授的儀態，掛著繼承自母親的美貌，以完美的微笑俯視對方。

——妳得舉止優雅。不要讓別人看輕妳。

「為什麼不說話呢？」

「……！……嗚！……！」

「你說呀？說自己有著無比幸福的人生！」

愛蕾雅注視著對方眼中即將消逝的光芒，呼喚到最後一刻。就像那天一樣。

然後他慢慢地死去。在確認這點之前，她沒辦法安心。

「說自己有個引以為傲的女兒！」

「…………」

痙攣停止了，被壓住的肩膀失去了力氣。

看著維持痛苦哀號的表情卻再也不會動的那張臉，愛蕾雅終於可以放下那張笑容了。

在她度過的青春歲月之中，只有這個時候才能感到安心。

「再見了，爸爸。」

◆

「這就是……絕對的羅斯庫雷伊……」

面對充斥整個劇場庭園的聲援，第九將亞尼其茲不禁倒抽一口氣。

他沒想到會這樣。在事先規劃的戰略中，根本沒有料到會發生這樣的狀況。

即使羅斯庫雷伊如此明顯地戰敗，正在難堪地垂死掙扎，「人民卻不肯承認他輸了」。

所有的裁決都不讓絕對的羅斯庫雷伊敗北。就連在這種狀態之下，羅斯庫雷伊還是能讓觀眾們都站在他那邊。

「……絕對的羅斯庫雷伊不會輸……！」

那是一幅壯觀的景象。

無論是愛蕾雅……或是亞尼其茲，都錯估了羅斯庫雷伊影響力的強大程度。

——絕對的羅斯庫雷伊。戰士的顛峰，真正的騎士。

他受到令人不忍卒睹的重傷，毫無勝算。連一點戰士的形象都保不住。

這是他第一次露出從未給民眾看過的醜態。

正因為羅斯庫雷伊相信只要讓人民看到那種敗北的模樣，一切就完蛋了。所以他才會不斷努力，隨時保持完美。

……錯了。他絕對不會因此就完蛋。

「就算事前的準備沒有意義……！就算面對毫……毫無疑問將會敗北的局面！絕對的羅斯庫雷伊也不會因為『這點程度的小事』就完蛋！」

他沒有勝算。即使如此，或許……

他的身上，有著連深知絕對的羅斯庫雷伊真相的亞尼其茲也能相信這句話的力量。

——而在觀眾席的樓下。

同樣在觀看對決的紅紙籤的愛蕾雅，也畏懼著同樣的那股力量。

（我懂了……只要對上羅斯庫雷伊，任何人都會被當成邪惡的一方。對決拖得越久，狀況就會越不利……！）

對決被拖長了。照理來說，「世界詞」打從一開始就不必擔心那個問題才對。

無論對手是誰，都只要一句話就能立刻結束比賽。

她應該可以在觀眾還沒辦法理解狀況的時候就抹殺掉英雄，讓人們知道需要換一位支持對象才對。

「……為什麼，為什麼啊……！」

愛蕾雅大聲呼喊。用著誰也聽不到的聲音。

「妳不是想拯救伊他嗎？妳不是對我感到內疚嗎？妳的敵人可是企圖毀滅故鄉的黃都象徵人物啊！」

此刻，祈雅正在猶豫是不是該攻擊已經無力戰鬥的羅斯庫雷伊。

雖然羅斯庫雷伊永遠都不會有獲勝的手段，但是祈雅也無法殺了他。

（我殺得了。絕對可以。即使我與他無冤無仇，但如果我不殺了羅斯庫雷伊，就無法獲得幸福。我會殺了他。在把他大卸八塊之前我都無法安心。我……如果是我……）

她的右手滴著血。她一直緊緊握著某個東西，握到手心流出了血。

（……啊。）

是髮夾。

是昨天祈雅在照相館買下的髮夾。跟玩具沒兩樣的裝飾品。

她覺得那個髮夾很像公主戴的，很適合愛蕾雅。

（她是個孩子。）

她是會以那種感性的理由挑選禮物的普通孩子。

（她和我……不一樣……）

因為她只是獲得萬能詞術的普通孩子。

好暗。在地下室的黑暗之中，狂熱的歡呼聲不斷迴盪在室內。

愛蕾雅蹲在誰也看不見的此處。

心中接連地湧出黑濁的感情。那是足以讓愛蕾雅的人生化為一場空的痛苦與後悔。

「……為、為什麼……為什麼……？這麼簡單的道理──」

祈雅是個普通的少女。

是一個不必殺害他人，不必欺騙他人，過著幸福生活的小孩子。

……那麼，愛蕾雅呢？

對於愛蕾雅而言，那是自己從小就視為理所當然的前提。當然，應該殺了他才對。

她不可能放過威脅自己的敵人，讓對方活下去。

愛蕾雅絲毫不相信祈雅與生俱來的那些善念。

「為什麼……！有、有……有什麼辦法嘛！……只……只有我過得那麼悲慘啊！」

就像是在伊他看見從翠綠的林木間撒下的陽光時。漫步於和平山野中的日子中。當她們換衣服時互相開玩笑那樣。

她偶爾會做出孩子氣的舉止。

當她這位來自中央都市的老師偶爾被發現不知道孩子們都早已知道的知識，受到孩子們的取笑時，她也尷尬地陪著他們一起笑。

學生們一直教導她如何度過自己從未經歷的孩童時光。

——因為她從來都沒有當過孩子。

對愛蕾雅的陰謀毫不知情的祈雅相信著她，會為了愛蕾雅所受的委屈而憤慨，總是想幫助愛蕾雅。

受他人所愛的孩子就會是「那個樣子」。

「……祈雅！」

而愛蕾雅卻對那種……普通的孩子——

◆

「我……我受不了了……拜託結束這一切……」

絕對的羅斯庫雷伊就站在她的視野之中。

這個男人絕對無法威脅祈雅的生命。不僅無法打穿她的萬能防禦，甚至連一步都走不動。

然而眼前的那個存在根本就是立於群眾的詛咒之中，不死的偏執亡魂。

祈雅一邊受著恐懼的折磨，一邊拚命地思考打倒他的方法。

腦中接二連三地浮現出駭人的結論。不要，不要啊。

只是完全停止羅斯庫雷伊的行動，並沒有辦法讓他們放棄。

「該怎麼做……！」

該怎麼做才能擊敗對方呢。

如今換成祈雅得思考這個問題了。

「認輸……對了，認輸……！『說出你認輸』！」

「……我——』

羅斯庫雷伊顫抖的嘴被強行打開，隨即吐出一口鮮血。

她可以在物理層面上操縱對方的嘴，逼迫對方說出她想聽到的話。如此一來，她就不必破壞對方的生命或精神了。

「我、認……」

就在那個瞬間，羅斯庫雷伊的右手有如彈簧似地彈了起來。那是在轉瞬之間的動作。

他以劍劃過了自己的喉嚨。

「噫……！」

喉嚨被毀了。沒有片刻的猶豫，也沒有任何的躊躇。

他瞬間就理解到，千萬不能讓人民聽見那句話。

「你不惜做到那種地步，到、到底可以獲得什麼？吶！你不是已經沒有獲勝的方法了嗎？」

「咕、嘔。」

羅斯庫雷伊沒有回答祈雅的問題。他已經無法回答。

聲帶連同氣管一起被割破。距離他呼吸堵塞而死已經剩不了多少時間。

不管是誰來看，都會認為他明顯無法再站起來——

「吶……吶，『扭斷』！」

「哈、咕啊。」

可怕的劈啪聲響起，羅斯庫雷伊膝蓋以下的雙腳被扭到了相反的方向。

必須奪去他的兩隻腳才行。只要還保留一隻腳，他就還能站起來。

血液從扭轉裂開的腿部肌肉中滲出，英雄再也沒辦法以那副身體站起來了。

「對、對不、對不起……對不起、對不起……！」

即使如此，她仍然聽不到裁判宣布分出勝負。

觀眾席上傳來一陣哀嘆的漣漪。然而那不是絕望……

「羅斯庫雷伊，站起來……！站起來啊……！」
「用劍，羅斯庫雷伊！砍下那個惡魔的頭！」
「求求您……詞神，請您守護羅斯庫雷伊……」
「羅斯庫雷伊……」
「我相信你，羅斯庫雷伊！」
「羅斯庫雷伊！」
「羅斯庫雷伊！」
「羅斯庫雷伊！」
他們相信著，相信絕對英雄的勝利。
懷著那種不負責任的期盼。
「好奇怪……你、你們……所有人都好奇怪……！快、快點讓這個人……輸掉啦！你們看不見嗎？他渾身上下都是傷！腳也變成那個樣子，要怎麼站起來啊！」
他們可能沒有自覺吧。不知道將會殺害羅斯庫雷伊就是他們自己。
祈雅看得出來。此刻與她對戰的這位英雄毫無疑問是活生生的人類。她看得見對方正受到身上每一道傷口的折磨。看得清清楚楚。
就連雙腿遭到扭斷，這位英雄也仍然不被允許認輸。
該怎麼做才好。她應該怎麼辦呢。

信賴轉變成信仰。過度的信仰成為了迷信。迷信到最後就會變成狂信。

在這個寬廣賽場的所有人都相信著羅斯庫雷伊。由衷地相信著。

「她作弊！」

群眾之中有人如此喊著。

即使對手是年幼的少女……只要那是羅斯庫雷伊的敵人——

「不、不是的……不是的……這真的……真的是我的力量啊……」

耳邊傳來詞術的詠唱。

如果要在現場找出明顯的作弊行為——祈雅望向羅斯庫雷伊。

「『埃奇列吉(egirwezi)號令於(io)羅斯庫雷伊(rosxl)。踏上獸徑(meameaokea)。棲息於枝頭(nomkloer)。懲罰萬惡之劍(ea kot sarmeal)。膨脹吧(wareaoir)。』」

「咕、嗚嗚……嗚嗯……嗚嗚嗚……」

強行壓抑著哀號的羅斯庫雷伊發出可怕的呻吟。

遠距離的生術正在迅速治療他的喉嚨與雙腳。

由於治療的速度太快，他骨頭就理所當然地長歪，刺穿膝蓋的皮膚。

腳尖方向的骨頭出現分岔，甚至還刮下了一些肉。

雖然那是一個不配稱之為「腳」的器官，但是那個器官可以做到一件事。

……就是讓他站起來。

「啊……不要……不要啊啊啊啊啊啊啊啊！」

「——來吧。」

羅斯庫雷伊滿身大汗，咬著牙關忍耐痛苦，卻還是露出微笑。同時以生術剛治好的喉嚨吐著血。

因為他是絕對的羅斯庫雷伊。

「讓我以正統的招式與妳一決勝負吧。」

騎士的身體飛了出去。高速撞上劇場庭園的邊緣，再次倒下。

就在剛才，祈雅低喃了一句只憑抗拒對方的意志就讓他飛走的詞術。

「飛、飛……嗚、嗚嗚、啊……『飛走吧』……」

那是一種恐懼。

巨大的恐懼足以讓常人忘卻對殺人的忌諱。

有很多人不是出於什麼理由而殺人。他們只是感到害怕才會下手。

就連祈雅也是那樣。

「……」

祈雅看著自己的雙手。

她感到盤據在自己心中的那股情感狂濤，在那個瞬間難以置信地化為平靜。

「啊啊。」

她拭去淚水，站起了身。

如同對決開始前那樣……她裝做聽不見觀眾的聲音。

（——我……）

一道枷鎖解開了。

年幼的少女此時第一次認識到自身的力量。

（………我做得到呢……）

她朝著重重撞上牆壁的羅斯庫雷伊走過去。

為了保護父親與母親，姊姊，亞薇卡和希安。為了不讓她的故鄉被摧毀。

她才不管惡狠狠地指責自己，耍了詐，還打算掠奪伊他的黃都會變成什麼樣。即使其中有幾個祈雅認識的人也無所謂。

（我必須動手。）

必須守護重要的事物……以現在這種心境，她一定殺得了。

那不僅對名為祈雅的少女而言是一個巨大的轉變，也是她所景仰的教師平時就懷抱的心態。

（如果不動手，別人就會對我動手。）

黃都最強的騎士宛如睡著般趴在地上。

……不需要做什麼特別的事。只要下達『去死』這麼一句命令，就能不讓對方感到絲毫痛苦，也不必看到猙獰的表情，靜靜地停止他的生命。

「……我贏了。」

「…………伊絲卡……」

倒在地上的騎士意識不清地低喃著。

「……伊絲卡……我…………我……」

——那是某個人的名字。

「嗚、嗚嗚、咕嘔、嗚。」

祈雅吐了。

（這、這個人……這個人是……！）

祈雅雙手掩面，渾身顫抖。

一時之間遺忘掉的所有恐懼又湧向了她。

她發現自己差點就將手指浸入可怕的深淵。

就在剛剛，憑的是祈雅自己的意志。

（人……是人……！是和我一樣的人……！和我一樣有著珍惜的對象……活著……他是活著的……！）

她擁有壓倒性的力量。不知道從何而來的絕對之力。

她有願望。她有想要守護的事物。祈雅必須戰鬥才行。

但是，有必要非得做到「那種地步」不可嗎？

她能以詞神所賜予的作弊力量與萬物溝通。
可以輕易踐踏任何與她擁有同樣的思考能力，同樣在這個世界努力求生的其他人。
無論如何都非得「那麼做」不可嗎？

在不知不覺間，她自己正逐漸變成傷害他人也不會內疚的怪物。
故鄉的人們，愛蕾雅，在看到這樣的她時，會作何感想呢。
——妳的力量，是用來讓人們幸福的才能。
「我、我。」
也是在這個時候，某個人的身體抱住了她。
溫暖的體溫，柔軟的觸感包住了她。
「——我是第十七卿！我們認輸！」
闖入者大喊著。
「愛蕾雅——」
祈雅哭了。
「不、不要……讓我殺人……不要……我只想結束……」

◆

祈雅無所不能。

雖然還沒有別名，但是其詞術無所不能的程度，足以讓她擁有震驚所有人的別名。

——五年前。森林外頭的世界受到「真正的魔王」的沉重絕望所威脅，大人們似乎認為只有祈雅他們所居住的伊他樹海道能置身於世界之外。

當時像祈雅與希安那樣的孩子都還很小，沒有人告訴他們「真正的魔王」的存在。所以他們只認為大人是在談論什麼複雜的話題。

由於亞薇卡的年紀真的很小，所以在大人集體外出的期間，祈雅經常負責照顧她。森人亞薇卡天生有著褐色的皮膚，還滿少見的。

祈雅認為若是她照顧好如此奇特的孩子，大人們就會更加尊敬自己，對她的惡作劇也就會睜一隻眼閉一隻眼。

「祈雅、祈雅。」

「來了來了。怎麼啦，亞薇卡。想睡覺嗎？」

祈雅一如往常地帶著亞薇卡到湖邊，採集料理用的香菇。青蛙在那裡大鳴大放，祈雅覺得牠們就像樂器似的。

「嗯～祈雅～臉臉～」

「真是的～做什麼啦～」

亞薇卡的小手不斷摸著祈雅的臉頰。

亞薇卡在那個時候就是個很愛撒嬌，不太會說話，但很愛笑的孩子。

「要是亞薇卡早點學會說話，我們就可以盡情聊天了。」

「臉臉！臉臉！」

即使在這個所有具有心的生物都可以透過詞術對話的世界，剛出生的小孩也沒辦法立刻就能流暢地使用語言。每個人都必須在成長的階段自然地建立起內在的語言體系。而在學會專屬於自己的語言的過程裡，他們才會察覺到自己所用的語言是可以與周遭事物對話的語言。那就是控制現象的詞術。

祈雅將腳尖泡在冰涼的湖水裡，對身旁的地面說道：

「『長出來』。」

於是香菇就以彷彿會發出「啵啵啵」聲音的速度，從岩石的縫隙中長了出來。

那是別人拜託祈雅採集，準備用在今天料理中的香菇。雖然就算不特地來到湖邊，她也可以讓家門前長出香菇。但是那麼做就會被米其婆婆罵，所以最好別那麼做。

應該讓香菇或水果長在各自適合的地點。若是祈雅用詞術隨便亂製造食物，據說可能會導致森林生病。

（雖然我覺得不必那麼在意啦。）

祈雅什麼都做得到。無論是製造或破壞，甚至是讓目標變成她想要的狀態。

（反正不管發生什麼事，我都可以恢復成原狀嘛。）
她再次對香菇使用了詞術。
「『消失吧』。」
祈雅消除掉剛冒出來的香菇。將那裡恢復成原來的樣子。
在建立起自己的語言之前，祈雅就具備能自由自在操縱萬物的詞術。多虧了這點，伊他村從未有過食物方面的煩惱，村裡的房子全都又新又大，也不必為糟糕的天候狀況而煩惱。
祈雅覺得自己應該受到更尊貴的對待。但是她還是和其他的孩子們一樣，被託付了這種照顧亞薇卡的工作。
或許是因為祈雅自己也只是被拜託了「幫我換新的煙囪」或是「麻煩讓明天下雨」之類用嘴巴說說就能完成的工作，所以才沒有那麼受到重視。
大人們一直在辛苦地耕田，維修水道，修剪林木。只要拜託祈雅，她就能用一句話完成那些工作。不過祈雅知道，大人們認為經過一番辛勞獲得的事物才有價值。
「哎，我好閒喔，亞薇卡……」
所以祈雅偶爾也會忍耐。即使晚餐有她討厭的根莖類食物，也不會像小時候那樣把它變成別種食材。更不會在有人利用閒暇時間製作木椅時，擅自用詞術幫對方完工。
在成長的過程中，祈雅逐漸摸清楚那套模糊的標準。可以為了食物使用詞術。只要事後收拾乾淨，也可以用詞術製造玩具。若是為了幫助大家，可以用詞術改變天氣。至於改變河川的水量，得要有確確實實是為了幫助大家的前提。但在必要時刻，她絕對會那麼做。

「『長出來』，『消失吧』。」

「嗚、嗚～」

亞薇卡嗚嗚叫著。可能是不喜歡祈雅玩弄香菇吧。真的很少看到亞薇卡和祈雅獨處時情緒會變得那麼糟。

「怎麼啦，亞薇卡。妳還好嗎？被蟲子咬了？」

「嗯～！」

「肚子餓了？」

「祈雅、討厭！」

亞薇卡伸手揮向祈雅，指甲稍微刮傷了她的臉。

「好痛，真是的，妳做什麼啦～」

她明明無所不能，明明就安分地照顧著小孩，憑什麼得受到這種對待呢。

「為什麼生氣啊？要不要我唱首歌？」

「鞋鞋！鞋鞋的，嗯嗯～！」

「唉，聽不懂啦……」

祈雅完全不了解小孩。在小孩還不會說詞術語言時，就宛如介於野獸與人之間的生物。如果換作是亞薇卡的父母，應該就聽得懂她想說的話吧？

「不要～！嗯嗯～嗯！」

正當祈雅為亞薇卡的哭鬧感到傷腦筋時，她的視線突然停留在長在一旁的香菇上。

（啊，對呀。）

不知道為什麼，祈雅在那一刻之前從未有過那種想法。

如果萬能的詞術什麼東西都可以製造，甚至還可以改變物體……

那不就可以讓能以詞術相通的對象「服從自己」嗎？

對於祈雅而言，她覺得那是個天才般的想法。既然她能治好父母或村人的傷，又為什麼以前會認為意志是無法改變的呢？

「吶，亞薇卡。」

祈雅差點就真的那麼做了。

她對做出那種行為沒有心理障礙。只要對哭鬧不止的亞薇卡說一句話，要她聽話就好了。

「……」

不過，祈雅的視線突然停在蹲在亞薇卡旁邊，正在鳴叫的青蛙上。這真的只是個偶然。

（先用青蛙試試看也沒什麼不好吧。）

祈雅對青蛙下令：

「『不要叫』。」

轉眼間，那隻青蛙就不叫了。

那隻青蛙明明在這之前還一直呱呱叫個不停。

「……太好了。果然行得通嘛，我是天才。」

祈雅將正在哭鬧的亞薇卡隨便地擺在自己的大腿上，一邊撫摸她，一邊觀察著那隻青蛙。青蛙一聲也不吭。

在足以壓過風聲的蛙鳴合唱之中，那隻青蛙卻緊閉著嘴，只會轉動眼珠。祈雅開始感覺那隻青蛙詭異得讓人害怕。

自從祈雅「下令之後」，那隻青蛙就一直保持那副模樣。

雖然連一本正經的希安都會捉青蛙來玩，但是祈雅隱約有種感覺，讓青蛙再也叫不出聲，似乎是比把青蛙拖來拖去或把青蛙壓死更可怕的行為。

「恢……」

別擔心，不管發生什麼事，她都可以重新來過。

「『恢復原狀』。」

青蛙再次發出鳴叫。祈雅終於鬆了口氣。太好了。

「亞薇卡？」

被祈雅抱在懷中的亞薇卡已經不哭了。

「咦，不會吧。」

她不哭是很奇怪的事。明明直到剛才她還是非常不開心的樣子。

「等一下，為什麼？」

祈雅慌了。得找大人商量才行。

耳中傳來「呱、呱」的聲音，讓祈雅渾身抖了一下。

是青蛙的聲音。它被祈雅恢復原狀，於是叫了起來。

「……恢、『恢復原狀』。」

祈雅再次對青蛙使用了詞術。

她自己也說不上是怎麼回事，但祈雅就是感覺這隻青蛙怪怪的。牠的叫聲間隔與聲調高低好像與原本的不一樣。

牠用的似乎不是一開始那種叫聲，而是「祈雅認為的」叫法。

「怎、怎麼會。」

祈雅抱緊亞薇卡。

「祈雅、祈雅！」

亞薇卡笑了，彷彿剛才根本沒哭過。

「哭、哭啊。妳哭啊！」

好可怕。被祈雅以詞術改變的應該是一點也不重要的青蛙，她應該沒有對小小的亞薇卡使用詞術才對。

「亞薇卡，妳在騙我吧？亞薇卡還是亞薇卡吧？」

「臉臉！」

亞薇卡伸手戳著自己。就像平時那樣。就像祈雅的印象中亞薇卡該有的樣子。不會用指甲亂刮人……

她沒辦法確認。亞薇卡的詞術還沒有發展完全。她究竟是被永遠地改變了，還是維持著原樣。應該無論怎麼做都無法證明吧。

「亞薇卡！」

祈雅用力地搖晃著亞薇卡。

「嗚。」

誰也沒看見這段經過。亞薇卡可能就像「原本那樣」，不再對祈雅生氣——但是她不應該在瞞著其他人的情況下做出那種改變。

「嘔～」

或許是因為那小小的身體受到劇烈的搖晃，亞薇卡把胃裡的東西吐了出來。

「嗚嘔嘔嘔嘔……」

然後哭了。很正常地哭了。

「啊、啊啊……」

祈雅渾身無力地癱坐在地。安心了。

太好了。「她沒有想過」亞薇卡會嘔吐。亞薇卡並沒有變成方便祈雅照顧的樣子。

「亞薇卡……」

她輕撫著小小的亞薇卡背後。這個孩子照顧起來真讓人費心。

不過，她就是喜歡這樣的亞薇卡。

「祈雅。」

祈雅突然發現亞薇卡右腳的鞋子不知道在什麼時候滑掉了。她一直處於驚慌狀態，沒有餘力注意那種事。

「啊啊……原來，原來是這樣啊。」

「鞋鞋的～」

有隻小青蛙鑽進了鞋子裡。

她是因為感覺不舒服而哭。鞋子滑掉後就變開心了。

並沒有發生什麼奇怪的事，僅僅是如此而已。

「抱歉……抱歉喔，亞薇卡……」

祈雅一邊哭著一邊緊緊抱住亞薇卡。當時她沒有做出那種事，對祈雅的人生而言一定是最大的幸運。

「——還好沒有對妳使用詞術。」

◆

在劇場庭園的正中央，愛蕾雅一直緊緊抱著祈雅。就像鳥兒抱著自己所生的蛋，就像在保護她不受觀眾的視線與喧囂傷害。

「已經可以了。」

雖然愛蕾雅比誰都更想放聲大哭，雖然如今的愛蕾雅是這個世界上最不幸的人。但是不知道為什麼，愛蕾雅對祈雅說了這樣的話：

「妳不用再害怕了。」

「……愛蕾雅、愛蕾雅。」

祈雅正在哭泣。她作夢也想不到這一切其實都是愛蕾雅安排的。

「沒事了，老師會……」

愛蕾雅輕撫著那頭金色的頭髮，如此說道：

「老師會一直陪在妳的身邊。」

——應該讓祈雅殺了吉夫拉托才對。

只要讓祈雅的內心解開殺戮的枷鎖，愛蕾雅就一定能贏。

她明明很清楚這點……當時把吉夫拉托叫過去也是為了這個目的。卻又為什麼會決定親自動手呢。為什麼偏偏就在那個時候，下錯了那麼一步棋呢。

然而，愛蕾雅還是那麼做了。

在進行思考之前，愛蕾雅已經先親手殺了吉夫拉托。

（為什麼？）

這其中應該有什麼理由。愛蕾雅抱著祈雅的小小身軀，感受著胸中的顫抖，一次又一次地後悔著。

（為什麼？為什麼？為什麼？）

「祈雅確實有作弊行為！」

就在同一時間，對決裁判米卡做出如此的宣布。

「就在剛才，我接到了士兵的報告！有多位民眾提供證詞！在這場對決中，第十七卿，紅紙籤的愛蕾雅讓祈雅站上戰場……並且從場外以詞術進行支援！因此在這第四戰！我判定祈雅因作弊行為失去資格，獲勝者為絕對的羅斯庫雷伊！」

沒有任何一位觀眾懷疑她所說的話。

如雷貫耳的歡呼聲傾注在倒地不起的羅斯庫雷伊身上。

英雄宛如沒有自我意志的雕像，一直沒有站起身。

愛蕾雅攙扶著極為憔悴的祈雅，走回了參賽者通道。

她與羅斯庫雷伊締結讓他和吉夫拉托對戰的協議，卻在前一刻違反約定。對於黃都而言，現在的她等同於叛徒。

「……愛蕾雅。」

「沒事了喔。趕快深呼吸，吐氣……冷靜下來就沒事了。」

她撫摸著祈雅的背。那單薄的背影看起來簡直不像擁有「世界詞」的力量。

（離開黃都……逃到別的地方吧。）

未來一片黑暗。她在世界上應該不會有什麼安身之地了。

（我們一起喬裝打扮，搭火車到黃都的外城……再改乘馬車。）

只要和祈雅一起行動，她也許就能做到這樣的計畫。

那是具有萬能之力的少女。而愛蕾雅可以控制她。與黃都的追兵交戰時，也一定能殺死敵人。只要重複這個過程，她們就逃得掉。

（……對了，去伊他當老師吧。）

那似乎是個好點子。到那個與榮耀和鬥爭無緣的小小村子落腳吧。

然後再一次在孩子們的那個祕密景點欣賞美麗的朝陽。

（就像那天一樣——）

士兵擋住了她們的去路。

「第十七卿，辛苦了。請容我們護送您。」

「接下來就跟我們走吧，還請移駕。也麻煩您帶著祈雅閣下一起過來。」

是羅斯庫雷伊派系的士兵。

既然萬能詞術的存在已經曝光，祈雅應該就會被黃都捉起來吧。而且羅斯庫雷伊陣營也已經知道控制「世界詞」的必要存在是哪個人了。

愛蕾雅賭上人生的戰鬥打從一開始就出現了破綻。戰鬥的結局在第四戰開始之前……從更早之前就已經決定好了。

即使如此。

「好，我們走吧。」

愛蕾雅微微一笑。

她將藏在身上的細藥瓶裡的內容物潑向士兵的臉。

「嗚！」

「噫啊！」

「咦，怎麼了？」

「快跑，祈雅！」

——即使如此，她仍然不希望害祈雅淪為服務黃都的兵器。

紅紙籤的愛蕾雅什麼也沒有得到。

她讓自身的一切都化為了一場空。

既然如此，她希望至少能完成一件事。

兩人手牽著手逃走了。黃都的士兵想捉住她們。

這裡是圍繞劇場庭園的市場。在民眾刺眼的好奇眼神之中，愛蕾雅狂奔在大白天的街道上。

愛蕾雅服裝凌亂，布料被眼淚與鮮血弄髒了。但是她仍然拚命地奔跑。

——啊啊，為了不受到鄙視，為了不被人看輕。愛蕾雅之前一直都打扮得整整齊齊，現在卻髒成這副德性。

「愛蕾雅……愛蕾雅，吶！妳在做什麼？說明一下啦！」

祈雅也在看著她。愛蕾雅犧牲了好幾條人命才終於找到的「世界詞」，確實如同荒誕不經的傳說所述……是具有絕對權能的無敵詞術士。

然而那也是一位從未見過身邊之人死亡，非常普通的純真少女。

（我……）

她好羨慕那樣的祈雅。

她不停跑著。

跑在祈雅的前面。

不讓祈雅看到自己的臉。

（是如此地醜陋……！）

在不斷折磨愛蕾雅的世界外面，還有伊他樹海道那樣的和平世界。

還有著會天真地相信自己的少女。
那是一位未受惡意或歹念汙染，無比純潔的少女。
「——祈雅。我現在要跟妳講一件很重要的事。」
跑下一座長長的石階梯後，愛蕾雅停住了腳步。
她蹲下來，對著視線與她同高的祈雅露出微笑。
「妳得仔細聽清楚老師所說的話。」
「……愛蕾雅？」
就是現在。
她現在必須把真相都說出來。
（……告訴祈雅，是我騙了她。）
積滿了淚水，宛如湖泊的碧眼倒映著白晝的繽紛世界。
人的眼睛會看見映照於其眼中的世界。她總算明白了這個理所當然的道理。
（告訴她……我只是為了權力利用她。讓她感到苦惱的那些事，其實都是我策劃的。其實……我是個背叛所有人，非常下賤的女人。告訴她……她的故鄉所遇到的危機，全都是我所造成的。）
紅紙籤的愛蕾雅為了生存而利用了一切。
不只是欺騙他人，她還一直欺騙自己的內心，偽裝自己的話語。

所以那點程度的告白絕對是輕而易舉的事。

（……告訴她，這都是老師的錯。叫她獨自逃走——）

於是愛蕾雅握住祈雅的雙手。

「抱歉讓妳那麼害怕。祈雅……可能是因為妳展現出的力量太強大了。所以黃都軍才會追著妳。妳得趕快逃跑才行。」

「說……說，說得也是呢……因為我做了很過分的事情。所以大家應該都害怕我……討厭我了吧……」

然後輕撫那頭金色的頭髮。

「沒有喔。妳來到黃都之後……都一直乖乖地遵守老師的吩咐嘛。」

「吶……那麼，愛蕾雅……！我……」

淚水從祈雅的兩眼滿溢而出。

「接下來讓我自己逃跑吧。這、這樣一來他們就會只追我一個人了。我是無敵的。絕對不會有問題……！」

沒錯。她很瞭解祈雅。

所以愛蕾雅可以用謊言讓她說出這樣的回答。

黃都兵追的是愛蕾雅。只要沒有愛蕾雅這個弱點，祈雅應該就能隨意逃到任何地方。

「所以，吶，愛蕾雅！不要說再見喔！」

「好的。妳一定能逃走。老師會一直等著妳。所以……祈雅，妳必須把詞術用在正道上。」

騙人。

就是她打算讓祈雅把那股力量用在錯誤的方向上。

「因為那是……那是…………讓人幸福的才能……」

騙人。

「世界詞」是用來讓愛蕾雅幸福的才能。

騙人，全都是謊言。

「嗯……嗯……！」

「所以，妳就暫時算是……修完老師的課了。我要給妳取第二個名字，祈雅。」

愛蕾雅靠著祈雅的額頭，說出了那個名字。

那是祈雅自己一直不知道，卻又與其能力相稱的名字。

「……『世界詞』。世界詞，祈雅。」

「我的，名字——」

簡直就像真正教師的作為。

即使她已經下定決心說出真話，即使現在就是最後的機會。

即使自己已經將醜陋的模樣暴露在全世界的人眼前，她仍然想在祈雅面前維持老師的樣子。

因為愛蕾雅永遠都是既美麗又溫柔的完美教師。

「……謝謝妳，謝謝妳，愛蕾雅。」

祈雅依偎著她，將臉頰靠在愛蕾雅的頰上。

接著拿下愛蕾雅被吉夫拉托打傷的那隻眼睛的眼罩。

「『傷口痊癒』。」

然後她邊哭邊笑著說：

「我還是喜歡妳的眼睛，好漂亮喔。」

「祈雅……」

「聽我說喔，愛蕾雅。能和愛蕾雅一起生活……我真的覺得好幸福。」

「是啊。老師也很幸福呢。」

騙人。這句話一定是徹徹底底的謊言。

因為她每次說出的都是為了支配祈雅的假話。

「我很喜歡祈雅……真的……是真的……」

騙人。

騙人。

紅紙籤的愛蕾雅一直都在撒謊。

愛蕾雅哭了。

「——是真的……」

「……老師。愛蕾雅老師……既溫柔，又漂亮。是大家都……引以為傲的老師喔。」
擁有萬能詞術的少女，在最後拜託了愛蕾雅：
「妳要過得幸福喔！」
那句話不是詞術。
卻比任何詞術更為強大。

祈雅。愛蕾雅最寶貴的光跑著離開了。
金色的長髮輕舞飄揚，在陽光與微風中閃閃發亮。
愛蕾雅則是轉身過去，背對著她走向陰影之中。
但願她過得無比幸福。相信她將會成為一個好人。
因為黑暗已經全部都被愛蕾雅帶走了。
（祈雅，我——）
——在最後。
自己好想叫住她。
剛好就在那個時候，從暗巷中衝出的士兵一劍砍中了愛蕾雅的身體。
她倒落在地。眼中一片鮮紅。
「……啊。」

對此感到驚慌的，反而是砍傷愛蕾雅的黃都兵。
「……非、非常抱歉，傑魯奇大人！」
他對背後的人如此報告。
「屬下本來只打算砍腳阻止她的行動，沒想到她突然轉身，害我揮歪了……！」
「無所謂。」
冰冷的聲音。這個帶著汙衊的語氣聽起來很熟悉。
第三卿傑魯奇低頭俯視愛蕾雅。
「經過這件事我終於明白了。若是放這個女人一條生路……她就會無止盡地為了私慾而利用他人。這傢伙是從內部腐化黃都的惡毒女人。不該給她任何機會……我會負起做這個決定的責任。」
（……啊啊。）
愛蕾雅的眼前有著一灘穢物。
從肚子裡掉出來的東西弄髒了地面。
她總是把自己打扮得很美，想讓自己的出身與外表都看起來很漂亮。
（啊啊，我的……我的內在是……不要啊……）
那種可怕的形狀與顏色，就是紅紙籤的愛蕾雅的一切。
卑賤，卑賤，卑賤，卑賤。

「……全都是我的責任。是對她抱持期待的我太笨了。」

（……不要、不要用那種眼神……看我……哥哥……）

只要新雅能過得幸福就好了。但其實她自己也——

不想孤獨地死去。

不想在眾人的蔑視之中死去。

「——去死吧！」

傑魯奇放聲大喊。

冷酷的第三卿從來都不會將感情顯現於外。

但是他的嘶吼之中，充滿了明顯的失望與憤怒。

「妳這個血脈卑賤的臭女人！背叛同胞，利用小女孩，甚至……甚至還殺了父親……！我不覺得像妳這樣的傢伙會自我反省！紅紙籤的愛蕾雅！像妳這種邪魔歪道，就應該悲慘地死去！」

在血海之中，有一道金色的光芒。

那是髮夾。看起來像公主所戴，很適合愛蕾雅的髮夾。

（…………）

她拚命地伸出手指。

在黑暗的盡頭，一定有著光明。

但如今什麼都沒有了。她的光已然遠去。

在手指碰到髮夾之前，愛蕾雅的生命先走到了終點。

◆

視神經傳來痛楚。連照明的光都讓人感到太過刺眼。

疼痛。羅斯庫雷伊渾身只剩下劇痛。那是治療生術改變身體所產生的痛苦。

處於躺在醫務室床上的狀態，他夢囈似地說著：

「……我輸了。」

坐在旁邊的亞尼其茲搖了搖頭。

「不……不對喔，羅斯庫雷伊。」

不知道羅斯庫雷伊的傷勢痊癒了幾成。但至少恢復的狀況應該比腿完全被砍斷的宗次朗好多了。

他是絕對不能死的英雄。有多達四位的專屬生術士專門負責治療羅斯庫雷伊。至少應該趕得上下一場的對決，前提是不計任何代價。

「……這場對決毫無疑問是你贏了。如果你本身沒有做過鍛鍊，就無法在面對那種詞術時保持意識。破壞土丘的詞術、治療腳的詞術，全都是你準備的。之所以能拉攏到第二十六卿，也是你本人的實力。」

雖然第九將亞尼其茲對外隱瞞了他的經歷，不過羅斯庫雷伊知道他的身世。

亞尼其茲也是出身於貧民，是羅斯庫雷伊過去所拯救的人之一。

是對於自己曾被英雄拯救由衷地感到自豪的人之一。

「……你讓那麼多的人成為你的同伴。絕對的羅斯庫雷伊已經成為超越我們想像的……真正英雄……」

不必懷疑。如果沒有他，根本沒辦法擊敗無所不能的祈雅。

「對於黃都所有的人而言，你就是偉大的英雄。羅斯庫雷伊。」

「……就算如此。」

羅斯庫雷伊望著天花般，喃喃自語道：

「紅紙籤的愛蕾雅只有一個人。」

「……」

他擁有比其他人更多的同伴。人工英雄將所有黃都的人民都變成的自己的同伴。

即使做到這個地步，區區的一個意外也足以讓整個計畫崩盤。

「只有一個人，就把我們所有人都逼進了絕境。」

第四戰。勝利者，絕對的羅斯庫雷伊。

十三◆巡禮

黃都。太陽早已西沉的夜晚。

「教團」的禮拜堂在這個時刻都會上鎖，一般信徒通常也不會造訪。

但是擦身之禍庫瑟知道有個人每天都會在那裡獻上祈禱。每當告知信徒們一天結束的鐘聲響起，他絕對會出現在那裡。

「唷，我們是第一次見面吧。」

那就是一名大鬼。是名為不言的烏哈庫的勇者候補。

即使全身裹在白色的法袍之中，正在祈禱的他的背影也比庫瑟使用的盾牌還要寬大。

「我叫擦身之禍庫瑟……可以坐在這裡嗎？」

烏哈庫抬起了頭，直直地望著庫瑟。

他沒有回答。因此庫瑟就以言語之外的反應推測烏哈庫的想法。就像他平時對娜斯緹庫所做的那樣。

「……不好意思啊。我會盡量不妨礙你。」

在阿立末列村發生的屠殺事件。根據身為「教團」神官的老婆婆，環座的庫諾蒂所留下的手記，烏哈庫是一名天生就沒有受到詞術祝福的大鬼。逆理的廣人帶給他的調查情報也顯示了同樣的結論。

他並非像幼兒那樣，尚未在內心組織好自己的語言。

也不是因為身心障礙而喪失發聲機能或聽覺機能。

即使他已經被證明沒有任何一種那樣的問題，就連「客人」都能使用的詞術對話卻唯獨不存在於烏哈庫的身上。

庫瑟待在這裡的原因之一，就是調查可能是廣人陣營最強鬼牌的存在——不言的烏哈庫。

「沒有救到庫諾蒂老師是我的錯。」

但是，庫瑟還有著遠比調查更重要的原因。

環座的庫諾蒂死了。她是不言的烏哈庫，以及烏哈庫的擁立者，第十六將諾非魯特——還有庫瑟自己的恩師。

在阿立末列村發生屠殺事件的那天，巡迴造訪至阿立末列村的庫瑟看到教會的方向燃燒著紅光。在恐懼與焦躁之下，他拔腿狂奔。然而抵達現場時已經太遲了。

屠殺大部分暴民化村人的凶手，就是這位烏哈庫。但是，庫瑟在那天也殺了很多人。他不惜殺出重圍也要儘快趕到庫諾蒂的身邊。

「……嘿嘿。我到現在偶爾還是會想著。如果我的馬再快一點點，如果途中沒有繞遠路……想著那樣的念頭。那天的前一天，我就在其他城鎮的『教團』……和小孩子玩紙飛機耶？真是太蠢了。」

他知道自己的詞術無法傳達給不言的烏哈庫。這是庫瑟單方面的懺悔。

那不是為了向世上的哪個人求取原諒。他只是認為親口確認折磨自己的罪在何處是一種必要的行為。

「吶，不言的烏哈庫。」

……而且，他也早已犯下不需確認的罪。

「——殺人的時候，會很難受呢。」

不言的烏哈庫是吃人的大鬼。

即使如此，他仍然希望徹底遵守詞神的教誨。

身為庫諾蒂最後的學生，他和已經淪為這副德性的庫瑟不同。

「裂震的貝魯卡……以及阿立末列村的村民都是活著的，有詞術與心。或許，就算他們因為魔王的緣故而變得無法恢復心智……但其實誰也不該死去，不該被殺……」

在那天，庫瑟不惜殺害村民們也要拯救庫諾蒂。只要受到充滿殺意的群眾包圍，娜斯緹庫就會殺了他們。無論庫瑟再怎麼想保護那些人，他的對手也全都是敵人，無數的生命每次都會從他的指縫間中滴落。

那是宛如惡夢的罪。

「只有我就夠了。」

烏哈庫沉默以對。

「……很抱歉，我沒有趕上。」

那是呻吟般的低語。

「烏哈庫。吶……其實你『可以不必殺人』。只要遵守教誨，心靈就能得到拯救。會殺人的應該只有我就夠了，有我就夠了……」

在庫諾蒂手記的最後，寫著對造成許多人死亡的懺悔，以及對於自己變得無法再相信詞神教誨的絕望。

即使同樣走上死亡的結局，她應該至少能得到安詳的死亡才對。

——還是說，對於庫諾蒂而言那才是應有的死亡呢。

她是不是認為，領悟到野獸的心與人心是等價的「真實」之後迎接死亡才是正確的。

「娜斯緹庫她啊……沒辦法接近你。你那消除詞術的力量一定是貨真價實的。」

禮拜堂裡只有兩個人。

就連庫瑟自己也看不見平時應該陪伴著他的白色天使身影。

消除所有超常的異能。雖然不知道那種東西是不是真的存在，但此刻那股力量確實逼走了一直守護著庫瑟的無敵死亡權能。

（如果創世以來就存在的天使也會死……）

只要不言的烏哈庫有那個意思——他不就甚至可以消除娜斯緹庫的存在嗎？

娜斯緹庫的存在將會永遠消失。那對於庫瑟而言是非常駭人的想像。但又覺得既然她也存在著那樣的結局，不啻是一種救贖。

（──詞術的否定嗎。）

目睹那種異常性的此刻，庫瑟清楚地明白一點。

「萬萬不能」讓這位烏哈庫出現在六合御覽的場上。

廣人陣營擁有的最大優勢是在事前獨占了不言的烏哈庫的情報。對於廣人陣營而言，烏哈庫並非需要打倒的勇者候補，而是必須優先吸收的王牌。

因此目前關於烏哈庫的情報已經受到基其塔·索奇安排在各地的諜報部隊徹底地隱匿。而且其擁立者第十六將諾非魯特似乎也隱瞞了阿立末列村的事件。因此這位勇者候補的真面目應該會被隱藏到對決當天吧。

……因為讓烏哈庫的真面目曝光，將很有可能改變一切。

「教團」之中有大鬼是事實。那位大鬼屠殺了邊境村莊是事實。而那位大鬼以勇者候補的身分出現在黃都──其存在本身否定了構成這個世界基礎的詞術之絕對性是事實。

（你……你在想什麼啊。你在做什麼啊。吶，諾非魯特。）

第十六將，憂風諾非魯特。他和庫瑟在同一間濟貧院長大。諾非魯特與其他的孩子不同，他率先在黃都出人頭地，而且還攀上了二十九官的高位。

那位夥伴和庫瑟這種男人不同，他得以走進光明的世界。

（一切都會被毀掉。世上所有的人都會不再相信詞神……不再相信詞神創造的世界……不只是「教團」，整個世界都會完蛋……你應該很清楚這點吧……）

——諾非魯特也沒趕上。

諾非魯特的部隊抵達阿立末列村時，已經是庫諾蒂死亡隔天的事了。

如果連掌握到耀眼成功的諾非魯特，如果連他們之中最有權利獲得幸福的人都對世界的一切充滿絕望……

（……那麼救贖到底在哪裡呢。）

如果那不是詛咒，而是沒有勇者的世界所孕育出的殘酷真實。

那麼不就連身為神官的烏哈庫也無法解除那樣的絕望嗎。

◆

——蕾夏應該有辦法拯救這間濟貧院才對。

她一邊喝著寒酸的稀麥粥，一邊情不自禁地這麼想著。

聽說邊境富豪收養她的事取消了。聽到這件事時，她感到非常遺憾，差點要哭出來。但是一想到自己能繼續留在「教團」，可以見到心愛的庫瑟，就讓悲傷的內心稍微得到了一點撫慰。

「吶，如果我被收養……」

雖然食物稍嫌變得有點寒酸，但是建築物並沒有改變。還是和以前一樣充滿了裂痕，壁紙的花紋也很老氣。仍然是蕾夏熟悉的濟貧院。

儘管如此，即使似乎沒有任何改變，蕾夏也很難繼續在這裡生活了。

「現在應該就能讓大家過得更充裕了呢。若要收養我這樣的大美女，對方一定得付出高額的捐款。所以大家就能……」

「……不，那不是蕾夏的錯喔。」

坐在餐桌對面的奈吉老師虛弱、疲憊地笑了。

他明明是連教典都沒全部讀完的年輕見習神官，卻一直照顧著孩子們，還擔負起所有蕾夏不懂的金錢問題以及和議會打交道的工作。看起來他真的很累了。

「吉夫拉托大人……一直資助這間教會的人已經死了。沒有找到以其他方式維持運作，是我的責任。」

「雖然我常常聽說吉夫拉托大人的事……但卻沒見過他呢。」

「是啊。大家還比較熟悉最近來玩的小慈呢……不過他從以前就來過了，還來好幾次喔。吉夫拉托大人似乎不太希望在孩子面前露臉……大家過來的時候，他就會立刻離開。」

「為什麼？」

「聽說是他『不希望被小孩子當成壞人』。哈哈……很奇怪吧。明明就不會有哪個孩子說他的壞話。」

「……這樣啊。」

真是個怪人。

但是蕾夏感覺彷彿能理解那種心態。

擦身之禍庫瑟造訪時，蕾夏總是努力地讓自己表現得很完美。若是讓庫瑟看到自己的頭髮髒兮兮，或是舉動很粗魯。他可能就會失去娶蕾夏當妻子的意願了。

蕾夏總是很努力。因為她是一位能幹的美女。

「也許他禁不起受到別人的觀察。」

「……」

「例如長相凶惡、舉止很粗暴、或是行為很幼稚——」

原本打算收養蕾夏那個家庭會不會就是聽到了她的負面傳聞呢？

像是算數的成績很差，經常對男生使用暴力，或是……連蕾夏自己都沒有自覺的某種決定性粗俗特質。

自己無法改變的「低劣出身」永遠地封住讓她以為能逃離陰影的光明出口。那是一種非常恐怖的想像。

「……在那樣的人之中，也有像吉夫拉托大人那樣的好人呢。只憑外表是無法判斷一個人的。沒錯吧。」

「蕾夏真是成熟呢。」

「是啊，我是個大人嘛。因為我必須馬上嫁出去。我決定徹底拒絕被其他家庭收養，和庫瑟老師在一起。」

奈吉老師顯得無精打采。看得出來他不但對這間孤兒院感到擔心，也無法承受恩人吉夫拉托大人的死。

「到時候我會邀請這裡的孩子們，還有奈吉老師……邀請大家參加婚禮。」

「哈哈……謝謝妳。」

奈吉老師虛弱地笑了。

再過一個大月左右的時間，蕾夏他們就會被安置到「教團」的其他濟貧院。有的孩子會到這座巨大黃都的另一端。還有的孩子會前往更遙遠的其他城市。

「所以請您打起精神，好嗎。」

「……是啊，接下來得多加努力呢。」

三天後，奈吉老師死了。

據說一台路過的馬車發現了漂浮在湖面上的老師。

還聽說遺書上以歪七扭八的文字寫滿對我們的道歉。

即使他沒辦法再照顧我們這些孩子，我原本也希望奈吉老師能好好地活下去。

這是庫瑟老師登台出戰六合御覽兩天前的事。

十四 馬廄兼治療室

在第三戰中身負重傷的歐索涅茲瑪，將光暈牢尤加擁有的最大間馬廄當成治療室，療養牠的傷勢。

即使對決已經結束，牠仍然極力避免讓別人看到自己那古怪的形體。

在光榮的真業對決中負傷的勇者候補可以得到黃都醫師無微不至的照顧。雖然對於具有高超醫師技術的歐索涅茲瑪而言，對自己進行手術的治療效果不但更加確實，而且還更可靠。

「我把人帶來了，歐索涅茲瑪。」

某一天，尤加帶著一位少女來到了牠的治療室。

緊致修長的手腳，與栗子色的柔順麻花辮。

「……妳來啦，慈。」

「嗚哇！好誇張的動物！你就是歐索涅茲瑪吧？我是魔法的慈！幸會。」

魔法的慈乍看之下只是個普通的健康少女。但是根據歐索涅茲瑪的認知，慈不僅不是人族，甚至與其他任何一種生命體都完全不同。是比歐索涅茲瑪更古怪的異形生物。

「毛皮硬梆梆的……還有八隻腳？你應該不是狼吧。」

魔法的慈看到歐索涅茲瑪的可怕模樣時，不僅沒有感到害怕，甚至還靠過去東摸西摸。雖然傷勢尚未完全痊癒的歐索涅茲瑪不怎麼喜歡她那麼做，但還是接受了對方的行為。

「我是混獸。弗琳絲妲允許妳和我見面嗎？」

「沒問題！她就像平時那樣笑著同意了。她和尤加的關係好像很不錯喔！」

「……這樣啊。看來如果落敗者只是與候補者接觸，在失格條件的解釋上並不會構成問題呢……」

「？」

……雖說如此，目前尚存的候補者與落敗者接觸仍然伴隨著危險。

在十六名勇者候補之中，有的人反而需要操縱他人落敗才能達成其目的。與歐索涅茲瑪締結合作關係的第一千零一隻的基其塔・索奇就是其中一人。

「牠長得和我完全不一樣耶。尤加，歐索涅茲瑪真的是我的哥哥嗎？」

「問我也沒用啊。我只是聽歐索涅茲瑪那麼說而已。」

「……沒有錯，魔法的慈。妳算是我的姊妹機。」

魔法的慈與牠同時出現在這場六合御覽之中，讓人感覺命運在冥冥之中有所安排。不過她對自己被製造出來的目的與經歷究竟有多少了解呢？

儘管魔法的慈在戰場上是無敵的，但是她仍然有在明天的第五戰中喪命的可能性。

她的對戰對手擦身之禍庫瑟，是使用絕對秒殺特殊能力的殺手。不僅如此，與庫瑟對決時，還必須同時面對在他背後的第一千零一隻的基其塔·索奇與逆理的廣人所使出的陰謀詭計。

（她會死在兩天後的對決。可能性很高。）

這可能是歐索涅茲瑪與她交談的最後機會了。

「我先問個問題。妳對於自己的肉體有多少的認知？」

「呃～是、是有聽過解說啦……可是完全記不起來！沒辦法說明啦。」

「妳只要說說還記得的部分就可以了。」

「……呃，那個……分子的，排……排列如何如何……產生的熱處理……後面我忘了。啊，細胞……細胞之後是……呃……」

「……也就是說，妳不記得自己的構築理論吧。」

「可是我記得更重要的話，所以沒有關係。重要的不是怎麼被生下來，而是怎麼活下去。」

慈雙手握拳，露出燦爛的笑容。

歐索涅茲瑪看得出來，慈打算用這句話為她的說明做總結。

「妳還記得告訴妳那句話的是誰嗎？」

「……啊，嗯。」

慈為人很老實。她的表情很容易隨著當下的感情而改變。

現在的她正露出一副正在處理某種複雜感情的樣子。

彷彿回想起了某種不想回憶起來，卻又一直揮之不去的過去。

「雖然是個很討厭的傢伙。」

「是啊。」

看到慈的那張臉，歐索涅茲瑪竊笑了一聲。能讓慈那樣的女孩有如此的反應，那個男人果然一點也沒變呢。

自從歐索涅茲瑪離開他身邊後，那個人就一直是那樣吧。

「色彩的伊吉克是個討人厭的傢伙。」

「……！你認識他啊。」

色彩的伊吉克，歐索涅茲瑪與慈的創造主，也是「最初的隊伍」七位成員之一。在「真正的魔王」出現之前，他被稱為地表上最凶惡的魔王。

歐索涅茲瑪站起了身。魔法的慈果然對自己的肉體一無所知。既然如此，特地把她叫來這裡或許就有意義了。

「我應該可以……再一次告訴妳關於妳的身體的情報。」

不知何時出現在「最後之地」的「魔王遺子」。魔法的慈。

歐索涅茲瑪知道。她是地表上最強，也是最危險的存在。

「魔法的慈。妳的真實身分是——」

十五 第五戰

深夜的幾米那市。擦身之禍庫瑟徒步進入市區，沒有搭乘馬車。

這是為了避免有人追蹤他的行動。

夜晚的氣溫有點冰涼，庫瑟呼出的氣是淡淡的白色。

「……我已經抵達市區。準備好了。」

他通過懷中的無線電機與遠方進行通訊。

庫瑟在六合御覽之中的指揮官——第一千零一隻的基其塔．索奇應該正待在城市的不遠處。理應遭到根除的小鬼。據說他在小鬼中屬於極端的特例，是具有戰術才能的英雄。

『我明白了。完成工作之後請立刻離開現場。之後的狀況會由我方士兵進行確認。請千萬記住，我們沒辦法控制現場。』

庫瑟自願參加這次的作戰。

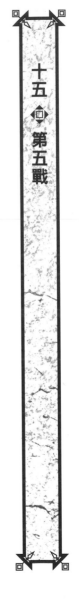

這是他利用刺客的身手向廣人陣營博取信任的工作。更是身為「教團」殺手的他阻止惡行，避免世界受到危害的工作。

『我先給你一個忠告。諾非魯特應該早就察覺到自己有被盯上的可能性，並且即將有所行動。若是讓他離開幾米那市躲了起來，在對決當天之前可能就沒有逮到諾非魯特的機會了。』

「別擔心——只要在今天之內解決就可以了。」

目標是黃都第十六將，憂風諾非魯特。

他準備剷除那位不言的烏哈庫的擁立者，幫助第一千零一隻的基其塔．索奇不戰而勝。

對於未與其他人聯手的烏哈庫，唯有廣人陣營知曉其絕對性。此人將會在六合御覽之中成為無法應對的關鍵王牌。那就是他們的計畫。

『庫瑟閣下。不一定得使用殺害的手段才能掌控烏哈庫。我們之所以按照庫瑟閣下的期望派您過去，是因為庫瑟閣下是最有可能將諾非魯特招入我方陣營的人。你們出身於同一間濟貧院吧？』

「調查得真清楚。沒有錯。」

『為感情所動，沒有說服對方也沒有下手殺死他——這樣的結果對庫瑟閣下應該是最不利的。我方只要撇清與庫瑟閣下的關係就沒事了。但是庫瑟閣下自己的犯規行為將會影響到全體「教團」喔。』

「……嘿嘿，不用那麼提防我啦，基其塔．索奇。」

對於基其塔．索奇而言，擦身之禍庫瑟是一位剛加入不久，無法信任的刺客。

他能不能在這次行動中解決掉諾非魯特，是確認庫瑟是否真的能在廣人陣營下接受作戰指揮的試金石。

但就算沒有這個前提，庫瑟也已經做好了心理準備。

「……諾非魯特打算把那個烏哈庫放在觀眾的面前。讓大眾看見否定詞術的大鬼神官，阿立末列村屠殺事件的犯人。我不覺得烏哈庫這條生命有罪——但是讓世界知曉那傢伙的真相，是對詞神的褻瀆……我所認識的諾非魯特並不是那樣的傢伙。」

即使早就已經失去神官的資格，庫瑟仍然是與諾非魯特一同長大的「教團」夥伴，而且還是聖騎士。

他必須聽聽對方的告解，了解對方在想什麼。

「與其讓別人來做這個工作，不如我親自動手。」

『……我很信任庫瑟閣下的能力。』

「那就就請你再告訴我一件事吧……為什麼你們看上了不言的烏哈庫？其實你們還有其他拿來當做王牌手段的候補人選吧？」

『你說得沒錯。但不言的烏哈庫是在那之中的最佳選擇。』

廣人陣營正在蒐集他們自己可以運用的關鍵王牌。在未隸屬於黃都的條件之下，應該還有很多其他符合無敵這種形容的存在才對。星馳阿魯斯、駭人的托洛亞、魔法的慈、窮知之箱美斯特魯艾庫西魯。

『在十六名勇者候補之中，也有魔族、龍族，或是巨人那種以奠基於超出物理法則的詞術法則為前提的人物。無盡無流賽阿諾瀑、星馳阿魯斯、冬之露庫諾卡、善變的歐索涅茲瑪、魔法的慈、窮知之箱美斯特魯艾庫西魯、斬音夏魯庫、地平咆梅雷。』
基其塔・索奇平淡地唸出這些名字。
『——以上的參賽者之中，有八名應該會在受到不言的烏哈庫影響時「當場死亡」吧。不僅如此，駭人的托洛亞的魔劍、絕對的羅斯庫雷伊的詞術將會受到封鎖。順帶一提，庫瑟閣下的能力也包含在內。而且這種攻擊不只限於賽場上。比方來說，光是讓烏哈庫從觀眾席看見目標也做的到——因此「只有我方掌握」這張王牌的情報是非常慶幸的事。我們將會按照庫瑟閣下的希望，讓不言的烏哈庫直接落敗，不給他在眾目睽睽之下使用能力的機會。最好是把他藏起來偷偷運用。』
若是基其塔・索奇在第八戰中晉級，他在第三輪比賽之前有可能遇上的勇者候補之中，不會受到烏哈庫能力影響的就只剩下奈落巢網的澤魯吉爾嘉。
因此在其他參賽者都不知道其存在的情況下，烏哈庫就是最佳的棋子。
「……這樣啊。不好意思還要你特地說明。看來信任果然是最重要的事。」
『庫瑟閣下您……』
基其塔・索奇的語氣一直都很沉著冷靜。
他是一位排除自身的情緒，只會以平淡的態度告知最佳戰術的指揮官。
『似乎打從一開始就放棄留諾非魯特活口的可能性了呢。』
「……差不多啦。事實不就是如此嗎？」

與庫瑟同樣愛著「教團」夥伴的那個男人不只對教團是個詛咒，甚至對世界也是如此。

「……如果不殺了那個傢伙，我們可能全部都會完蛋。」

諾非魯特的決定就是如此嚴重。而沒有察覺他的苦惱，白白看著庫諾蒂死去的庫瑟又有什麼辦法勸他打消念頭呢。

『庫瑟閣下，世上沒有絕對。』

「是啊，我也是那麼想的。」

「我把烏哈庫的力量解釋為那單純是他天生的特殊能力——但不管詞神有什麼樣的教誨，那也未必就是絕對的真理。」

「……」

如果大多數人都能接受那樣的說法，那麼諾非魯特的所作所為也許就是一種向世界揭發真相的拯救行為。

但若是如此……庫瑟一直以來以殺戮守護的事物又算什麼呢。

「我不希望那麼想。」

無論是不言的烏哈庫，或是庫諾蒂的死。庫瑟伸手掩面說著。

「我……我想相信詞神啊……這個世界上有許許多多的人僅靠這股信念就獲得了拯救……」

『……』

「……基其塔．索奇。如果這裡讓諾非魯特逃掉了，該怎麼辦？」

庫瑟就像是想揮去自己的想法，提出了另一個問題。

現在必須以合理蓋過自己等一下將犯下的罪。

『諾非魯特昨天離開了黃都。名義上是前往調查歐索涅茲瑪對決時發生的交通堵塞原因。他排定在第八戰的當天回去。所以應該不會留在城市裡吧。哈迪設下的交通堵塞計畫不只影響幾米那市，還擴及到周邊都市的大規模範圍。在這段期間，無論調查什麼地方應該都不會看起來不自然。』

「——反過來說，無論諾非魯特發生了什麼事，直到當天都不會有人察覺吧。」

『答得漂亮。』

庫瑟暗自想著。

（……你果然是個能幹的傢伙，諾非魯特。）

他可能差一點就超越了這片大地上最強的戰術家基其塔・索奇。憑藉將勇者候補留在黃都，而擁立者消聲匿跡這種單純又大膽的策略。

從他們還待在同一間濟貧院的那個時候，他就是如此精明。

當有人準備要把麻煩的差事丟給他時，他總是會在前一刻突然不見蹤影。

『當然，我們還必須在今晚找出諾非魯特的潛伏地點。但只要動用我方的部隊，那就不是難事。』

「哎，沒那個必要。如果是在城市裡面，我對那傢伙最後會去的地方心裡有底。」

走在街道上的庫瑟步伐很堅定。
他再與基其塔．索奇交談幾句話後，切斷了無線電的通訊。
當通話的對象消失，他就感覺這是個冷清寂寞的夜晚。
（——由於這項美妙的奇蹟，我們已經不再孤獨。）
庫瑟抵達了一間教會。
他非常肯定，對方就在那個地點。
（每個擁有心的生物都是一家人。）
他默念著過去學過的教誨。
雖然自己並不期待那些話能拯救什麼東西。

打開門之後，他看到祭壇底下坐著一名男子。
待在這個地點不是別人，正是憂風諾非魯特。
「……唷，好久不見啦～諾非魯特。」
「囉嗦。」
即使坐著，諾非魯特仍然非常高。
他從小的時候就是這樣。諾非魯特彷彿回應著周圍的期待，即使他什麼也不說，身體也像在拚命宣揚著這項突出的才能似地每年長高。

諾非魯特露出嬉皮笑臉的樣子。
「聽那種囉嗦的說話方式，是庫瑟哥吧。」
「你的說話方式也沒變呢。」
庫瑟沙啞地笑著回答，走向諾非魯特。
「啊～我可以坐嗎？」
「如果我說不可以呢？」
「咦？那我還是會坐啦。哎呀～到了這個年紀，腰就很容易痛呢。」
庫瑟坐到了諾非魯特的旁邊。諾非魯特也沒有想要阻止他的樣子。
當兩人坐在一起時，就看得出他果然比庫瑟高了兩個頭。諾非魯特到底可以長到多高呀。庫瑟希望能有讓自己沉浸於這種感慨的時間。
「腰啊。你也沒多老啊……拜託別那樣說啦。那不就會讓我也覺得自己是個大叔嗎？」
「……嘿嘿，不用擔心，我們兩個人早就都是大叔啦。你以為從那之後過了多久呀。」
「二十二……？還是二十三。嘿……不記得啦。」
「我記得喔。在兩小月之前，呃～就是……二十……」
「庫瑟哥也不記得嘛。」
「……嘿嘿，可惡，都是因為我是大叔啦。」
即使是那麼久以前的事，他到現在還想得起來。

當時「真正的魔王」還是在孩子們沒聽過的遠方所發生的事件。大家雖然生活貧困，卻彼此互助。小孩會和大人一起工作，他們遇過許多神官，和很多人說過話。

即使那些話的內容都漸漸模糊，但是無數的回憶仍然像偶爾會隨意哼起的歌似地記在腦中。

靜歌娜斯緹庫眼中所見的也一定是那樣的世界。

庫瑟是如此相信的。

「……來玩玩羽毛陀螺吧，諾非魯特。」

「真的假的。」

「我有帶喔。就是畢業時收到的那個。拿去。」

他從懷中掏出黃銅製的陀螺，丟給諾非魯特。

諾非魯特並不是很會玩羽毛陀螺，但是他經常在炫耀陀螺技術。看到從那時就沒變過的黯淡光澤，他笑了。

「那不是小孩子的遊戲嗎？」

「偶爾玩一下也沒差吧。來，五、四、三。」

「不不不，哈哈，等一下等一下等一下。」

「二、一，開始。」

庫瑟朝著教會的地板丟出了羽毛陀螺。諾非魯特的動作慢了一拍。

一陣特殊的風切聲響起，兩個陀螺轉了起來。

「以前在聖堂的地板上玩這種東西，結果被罵了呢。」

「……就是說啊。真是莫名其妙。」

「明明這裡是地板最平坦，又是最寬的地方呢。如果我當上神官，就會把那種規定全部撤掉。不過現在的小孩應該幾乎沒在玩羽毛陀螺了吧？」

「話說庫瑟哥。你還在『教團』嗎？」

——沒錯。雖然他的所作所為比任何人都還要背離教誨，庫瑟仍然沒有離開「教團」。

如果庫瑟能過著不信詞神的生活，或許會更加輕鬆吧。

他或許就可以當作沒看到那個望向自己的天使了。

「所以你參加了神官的考試？」

「根本沒有。聖騎士這個職位到頭來不過就是頭銜罷了，我只是個基層人員啦。」

「哦……」

「雖然很不甘心，但是你啊……諾非魯特。你果然是特別的。幸好你離開了。從以前你就是最聰明的。體格也很大……沒想到你竟然還會繼續長高呢。果然是父母很優秀嗎……像你一樣……」

「……我說啊，庫瑟哥。那種藉口會不會太卑鄙了？我才沒有什麼父母。就算有，也是會丟掉小孩的混帳傢伙。」

羽毛陀螺繼續轉著。

黃銅的表面溫暖地晃動，倒映著蠟燭的光芒。

「是啊。你……你很努力呢。已經是二十九官了。」

「嘿……嘿嘿。只是狗屎啦。」

第十六將笑了。那是很勉強，很輕浮的笑容。

和庫瑟的笑容有點相似。

「我只是一堆狗屎。就算地位變高也還是狗屎。該死。是和父母一樣的爛人……庫瑟哥，你知道嗎？庫諾蒂婆婆也死了。我……我啊……」

諾非魯特將額頭靠向交疊於膝蓋上的雙手。

「……其實，我本來以為地位變高以後……就能讓大家過著輕鬆的生活喔。無論是哪裡的濟貧院，每天飯後都能有綠莓可以吃……還能用王國的錢僱個洗衣娘。學寫字的時候也能好好地使用羊皮紙……還有，嘿嘿……還有那個。我會讓大家可以在聖堂玩羽毛陀螺。」

「我知道。大家都知道。誰也沒有認為你會丟下我們。」

「……別這樣說啦，我會很不好意思的……！吶，庫瑟哥。大家都死了呢。我該怎麼辦才好？我已經沒有什麼事想做了。」

「……」

一邊的羽毛陀螺開始重心不穩，摩擦著地板後倒了下來。

是諾非魯特的陀螺。

「嘿嘿……我贏啦～」
「……嘿……碰巧啦。這可是我的『鷺鳴』號喔？」
「就算很會讀書，你的羽毛陀螺還是很弱呢。」
「我才……不弱呢。再來一次。」
兩個人默契十足地甩出了羽毛陀螺。
回轉的聲音重疊在一起。教會裡響起空蕩蕩的呼嘯。
「……諾非魯特。」
「幹嘛。」
「如果我要你『別再自暴自棄』，你會就此罷休嗎。」
「……」
諾非魯特抬頭望向高高的天花板。經過一段漫長的沉默後，嘆了口氣。
「沒辦法。」
「………」
「話說我的陀螺又倒了嘛。」
「嘿嘿，你這傢伙弱爆了。我贏啦～」
「可惡……真的是喔……啊～可惡……再來一次。」
「還是會一樣啦。難道你打算更新那次的八連敗記錄嗎？」

「要不是因為庫諾蒂婆婆叫停，我在那之後就能九連勝了。」

羽毛陀螺再一次轉動。蠟燭的光還是一樣持續搖曳著。

看到那幅令人懷念的景象，庫瑟笑了。就像小時候那樣笑了。即使如此，他也知道已經無法回頭了。

「——你是來殺我的吧，庫瑟哥。」

「……」

「我……我啊，已經不行了。撐不下去……你看過烏哈庫的眼睛嗎？……我知道了。那傢伙其實……憎恨著一切，憎恨這整個世界。」

「是你自己覺得而已。」

那天，庫瑟看到了烏哈庫。他在後悔。

那是渴望向世界贖罪，卻又找不到方法的眼睛。

「……吶，庫瑟哥。要不要用那個傢伙……把這場鬧劇搞得翻天覆地呀。破壞掉這一切……嘿嘿，不是超有趣的嗎？成為勇者的那傢伙在大家的面前……告訴他們什麼詞術詞神都是謊言……讓他們知道這一切就是一堆狗屎……」

「夠了，諾非魯特。別再自責了。」

「我……我已經……討厭這個世界了。真的沒有救了。」

「……你很努力了。那不是你的錯，是真的。」

一邊的羽毛陀螺倒下了。雖然庫瑟希望不是如此，但輸掉的仍然是諾非魯特的陀螺。

許多一起生活過的朋友、庫諾蒂、羅澤魯哈，所有人都死了。

諾非魯特離開了「教團」。庫瑟還繼續留著。

他必須守護逐漸滅亡的「教團」。即使眼前只剩下衰敗的路可走，那裡還留著他想守護的孩子，大人，以及他過去那段人生的意義。

「……我贏了～」

「可惡……可惡，怎麼贏不了啊……直到最後都還是……」

「還是可以繼續啦。你想挑戰幾次……我都會接受。」

「……沒辦法啦。」

諾非魯特帶著輕浮的笑容哭了。

他一定沒有察覺到自己流下了淚。從小時候開始，他就絕對不會落淚。

「真是笑死人了。」

「……沒有任何人捨棄你。誰也沒有。是真的。」

他把手放到諾非魯特的肩膀上。

娜斯緹庫在這裡。天使正在看著他們。

接著那位天使——將刀刃抵上諾非魯特的喉頭。

妳問『他死了嗎？』。是的，是我殺的。
庫瑟喃喃自語著。只有這樣才能拯救他。
即使諾非魯特本人如此希望，但也應該還有其他的選擇。
「……是真的……是真的喔，諾非魯特……」
羽毛陀螺還在旋轉。
反射燭光的黃銅光輝，如今只剩下一個。

◆

這裡是善變的歐索涅茲瑪的治療室。魔法的慈蹲在巨大的歐索涅茲瑪身邊，聽著關於構成她自身肉體構造的理論。
她的出身與種族之奇特，在六合御覽的參加者之中也是獨一無二。
關於那些真相，我們日後再提。
慈睜大眼睛望著歐索涅茲瑪，過了半晌才開口說道：
「……還好我沒對上歐索涅茲瑪。歐索涅茲瑪比我還要清楚我自己的事……如果對上了，我可能會輸呢。而且你又是我的哥哥。」

「說得也是。」

身為混獸的歐索涅茲瑪雖然不是純粹的魔族，但是從他產生在這個世上的那一刻起，就已經接受過「最初的隊伍」之中魔王自稱者色彩的伊吉克的徹底調整，成為終生的戰鬥生物。是與魔族無異的孤獨種族。

包含伊吉克的存在在內，與牠有關的人物全都和牠沒有血緣關係。

因此，牠希望慈也能活下去。

「——那麼我們就進入正題。妳的第一輪比賽對手有可能突破妳的無敵特性。」

「你是說擦身之禍庫瑟？」

「……尤加。」

歐索涅茲瑪對自己的擁立者喊了一聲。

他的巨大身體陷在治療室角落的椅子中，正在打著瞌睡。

「……嗯？」

「不好意思，可以請你先離開嗎？」

「可以嗎？啊，拜託別打架喔。這裡可是我的設施。」

「不會對你造成麻煩。」

尤加離開了。

歐索涅茲瑪之所以要他這麼做，是因為牠接下來說的話裡包含了透過逆理的廣人蒐集到的情報。那是沒有進入黃都的廣人照理來說不可能知道的情報。

即使尤加或他的手下想偷聽，歐索涅茲瑪也可以察覺到他們的動靜。但是歐索涅茲瑪很清楚自己不必擔心尤加那麼做。他是個不會說謊的男人。

「庫瑟的特殊能力是秒殺。只要對象有生命，就無一例外。就算庫瑟本人沒有出手，只要攻擊他，就會自動遭到看不見的反擊……然後死去。」

「……我也會死嗎？」

「可能……會吧。就像我剛才的說明，妳也毫無疑問是一個生命體。」

雖然歐索涅茲瑪在參與這場六合御覽時與廣人陣營聯手，但雙方是對等的合作關係。牠並不像陣營的參謀基其塔・索奇那樣與作戰有密切的關聯。

因此廣人陣營甚至沒有向牠透露不屬於歐索涅茲瑪自己的組別——第五戰之後的勇者候補能力與來歷。考慮到歐索涅茲瑪有可能洩漏情報，這是廣人陣營為了維持優勢的恰當判斷。歐索涅茲瑪也同意如此。

唯有擦身之禍庫瑟的情報是例外。連歐索涅茲瑪都被告知了他的能力。

庫瑟是六合御覽開始之後加入廣人陣營的合作對象。基其塔・索奇當時傳達的此人情報，在這種狀況下成為了有用的情報。

（——也就是說，基其塔・索奇要我以這種方式利用庫瑟的情報。）

歐索涅茲瑪繼續說下去。

「慈。妳知道庫瑟為什麼會加入這場戰鬥嗎？」

「……不知道。他是『教團』的人吧。」

「長久以來，『教團』在社會上擔負了教育與社會福利的作用。在戰災中失去父母的孤兒，因家庭貧困而被捨棄的孩子。『教團』會給予那樣的人食物與教育。」

「……我也去過教會。雖然不是向詞神祈禱，但交到了一些朋友。所以……我知道他們的生活很困苦。」

慈探出上半身說道：

「吶，庫瑟之所以想成為勇者，是為了幫助大家吧？」

「應該是吧。他們現在的處境很艱難。畢竟被迫承擔了『真正的魔王』悲劇的責任。」

「……」

聽到「真正的魔王」的名字，慈的眼神就變了。

這位少女在過去曾被稱為「魔王遺子」。

「他們所信奉的詞神是創造出這個世界的神明。而那個神容許了『真正的魔王』的存在。越是遭遇無法抵抗的悲劇，人民就越需要有個矛頭指向的對象。」

「太……太奇怪了吧。明明就不是誰的錯。他們卻要找個對象出來當成壞人攻擊，而且那麼做可能沒辦法改變什麼事……」

「慈。這場六合御覽……不只是決定誰是勇者的活動，同時還是左右今後黃都政權的戰鬥。

若要讓『教團』恢復地位，擦身之禍庫瑟就必須證明自己在政治上的價值。對於擦身之禍庫瑟而言，這可以說是唯一的機會吧……」

「可是……庫瑟的攻擊……會殺死人吧？」

「沒錯。毫無例外。」

「……他要靠殺人來拯救『教團』的人嗎？」

「我無法理解庫瑟的意圖。但結果就會是如此。」

慈注視著歐索涅茲瑪。那雙綠色的眼瞳中閃著淡淡的光芒。

慈同時具有單純的性格與天真無邪的正義感。那種特質有時候也會轉變成無情排除敵對者的殘忍個性。

雖然歐索涅茲瑪是第一次與慈直接交流，不過他並不希望慈變成那種樣子。只要讓她知道庫瑟的苦衷，平安無事地自願選擇認輸就好了。

「……魔法的慈。妳參加六合御覽的原因是什麼？——透過與柳之劍宗次朗的戰鬥，我明白了一點……這場六合御覽是意志力的搏鬥。如果真的要毫無迷惘地打倒庫瑟，妳也必須具備與之相稱的信念。」

「……」

「我想見女王。」

女王瑟菲多。西聯合王國最後的生還者，同時也是統治現在這個黃都的年幼女王。

當她的王國毀滅時，魔法的慈應該也在場。
「我想見瑟菲多……然後逗她笑。」
「……就算不參加六合御覽也能做到那種事。」
就算慈沒有那種願望，平時也有其他人幫她實現。但就算是歐索涅茲瑪，也能明白那是多麼困難的事。
「嗯，我知道了。我……只要去上學就好吧。利凱也有教過我。」
慈露出笑容。
「雖然念書還是很不容易呢。」
慈也一定明白。她不是人族，是天生帶著超脫常人命運的存在。那樣的她不可能獲得人類社會的接納。
生來就只有強大暴力的狂戰士或許沒辦法以戰鬥以外的方式實現自己的願望。
擦身之禍庫瑟與魔法的慈交戰。如果結果是少了庫瑟這個人，那對廣人陣營是莫大的損失。
庫瑟非贏不可。
（接下來就由慈自己決定了。我……會以自己的方式盡到對廣人的義務。）
歐索涅茲瑪閉上眼睛。
（……就算如此，我還是不希望他們打起來。）
他盼望著必殺之矛與必防之盾不會爆發衝突。

因為若是庫瑟獲勝，少掉的人是慈……對於歐索涅茲瑪而言，那就是失去自己好不容易才見到的妹妹。

◆

第五戰的前一天。

即使上午豔陽高照，陰沉厚重的雲層仍然將影子落在了濟貧院上。

厄運的利凱與魔法的慈曾經多次造訪這間位於西外城的濟貧院，但是慈在今天的路上似乎刻意不斷地找利凱說話。

「艾吉雖然個子很小，但是很會耍槍喔。他說自己在對練的時候贏過比他大兩歲的孩子。還有……雖然我感覺蕾夏一開始的時候討厭我，但是她的記憶力很好，不管我說什麼都會記住。米耶很熟悉機械，之前還拆開無線電又裝回去給我看……」

「哦。」

利凱的回答很簡短。

「……不知道大家怎麼樣了。」

「那我就不知道了。」

當慈與利凱靠近濟貧院時，就看到三個佇立在門前仰望建築物的年輕人。

慈在心裡想著：這些人的打扮好像在哪看過。

「……你們在做什麼。」

利凱聲音低沉地說著。今天的利凱攜帶了弓箭。據他所說，是為了避免即將參加對決的慈遇到什麼萬一，所以利凱必須待在旁邊警戒。

「什麼嘛，是厄運的利凱啊。」

「去你的。」

「你這傢伙在這裡做什麼。」

男子們全都以粗暴的態度咒罵利凱。慈這下子也明白對他們的既視感是從何而來了。他們身上披的外套和那天見到的灰境吉夫拉托一樣。

不過利凱沒有像之前那樣生氣。

「我是來探望孩子們的。照料他們生活起居的見習神官昨天死了。」

「呃，那個，我是魔法的慈！」

據說見習神官奈吉死了。就是那天接待慈他們的年輕人。

他是一位看起來不牢靠的青年。但是對於孩子們而言，他應該仍然是很重要的人。所以明天即將參加對決的慈才會像這樣與利凱直奔而來。

「這樣啊。」

「奈吉也是呢……」

利凱開口說道：

「……灰境吉夫拉托好像死了喔。」

「啊？那跟你有什麼關係。」

前幾天與第四戰一同發生的幾起事件至今仍然讓黃都市民議論紛紛。官方聲稱預定出場的灰境吉夫拉托死亡。而替換候補者，企圖以作弊手段謀殺第二將羅斯庫雷伊的第十七卿愛蕾雅下落不明。

吉夫拉托的屍體在愛蕾雅的宅邸被找到。死因尚未公布。

「……之前有個小孩的收養申請取消了。奈吉沒有過問詳細的原因……不過他懷疑那件事與人口販賣有關，所以來找我商量。」

「別在那邊囉哩叭唆的，快滾啦。」

「嘿，還是說你對買賣小孩有興趣啊？」

「——聽好了。給我解釋清楚。」

利凱不客氣地打斷了他們的話。

「灰境吉夫拉托有在捐助這間濟貧院。既然他捐了大筆的金錢，應該對決定孩子們的收養對象有發言權。他該不會在私底下和人口販賣組織有勾結吧？如果是那樣，奈吉自殺的原因就是……」

一位年輕人揪住了利凱的胸口。

「你這傢伙是怎樣。」

他以充血的雙眼狠狠瞪著利凱。那是充滿憎恨、憤怒，與困惑的眼神。

「你、你、你再說一次看看。」

「……你們三個人……為什麼來到這裡。像你們這樣的流氓到底有什麼理由會想來和孩子們接觸。聽好了。我要求一個可以讓我信服的說明。如果說不出來——」

胸口被揪住的利凱將手探向箭筒。

即使身處拳頭的攻擊範圍之內，他仍然是一位可以輕鬆同時壓制三人的老練弓箭手。

「利凱，住手……不要吵架啦。」

「……抱歉，慈。但妳是因為不知道內情才有辦法那麼說吧。」

臉上浮現怒意的不只是那三個人，利凱也一樣。

他狠狠瞪向三位「日之大樹」成員，威脅著對方：

「給我捫心自問。你們……過去都做了些什麼？你們背叛了多少委託對象，壓榨了多少弱者？你們冒充勇者進入黃都，到底想做什麼？我早該在碰到吉夫拉托的那個時候就當場痛毆他一頓。我明明可以那麼做，我明明對『日之大樹』很熟悉，但是……但是卻因為我的天真，又有人因此犧牲！」

「開什麼玩笑！」

揪住利凱胸口的年輕人尖叫般地怒吼回來。

「開什麼玩笑！開什麼玩笑！吉夫拉托……吉夫拉托都已經撫養了無家可歸的小孩，還要被說成那樣嗎？一直扯以前那些狗屎爛事，一直把我們當成人渣對待！你……你知道我們的故鄉是什麼樣的地方嗎……不然我們又該怎麼辦？難道我們就『沒資格當個正常人』嗎？我們可以做到！六合御覽是……讓我們這樣的人也可以爬出底層的希望！只要吉夫拉托……在六合御覽獲得黃都的認同，我們……『日之大樹』就可以——！」

「利凱……！」

慈闖進兩人之間，強行把他們分開。

她不知道厄運的利凱過去嚐過多少辛酸，也不知道「日之大樹」的年輕人經歷過什麼樣的人生。她不可能體會雙方的心境。

但是，她覺得必須要有人來阻止這種憎恨才行。

「哈、哈哈……正常人？你們？想當正常人？」

利凱拉了拉兜帽，不屑地說著。

「你們真的沒有其他企圖，只是拿錢給貧窮的小孩嗎？難道你們覺得這樣就會被當成好人？只靠那種幼稚又膚淺的善行就想抵消所有的罪……！你們真的是那樣想的嗎？」

「利凱！」

「那你來『想』啊！像吉夫拉托那樣，想個讓我們這種笨蛋也做得到的方法啊！但是你們又對我們做了什麼？你懂什麼！」

「日之大樹」。來自邊境，憑藉暴力崛起的一群貧窮又不學無術的年輕人。與他們有所牽扯的人總是會受到傷害。那個集團的「品性」就是如此。

「……開什麼，玩笑。」

利凱瞬間拽倒了「日之大樹」的年輕人，這次慈來不及制止他。

「開什麼玩笑！那種沒什麼了不起的……無聊的身世……別以為靠那點東西就能讓世界同情你們！你們不、不求回報……想幫助小孩？事到如今，就憑你們這樣的貨色也想做好事？有那個時間做那種事！不如去對被你們踐踏的當事人道歉！你們踐踏了一開始就老實過生活的人！把你們為了發跡而奪走的東西全部歸還回去！」

利凱將箭鏃指著對方，大喊：

「去向……去向我沒能保護好的那位新娘道歉吧！『日之大樹』！」

「嗚、嗚嗚……嗚、嗚嗚嗚嗚……！」

他哭了。那個強壯，渾身充滿暴戾之氣的「日之大樹」年輕人哭了。

他完全沒辦法反駁正理，只能難堪地哭泣。

慈心裡想著：他簡直就像個小孩。

既無學識也沒有身分，赤裸裸地被丟到世界上……但是他們至少擁有以暴力抗衡世界的手段。他們覺得期望什麼，想要什麼，就可以用那股力量獲得。

就是這種粗暴的小孩。

（……我也曾經是那樣。）

魔法的慈在那個「最後之地」一直都是「魔王遺子」。因為她沒有除此之外能用來守護他人的手段。

她覺得那些「日之大樹」的人是壞人。他們憑著自己的自由意志，為了他們的利益而傷害了比自己弱小的人。然而，慈也一定是如此。

究竟有誰會教你察覺那種罪過的想像力呢。

而事後才發現自己犯下諸多罪行的人，又該怎麼補救呢。

◆

——濟貧院的中庭裡，有個不祥的影子佇立於可以看見厄運的利凱在門前與「日之大樹」成員爭執的位置。

那個男人身穿類似神官服，在細節上卻有所不同的黑色長衫。

（……可以從這個位置攻擊慈。）

那是名為擦身之禍庫瑟，唯一可以指使賦予絕對死亡的天使娜斯緹庫的存在。而這位刺客的戰鬥並不是在賽場上與敵人面對面交手。

奈吉死了。他對自己與孩子們的未來感到絕望，所以死了。

得知奈吉死訊的慈前來探望孩子們。以她的個性，一定會那麼做吧。

（我已經聽說了妳的事，魔法的慈。）

庫瑟在樹蔭底下盯著慈。

（玩賽跑遊戲時竟然跑得比馬車還快。妳怎麼可以對小孩子認真呢。）

當她與「日之大樹」起爭執的這個時刻是大好時機。這樣一來就可以把魔法的慈暴斃的原因栽贓給「日之大樹」。

靜歌娜斯緹庫之所以是最強的刺客。除了其殺傷能力的絕對性，更重要的是不可證性。假設庫瑟大白天的在大庭廣眾之下與其他勇者候補對決，並且殺了對手。那麼就算找遍了整個世界，也無法找到那個人死亡的原因出自於庫瑟的證據。

即使誰都知道魔法的慈不可能被區區流氓拿刀刺死，庫瑟仍然能製造出所有人都只能做出如此判斷的狀況。

（多虧了妳，里諾變得願意經常和大家聊天了。）

當敵對者企圖殺害庫瑟時，娜斯緹庫就會殺了那個敵對者。

但是，還有一個條件我沒有告訴合作者逆理的廣人。

（蕾夏在那之後很親近妳。所以……）

為了不讓任何人看到那個條件。他不能讓第五戰開始。

因此庫瑟得殺了慈。

他原本想那麼做。

「——給你第一個忠告。」

四周的草叢迴盪起無數不屬於人類的聲音。

看不見發出聲音的人。

「擦身之禍庫瑟，給我立刻拉開距離，直到你看不見慈為止。」

不對。他早就看到聲音的主人了。就在林木的葉子之間，就在腳下的草叢縫隙之中。

帶著金屬光澤，看起來很不自然的飛蟲如雲霧般集結成群，圍繞在庫瑟的腳邊。

「……嘿嘿。我聽過你的事……沒想到你意外地是個保護過度的傢伙呢？」

發現世界上第五個詞術系統的人。

在色彩的伊吉克已經死去的今日，被譽為當代最優秀的魔族製造者。

「真理之蓋庫拉夫尼魯……！」

「我已經掌握了你那種無法察覺的攻擊的情報。如果你無視我的忠告，執意不肯離開……我就當作你正在進行攻擊行動。」

以魔族作為終端裝置，將知覺範圍擴張到驚人程度的前勇者候補。

真理之蓋庫拉夫尼魯。即使他已經將勇者候補的名額讓給了慈，身為擁立者的先觸的弗琳絲妲也不可能就此切斷與他那種強大人物的關係。

弗琳絲妲之所以一直讓魔法的慈自由行動，就是為了引誘出企圖襲擊慈的人。打從一開始，護衛慈的人就不只有厄運的利凱。

庫瑟舉起雙臂，擺出投降的姿勢。

「如果我說自己什麼也不會做，你相信嗎？」

「相信。但是我先聲明一點。我們在明天對決開始之前不會讓慈出現在外頭。」

「……」

「我們不會再給你進行暗殺的機會了。」

「……但若是你現在消失呢？」

「要試試看嗎？」

庫瑟翻起外套，從裡頭拿出小型盾牌。庫拉夫尼魯沒有放過那個空檔，無數形同刀刃的翅膀一擁而上。金屬蟲子是屍魔。雖然庫瑟能以大面積的盾牌打落蟲子，但蟲群仍然穿過了防禦企圖撕裂庫瑟的眼球。而蟲子們的攻擊完全沒有碰到目標，落在地上死了。

『你還好吧？』——還好。

「哎呀，就叫你別那樣啦……這裡可是教會。這種行為是很糟糕的耶。」

「……只要採取攻擊行動，即使是複數目標你也能同時應對。不只限於致命傷，就連對眼球或手臂等非致命部位的攻擊都能有所反應。」

庫拉夫尼魯語氣平淡地分析著庫瑟的攻擊。彷彿在製造壓力，暗示著只要在這裡戰鬥，就會讓庫瑟持續陷入不利局面。

「該死，難道關係人士就可以襲擊其他勇者候補嗎……庫拉夫尼魯！」

「我沒必要對現在的你說明……然後我再向你提出忠告，擦身之禍庫瑟。你就算想向黃都議會控告我方的犯規行為，也是沒有意義的。」

蛇型屍魔纏上了右腳。在毒牙咬上小腿之前，蛇就連同纏上的腿一起被砸向老鼠屍魔。庫瑟再以盾牌的邊緣砍下了蛇的頭。

庫拉夫尼魯說得沒錯。這場六合御覽的十六名參加者打從一開始就是不平等的。其中有的人會因為犯規行為而受到譴責，有的人就是負責譴責的那一方。

而擦身之禍庫瑟是「負責輸」的勇者候補——因為就連他的擁立者都會派出刺客暗殺他。

翅膀聲在背後拍動。飛蟲射出了細針。庫瑟頭也不回，盾牌一揮就擋住了針。雖然有的沒有擋住，但也沒有擊中他。他還有閃避攻擊的充分體力。

「原來你……其實為人還不錯嘛，真理之蓋庫拉夫尼魯……」

「什麼？」

「沒事，我在自說自話。」

她會殺死企圖殺害庫瑟的人。即使是本體不在現場的魔族製造者也不例外。

（……娜斯緹庫殺死的只有自動攻擊的魔族。代表你並非真心想殺我。）

頭上傳來振翅聲。庫瑟望向空中。那是隱藏在陰天裡的一群異形生物。鳥型屍魔。

（雖然可能沒必要那麼做啦。）

不知道孩子們會不會看見，不知道魔法的慈會不會察覺到。總之庫瑟採取了防禦姿勢。

鳥群畫出複雜的曲線衝了過來。他以樹木為盾。擋也擋不完。粗壯的樹幹瞬間化為飛散的碎片。鳥型屍魔來來回回，揮斬形成了風暴。一隻、兩隻、三隻、四隻、五隻。

——在他準備重新站穩，避開下一次的突擊之前。有五隻屍魔已經被娜斯緹庫殺死了。

還剩下三隻。蟲子包圍了庫瑟。老鼠屍魔湧了上來。

庫拉夫尼魯刻意只派出小型的屍魔。他要逼迫庫瑟應對攻擊，消耗其體力。打算讓第五戰未經戰鬥就結束的不只是庫瑟而已。

「既不是詞術也不是魔具。你那種反擊能力到底是怎麼回事……」

「誰……誰知道呢……可能是因為我有天使的守護吧。」

「胡說八道。」

長得像蜘蛛的屍魔企圖割開庫瑟的喉嚨。它遭到了迎擊，掉在地上。

「……！」

保護庫瑟的不只是娜斯緹庫。長長的栗子色麻花辮如尾巴般在空中飄揚。

轉過頭來的少女用一隻綠色的眼睛望著庫瑟，大聲喊道：

「——擦身之禍庫瑟！」

他不想殺人，他不想殺人。只在心中祈禱是很簡單的事。

但是擦身之禍庫瑟的能力不允許如此。

——接著。

「嘿嘿……被找到啦。」

必殺之矛與必防之盾。

在找出世上最強之人的六合御覽之中，不存在第五戰。

他們的戰鬥在對決開始的前一天就分出勝負了。

擦身之禍庫瑟，對，魔法的慈。

◆

軍隊包圍了擦身之禍庫瑟。其中有看得見的軍隊，也有看不見的軍隊。

那是體型微小，即使走進這個濟貧院中庭也沒辦法一眼察覺——卻能輕易置一支黃都軍部隊於死地的戰力。以蟲子與小動物屍體製造的屍魔。

「慈。妳別出來。利凱也是。」

他到底是怎麼透過小小飛蟲的身體構造發出聲音的呢。不過真理之蓋庫拉夫尼魯就是有能耐製作出這種精巧機關的魔族製造者。

「庫拉夫尼魯，停止攻擊。庫瑟他……什麼都還沒做。你這樣不對。」

「……太天真了，利凱。這傢伙剛才想殺了慈喔。」

這位山人弓箭手是魔法的慈的護衛，厄運的利凱。

利凱已經拉弓搭上箭。但是娜斯緹庫並沒有做出反應。他應該只是單純在進行牽制吧。

至於身為他在第五戰的對戰對手，魔法的慈。

她具有讓一切攻擊都變得毫無意義的防禦力與體能，是無敵的活體兵器。

「抱歉……擦身之禍庫瑟。我不知道庫拉夫尼魯攻擊了庫瑟。我希望的是堂堂正正在對決中和你戰鬥……就算以錯誤的方法打贏，那也沒有意義。」

（堂堂正正啊。我可不是那種光明磊落的人呢。）

庫拉夫尼魯的直覺是正確的。庫瑟確實打算在對決前殺了慈。不願堂堂正正和對手戰鬥的不是別人，正是庫瑟自己。

（我……現在應該殺了慈嗎？）

身為目標的慈就在眼前。只要利用另一個能力發動條件指揮娜斯緹庫，就能比剛才的狀況更輕易地解決掉慈。

但是目前的狀況不同了。至少其餘的兩人……利凱與庫拉夫尼魯看到了庫瑟。如果庫瑟想隱瞞他的王牌手段，就「非得一併殺死這兩個人不可」。

如此一來，他就又會製造不必要的死亡，違背信仰的殺戮。

利凱的箭頭對著庫瑟，同時對庫拉夫尼魯說道：

「庫拉夫尼魯。你之所以攻擊庫瑟，是因為弗琳絲妲的指示嗎？目的是把像他那種盯上慈的襲擊者情報賣給其他勢力？」

「沒錯。」

「……看來我果然和你們的作法合不來。擦身之禍庫瑟……為了你好，還是請回吧。若是和慈接觸，你可能會招來黃都不必要的懷疑。」

「『我』被懷疑？不是你們嗎？」

——他早就知道了。打從一開始這就是不公平的戰鬥。

「憑什麼身為『教團』成員的我出現在濟貧院……卻是我被懷疑？」

「沒錯……所以應該離開的是我們吧。」

慈打斷了庫瑟的話，幫他辯護。

「我從孩子們那邊聽過很多庫瑟的故事了！他們說重要的老師會出席六合御覽！又說庫瑟老師一定能贏，還說他會幫助『教團』！」

「……嘿嘿，不要幫大叔這樣的壞人說話啦。」

庫瑟吐了口氣，壓抑自我。壓抑那股自己心中那股無法辨識的晦暗情感。

人們都說「教團」是邪惡的，都說詞神的教誨是錯的。殺死魔王的勇者才是正確的，在戰場上彰顯榮耀的英雄才是正確的，但是殺人的聖騎士無法成為神官，永遠不被允許回到光明之中。

「庫瑟……」

「……這個男人已經表現出攻擊意圖了。」

庫拉夫尼魯的蟲子無情地如此宣示。

「勇者候補企圖殺傷其他勇者候補的相關人士。你應該沒辦法出戰六合御覽了。你輸了。擦身之禍庫瑟。」

打從一開始那就是目的。未現出真身的魔族製造者，從政治上有利的位置攻擊「不得不」進行自動反擊的庫瑟。

娜斯緹庫的天敵不是魔法的慈，而是真理之蓋庫拉夫尼魯。

「慢著，庫拉夫尼魯。」

慈再次制止了他。

「庫瑟。聽過你說的話之後，我一直想問你一個問題……」

「嘿嘿……我這種大叔說的話哪有什麼意思。」

「為什麼要殺人？」

極為單純的疑問。就像小孩子會問的那種殘酷問題。

「這個嘛……為什麼呢。」

庫瑟喃喃自語著。

他在第一次殺人時，曾經想過自己也乾脆跟著去死。

那是一股沉重到無法挽回，踐踏了詞神教誨的絕望。

但是在「真正的魔王」的時代，人們甚至不被允許擁有那樣的絕望。

在充滿恐懼與殺意的時代裡，什麼事都不做也會散播死亡的擦身之禍庫瑟，就只能成為與人擦身而過就會帶給對方的災禍。

殺人者，就應該被殺死。

對於庫瑟而言，那是他寧可捨棄詞神的教誨也要遵守的信條。

他必須在對過去懷抱信仰的渴求之中，持續遵循那項信條。

「……要我輸掉也可以。就算沒辦法在六合御覽中獲勝……我相信一定也還有見到瑟菲多的辦法。我就是為了這個目的而參加的。」

「……瑟菲多。這樣啊，慈。原來妳想見女王大人啊。」

世界上有著像慈這樣，可以毫無阻礙地達成小小心願的孩子。

但是另一方面，也有著必須參加六合御覽，才能完成同樣目標的人存在。

光的世界與影的世界。

「我也想幫助『教團』。因為我只會戰鬥，所以如果能靠戰鬥幫助大家，那麼我的出生也就有意義了……！但是就算如此，『最後之地』的人們，還有利凱和庫拉夫尼魯……或是『日之大樹』。不管是誰都有自己的想法，有自己的語言。那就是外頭的世界……他們若是被殺，那就結束了……我也不想殺死庫瑟！」

慈滔滔不絕地說著。但她懷抱著一顆純粹的心。庫瑟很清楚這點。

「只要你贏了，『教團』或許就能得救！但是，難道你沒辦法在戰鬥時不殺人嗎？」

「沒辦法。」

庫瑟搖了搖頭。

「慈。關於我的能力，妳大概從那邊的庫拉夫尼魯口中聽過了。無論妳怎麼請求，我就是做不到那點。和我交戰的對手絕對會死。無論我再怎麼盼望，都會出現我沒死，敵人卻死去的結果。」

「如果是那樣……如果絕對只會出現那樣的情況，那麼我就不想讓庫瑟獲勝。」

「……」

「……因為，如果庫瑟贏了……你之後不就又得殺死其他人嗎……！每次獲勝時都得殺人……就算對手是勇者也照殺不誤。那樣一來……那樣一來，庫瑟不就是最得不到拯救的人嗎……」

「……慈。」

庫瑟已經無法回頭了。

他已經為了獲勝而殺了諾非魯特，殺了他的好朋友。

而且他不希望庫諾蒂奉獻自身的行為失去意義。

馬丘雷，還有死去的羅澤魯哈，都把希望寄託在庫瑟身上。

還有孩子們。還有那些與庫瑟不同，仍然遵守著信仰，仍然有未來的孩子們。

但是她——

（魔法的慈……妳也用那種眼神看我嗎？）

美麗的綠色眼瞳。相信世界具有善良，宛如孩童的純真眼瞳。

那雙眼睛就像一直看著他的那位白色天使。

「魔法的慈，拜託妳。如果妳現在願意把勝利讓給我……我就會在第二輪比賽棄權，也不會再做出這次這種暗殺行為。我真的想殺的人……就只有一個。」

「……直到下次的對決？」

「是的……為什麼說出來了呢？嘿嘿……其實我本來不打算把這件事說出口的……」

那是「教團」的計畫中最大的機密，他連對廣人也沒有透露這點。

「到底是為什麼呢…………」

為何會對這位少女……而且還是與自己敵對的魔法的慈說出了此事。

這不就像……告訴對方自己只會再殺一個人。

以此希求對方的「原諒」嗎？

「第二輪比賽——擦身之禍庫瑟，難道你想……」

對那句話起反應的不是慈。

是一直將箭鏃對準庫瑟的厄運的利凱。

在場的人之中，只有他察覺了那句話的意義。

（……糟了！）

那是發生在一瞬之間的事。利凱拉開了弓，然後將箭——

「利凱！」

「閃開！這傢伙的目的是——！」

結束了。

在神速的箭矢離弦之前，娜斯緹庫的刀刃就擦過了利凱的手臂。

她在霎那間帶來的死亡重量，讓利凱放出的箭矢稍微偏離了庫瑟。

厄運的利凱之所以歷經無數戰鬥後仍然能活下來的原因之一，是他可以將死亡的前兆看成紅色的色覺——但唯有絕對不可見的天使是例外。

「利凱！利凱！」

「……看不見，啊啊……可惡……什麼都……」

「利凱！吶……吶，你沒事吧！你沒有被傷到吧？」

即使看到了利凱手背上的淺淺割傷，慈仍然如此喊著。

利凱對慈的哭臉伸出軟弱無力的手，呻吟道：

「……沒事啦，慈。我沒……」

然後，結束了。

他打算殺害庫瑟，所以死了。

在白天的濟貧院中庭裡，庫瑟茫然地站著。

「不會吧。」

無論是庫瑟還是慈，他們都想避免戰鬥。直到剛才為止。然而娜斯緹庫散播的死亡與他的意志無關。

這是決定性的破綻。

他以別人聽不見的聲音發出呻吟。

「可、可惡……混帳、混帳……！可惡……！」

避無可避。被死亡天使附身的他根本沒辦法不犧牲任何人就完成一件事。

她已經殺了對方，自己無法阻止。

「嗚、嗚、利凱，利凱。嗚嗚嗚嗚……！」

「利凱……你這個混帳！擦身之禍庫瑟！」

庫拉夫尼魯的無數魔族圍了上來。慈那對散發綠色光芒的眼睛正望向自己。

當強烈的殺意撲向庫瑟時，娜斯緹庫就會出手。

在對方展開行動之前，先結束對方的生命。

一切的一切。一切的一切。

殺意集中在庫瑟身上——啊啊，全都白費了。

『可以殺掉這個孩子嗎？』住手。
『可以殺掉想殺你的人嗎？』不可以。
『可以殺掉所有人嗎？』他們不是給妳殺的。

「──庫拉夫尼魯！」

慈蹲在利凱的屍體旁邊，大聲喊道：
「不可以殺他！」
她的臉被瀏海蓋住，看不見表情。
「慈……！妳擔心會被反擊嗎？現在不是說那種天真話的時候了！利凱……利凱他……他被殺了耶！魔族被殺幾隻都無所謂，但只有這傢伙……！」
「那……那是，可是……！庫瑟也是……庫瑟他……也不想殺人啊！」
慈勉強擠出了這麼一句話。
彷彿代替庫瑟喊出了他的心聲。
說不出話的庫瑟倒退了一步。
「……」
「停手吧。停手吧，庫瑟……有人死掉，有人被殺這種事……已經夠多了……你說是吧，庫瑟……」

難以置信。娜斯緹庫沒有殺掉慈。

也就是說。

（我——）

就算庫瑟殺死了利凱……魔法的慈也沒有對他抱持殺意。

（我不想殺人。我其實一點也不想殺人。）

殺意的連鎖沒有出現。

「……吶，庫拉夫尼魯。我是不是從一開始就做錯了呢……」

「……慈。」

「我沒有發現……當上勇者候補之後……要打贏戰鬥，實現願望……就得殺死其他人……」

「不對。妳……慈，妳是無敵的。就算不殺人，也有獲勝的力量。」

「我……不出席六合御覽了。」

她自己否定了死亡與暴力的連鎖。代表著她在六合御覽中的落敗。

——不能心懷憎恨，不能傷害他人，不能殺害他人。應當善待他人，如同對待自己的家人。

「……慈。我會……繼續殺人。當我獲勝，就代表與我交戰的對手死去。我沒有回頭的打算。」

「一定有不需要殺人的辦法喔。」

慈流著淚笑了。

「……就像現在這樣，我不必與庫瑟彼此廝殺了。」

擦身之禍庫瑟緊咬著嘴唇。

彷彿被一道刺眼的光照耀。為了信仰，他必須背叛那個不該背叛的對象。那個人相信著擦身之禍庫瑟這個可恨的敵人，庫瑟卻得背叛她。

「……再見，魔法的慈。」

——如果兩人在第五戰中開戰，庫瑟有辦法打贏慈嗎？

從孩子們的口中聽到慈的為人時，他就知道了答案。

正因為他知道了那個答案，所以才會選擇不在賽場上交手，而是在這裡進行暗殺。

魔法的慈太溫柔了。她打從一開始就沒有殺死擦身之禍庫瑟的打算。庫瑟沒辦法在對決之中殺死不想殺他的人。

「……吶，庫瑟。」

庫瑟的後方遠處傳來一個聲音。

那是個泫然欲泣的聲音。

「我知道。」

他沒有回頭的勇氣。

「殺人……是不對的事……」

「……那不是廢話嗎。我知道……我一直都知道……」

——所以，做這種事的只有庫瑟一個人就夠了。

◆

隔天。在城中劇場庭園舉辦的第五戰裡，其中一位勇者候補並未現身。

確認時間之後，第二十六卿，低語的米卡做出宣示。

「——肅靜！」

即使身處於觀眾的喧囂之中，她的聲音仍然顯得格外響亮。

「……在這場六合御覽之中採用真業對決的意義，在於確認挺身而出意圖成為勇者之人的覺悟與勇氣！賭上自己所有的本事，賭上自身的性命，一旦敗北就會失去一切！對此懷抱恐懼乃是人之常情，不該譴責未能成為英雄之人！……但是那種程度的恐懼，又怎麼比得上勇者挑戰『真正的魔王』時的恐懼呢！」

當其中一方的參賽者遲遲未能現身於這場六合御覽的對決時……

「因此我低語的米卡在此宣判，魔法的慈沒有成為勇者的資格！——第五戰的勝利者為擦身之禍庫瑟！」

遠遠比不上第四戰時那種歡呼聲的稀疏掌聲包圍了黑衣男子。

「……抱歉。」

庫瑟遮著臉，低聲說著。

「抱歉了，慈。」

她自願退出了爭鬥的螺旋。

庫瑟祈禱著她能出現在這裡，盼望她打破與庫瑟的約定。

庫瑟背叛了魔法的慈，背叛了真誠地對自己伸出拯救之手的少女。

即使庫瑟沒有說謊，他還是騙了對方，做出違反詞神教誨的行為。

（魔法的慈。我……我……沒辦法拯救妳。）

無論是與庫瑟締結合作關係的廣人陣營，或是利用刺客試探其力量的暮鐘的諾伏托庫，還有魔法的慈。他們都沒辦法掌握到靜歌娜斯緹庫發動能力的另一個條件。

由於首場對決不戰而勝，讓他得以徹底隱瞞那個真相。

他在那場利其亞的戰爭裡殺了晴天的卡黛。為了斷絕瀕死少女的性命而使用了力量。

他在教會殺了憂風諾非魯特。對方沒有怨恨庫瑟，坦然接受了自己的死亡。

靜歌娜斯緹庫的真正力量不僅僅是即時置人於死的自動反擊。

——條件是視野。只要身處於庫瑟的視野之中，無論是任何人。

只要他想，就能殺死對象。

（所以我的暗殺絕對會成功。）

他只需要再取一條命。

（魔法的慈。我準備在第二輪比賽裡殺的人只有一個。）

即使知道庫瑟的能力，厄運的利凱仍然不顧自己的性命也要殺了庫瑟。

那是理所當然的殺意與憤怒。

六合御覽是正式的王城對決。眾所皆知，王族將會在第二輪比賽之後親臨觀戰。

——我想見瑟菲多。

他知道了魔法的慈期盼的就是那樣的小小願望。

（我要殺的人……就是女王。是瑟菲多啊，慈。）

殺死勇者。如果不管是誰，只要有人奪得六合御覽最後的勝利就會被視為勇者。那麼要阻止勇者的誕生，就只能摧毀六合御覽本身。

藉由女王的死，結束這一切。

無論是逆理的廣人或是暮鐘的諾伏托庫。他們都不知道「教團」參與這場戰鬥的真正原因。

趁著女王觀賞比賽，暗殺最後一位王族。那是將會遺臭萬年的行動。

即使如此，為了讓他們的同胞在往後的世界裡生活，只能被迫順從於巨大時代洪流的他們……如今必須做點什麼才行。

「教團」展開了最後的計畫。

◆

厄運的利凱死了。

擦身之禍一臉消沉地離去之後，留在原地的只剩下利凱的亡骸與慈。

一隻蟲子飛了過來。

「我……想讓妳獲勝，慈。」

即使透過蟲子的轉達，也聽得出庫拉夫尼魯的遺憾之情。

「但是我……沒有想要害死利凱的意思……」

「……我知道喔。利凱也知道。」

慈露出微笑。她早在「最後之地」與庫拉夫尼魯相遇時就知道了這點。

「庫拉夫尼魯其實是個好人。」

「……這樣真的好嗎……利凱的死變得沒有意義。這樣的年輕人已經很少見了。我……我好後悔……」

「哈哈……我果然……打從一開始就沒辦法參加什麼六合御覽。我沒辦法和庫瑟戰鬥。」

「那傢伙在說謊……！那些條件都是口頭上的約定！他可以隨隨便便就不認帳！」

「我相信他喔。」

擦身之禍庫瑟，「日之大樹」，以及「魔王遺子」。

這個世界上有些人最容易受到懷疑。那或許是因為問題出在他們自己的身上，所以成了正確、理所當然的常理。

「我相信庫瑟一定不會下手……相信他總有一天能得救。」

縱使現實並非是那樣，但世界也會如此希望。

「而且如果想見瑟菲多，去上學不就好了！利凱有教過我喔！從今以後我會好好用功……通過困難的考試，然後，然後……我會見到瑟菲多——」

——向她道歉。

「先……先不說我，妳是有能耐戰鬥的……！」

必殺之矛與必防之盾。

在六合御覽之中，兩人並沒有真的拿出他們的力量與對方交手。

「如果妳的身體真的是無敵的……！如果妳是色彩的伊吉克的最佳傑作！受到庫瑟的攻擊時，妳「可能會連一點擦傷也沒有」！如果你們打起來，還是有獲勝的可能性！」

那一邊才是真正的最強呢？世界會有獲得答案的那麼一天嗎？

「……嗯。不過……就算真的是那樣。」

她拭去眼淚，對著庫拉夫尼魯露出微笑。

即使水槽外的現實是多麼的殘酷，與她所相信的色彩截然不同——

「就算是那樣，我也想拯救庫瑟。」

第五戰。勝利者，擦身之禍庫瑟。

十六◆於是暮鐘鳴響

就在第五戰結束，擦身之禍庫瑟不戰而勝的那天晚上。年老的第十一卿，暮鐘的諾伏托庫協同一名男子回到他的住居。

來客看了看他的家，丟下一句：

「好破爛的房子。」

那是一位形象粗野，叼著菸的年輕人。那支菸已經熄掉，變得很短。但他還是把菸叼在口中。

「哎，是啊。和『日之大樹』的名聲相比……可能算是微不足道吧。」

年輕人的名字是翼劍吉薩。是公會「日之大樹」的副首領。

「日之大樹」。據說那原本是一群在邊境採掘無線電礦石，從事嚴酷勞動的孩子們。他們自行創業，在動亂的時代裡以不擇手段的方式得到了成功。然而其首領灰境吉夫拉托卻在即將與黃都最強的絕對的羅斯庫雷伊展開對決的前一刻死於不名譽的事件，斷絕了他們出人頭地的機會。

由於吉夫拉托在女人的家中被殺，就有人開始對他的實力與素行說些尖酸刻薄的謠言。而聽到那些謠言的公會成員就會對市民使用暴力。這樣的事件層出不窮。

少了制定行動方針的首領之後，「日之大樹」如今逐漸失去在黃都的安身之地。他們原本就是一群無法融入和平的都市，不學無術的年輕人。

「不過……如果只是用來談事情，那倒是個不錯的房子。至少不會被人偷聽。畢竟兩旁都沒有人住嘛。哈哈……」

「別說那些無聊的廢話了——殺害吉夫拉托的犯人找到了嗎？」

「……是的。我要先說明，吉夫拉托閣下遭到背叛黃都議會的紅紙籤的愛蕾雅殺害。可能是……那個，遭到色誘之後，被纖弱的女人所殺之類的說法——」

在開口之前，吉薩的手先動了。

他揪住諾伏托庫的胸口，朝他臉上狠狠揍了一拳。諾伏托庫的鼻子噴出了血。

「嗚、嗚嗚。」

「混帳，喂，你有本事再說一次。」

「——不、不是我說的……是有些市民私下流傳這種說法。呼、呼……呼。不好意思。給、給我點時間喘口氣……也就是說，不是那麼一回事。殺害吉夫拉托閣下的『不是女人』。」

「……」

「您應該也是這麼認為的吧……所以才會對市民的批判感到憤怒。想要找出真正的犯人，了解事件的真相……我很清楚。」

「先說到底是誰。到底犯人是哪個混帳傢伙。我、我要宰了他……就算動用全體『日之大樹』把那傢伙剁成肉醬，丟下地獄後我還是不會饒了他。」
「……這個事實……關係到我的名譽，說出來得需要一點勇氣。」
全都是捏造的。他要說的不過是按照「日之大樹」的期望虛構而出的故事。
雖然諾伏托庫嘴上那麼說，他卻不認為名譽有什麼價值。
暮鐘的諾伏托庫被賦予管轄教團的職位。負責追究「教團」幹部的管理責任，責備其怠慢。
諾伏托庫隨波逐流、無所欲求地工作，結果得到最沒有名譽的第十一卿之位。但是在某種意義上，他卻有著比誰都還要像怪物的意志力。
身為黃都最高權力者，卻住在貧民區角落的集合住宅。單調的房間裡既無顯示其興趣的家具，也不存在任何可以代表他這段人生的物品。
這裡只是用來吃飯，睡覺，起床的房間。重複這個流程的人生。
他的無欲無求在性質上與同樣毫無慾望的光暈牢尤加完全不同，是一種異常的個性。
「我懷疑由我管轄的『教團』……也許和吉夫拉托閣下的死有所關連。」
「……不會吧。」
吉薩嚴肅地反問。
「『教團』……吉夫拉托不是珍惜『教團』的那些人嗎……他很喜歡小孩……他說小孩沒有偏見，不會把我們當成壞人。」
「哎。我知道。」

正因為被所有人冷眼相待，所以才會希望博取小孩子的好感。

——水準真低的幼稚想法。

經過調查之後，諾伏托庫早就知道他們在黃都也是做些近乎於犯罪的工作。正因為他沒辦法矯正自己最根本的劣根性，所以才會想從純潔的小孩身上獲得原諒。

那種行為是從弱者身上壓榨原諒。

諾伏托庫認為，像他們那樣的傢伙就應該受到懲罰。

「他所捐助的濟貧院有一位名為繫菱的奈吉的見習神官。你知道那個人自殺的事嗎？」

「……吉夫拉托死後他就跟著死了，我怎麼可能忘記。就在我們……勉強湊出錢，準備要告訴他會讓那個地方維持下去的時候。」

「哎。那件事你們有和奈吉談過嗎？」

「怎麼可能談。我們本來打算等到準備好之後再給他一個驚喜耶。」

「這樣啊……總之呢，他自殺的原因之一就是因為發生了某起事件……打算收養孤兒的對象在孩子被送出去的前一刻被發現是人口販子。」

「……什麼！」

「哎。後來經過內部調查，發現『教團』的相關人士之中有人在與那種組織接洽。吉夫拉托閣下應該就是察覺到自己捐助的濟貧院發生了那樣的狀況吧。結果他……」

「慢著慢著慢著。」

吉薩差點就要再次揪住諾伏托庫的胸口，當他發現自己打算那麼做之後就停下了動作。

「就算如此……我也不覺得吉夫拉托會簡簡單單地被一般人殺掉。『教團』裡的人應該沒有受過戰鬥的訓練吧。是誰？到底是誰幹的？」

「嗯，就是吉薩閣下所想的那個人。」

諾伏托庫在桌上擺出了一些照片。是派去暗殺庫瑟的那些殺手屍體的照片。

「混帳……」

諾伏托庫總是做些骯髒的工作。

而在第五戰分出勝負的此刻，他就必須有所行動。除掉自己的擁立者。

「——『教團』的聖騎士，擦身之禍庫瑟。他是活躍於六合御覽舞台底下的殺手。此人與紅紙籤的愛蕾雅共謀暗殺了吉夫拉托閣下。」

庫瑟贏了。並非一般的勝利，是不戰而勝。

魔法的慈，以及其擁立者弗琳絲妲很有可能與他在對決之前做了什麼交易。雖然「教團」在組織層面上已經是無以為繼的存在，但如果獲得先觸的弗琳絲妲莫大財力的支援，六合御覽的勢力圖將會出現大幅度的改變。

還有另外一個可能，「灰髮小孩」。他和那群黃都最大勢力的危險分子串通，以計謀除掉了魔法的慈。

（如果庫瑟只是以一般的方法獲勝就好了。庫瑟的勝利代表著交戰對手的死亡……我們就不必擔心對方活下去留在盤面上了。）

然而既然他們採取抗拒對決本身的行動，現在就必須擔心擦身之禍庫瑟與魔法的慈會對黃都造反。當最強的矛與盾聯手時，就連在其他的勇者候補之中恐怕也很少有能顛覆兩者絕對性的棋子。

（現在還能除掉庫瑟。只要庫瑟的弱點還留在這個黃都……就不能錯過這個機會。）

暮鐘的諾伏托庫一直都維持著木訥的表情與語氣。即使被當成無能的老頭，他也泰然地接受。

不過他就是因為很優秀才會成為二十九官。當羅斯庫雷伊在第四戰身受重傷無法給出指示時，他可以代替羅斯庫雷伊迅速完成自己的工作。

「擦身之禍庫瑟……是擦身之禍庫瑟啊。」

翼劍吉薩憤怒地表情扭曲，點燃口中的香菸。

諾伏托庫看似疲憊地嘆氣道：

「我也……無法忍受『教團』裡出現這樣的男人。為了確實殺掉庫瑟，我需要你們的協助。」

「……正合我意。混帳傢伙。我要把他丟進地獄的深處。」

擦身之禍庫瑟這個人的弱點很明顯。就連諾伏托庫這種沒有力量的老人都能除掉他。

而他需要一個可以執行其計畫，沒有倫理觀念，想法單純的集團。

「就把他那些用來當成『生財工具』的小孩捉來當人質吧。」

◆

從庫瑟長大的濟貧院走一小段路，會來到一個小小的湖泊。

那是被藻類與不知名植物占據的混濁湖泊。

以前留下的神像半埋在湖對面的岸邊。小的時候雖然不在意，但現在回想起來那個地方還滿詭異的。

湖水的深度只到孩童的膝蓋處。但因為濟貧院附近就有一條有魚的乾淨河川，沒有孩子會在那裡玩。只有庫瑟會去那裡。

他常常因為深夜獨自跑出院裡而被神官罵。

在那些神官的眼裡，小時候的庫瑟大概是個很讓人費心的孩子吧。

他總是踩著被夜晚露水沾濕的葉子，在蟲鳴聲中獨自走在那條冷清的路上。

不過到了夜裡，就會有個東西在那裡唱歌。

細小、輕微，宛如少年的歌聲。

是誰也沒聽過的歌。

因為那不是這個世界的詞術。

就算詢問朋友，詢問老師，也沒有人知道那個唱歌的東西是什麼。由於那是一首非常寧靜的歌曲，庫瑟覺得可能是自己以外的人都聽不到。

之所以還記得那晚的事，應該是因為庫瑟當時選擇了去見那個東西吧。

他認為那是一幅不能有其他人在場的神聖景象。

月光。微風吹動的樹林所發出的鳴叫。

只有世界歸於寧靜時才能聽到的，輕柔歌曲。

美麗的，彷彿能讓人窺見某種詞術不能及的遠方景象的，恐怖與神祕。

那是，天使。

純白的頭髮，純白的衣服，純白的翅膀。

她沒有體重，甚至可以在一片花瓣上跳舞。

據說那是世界被創造出來時，與這個世界的首批「客人」們同時出現於世界的存在。

她的眼睛什麼也看不見，她的耳朵什麼也聽不到——宛如被世界的齒輪遺落。如今，那不過就是再也沒有使用被賦予的權能的意義，只能無所事事地待到消逝的那一天為止的創世殘影。

為什麼她只看著庫瑟一個人呢。

為什麼她選擇了庫瑟呢。

——為什麼，她要帶來死亡呢。

◆

夜晚的黃都降下了大雨。

位於西外城的這條街區的煤氣燈光稀稀落落，不像黃都中央區那樣熱鬧。

但是擦身之禍庫瑟卻聽到了遠處傳來宛如慶典般的喧囂聲。

「光。該死，是光。那裡不是燒起來了嗎！基其塔・索奇！」

他對著無線電的通訊對象大吼。第一個通知他這起事件的，是與他有著合作關係，第一千零一隻的基其塔・索奇。

然而庫瑟心想：這次又晚了一步，一定來不及了。

『冷靜下來。那只是為數眾多的「日之大樹」成員的提燈和馬車的燈光。我們這邊設置的監視員沒有傳來放火的報告。』

「孩子們……孩子們現在可是睡在那裡喔！看管那邊的奈吉已經不在了，整個晚上都沒會人看守！」

——這天夜裡，「日之大樹」大舉動員，占據了濟貧院。

透過基其塔・索奇的聯絡，得知異狀的庫瑟立刻奔向濟貧院。然而不只是在第三戰中身受重傷的歐索涅茲瑪，受到二十九官監視的基其塔・索奇應該也無法為了這起事件而直接行動。

『……庫瑟閣下。如果狀況緊急，我將派出這邊的小鬼部隊，排除「日之大樹」應該不是難事。但是對方的人數就是這麼多。若他們發現有整群部隊的小鬼展開攻擊，我認為很可能會更加煽動集團性的激動情緒。如果以我方自行協助維持治安為藉口，當作給黃都的交代……可能會說不太過去。而且即使壓制了現場，可能也無法保障人質的安全。』

「……基其塔・索奇。我啊……嘿嘿，可是殺了諾非魯特耶。我不惜做到那個地步……也要打贏這場六合御覽，幫助『教團』。這是真的。」

『我明白。然而這只是事實的陳述，庫瑟閣下能做到多少貢獻又是另外一回事。庫瑟閣下的目的應該不是排除這些敵人，而是確保人質的安全吧。請你冷靜。』

「不，不。我不是在責怪你。」

庫瑟空虛地笑着。這是對現在攻擊自己的諷刺的自嘲。

「如果是諾非魯特……一定會立刻調動軍隊。為了幫助『教團』，那傢伙已經變得很了不起了。那麼我……我所做的這些事算什麼呢？」

『……不管怎麼說，諾非魯特在第八戰之前都不會回來了。黃都處理『教團』相關事務的作法，應該會和之前一樣。』

「我……明明和那傢伙是朋友。該怎麼數數字也是他教我的。那傢伙，那傢伙有著很厲害的才能。可是……」

他曾經有過好幾位夥伴。優秀的人，聰明的人，強悍的人。

所有人都一起被「真正的魔王」的時代碾碎，再也回不來。

只有庫瑟一個人如今成了修羅。

『我方會繼續監視。如果出現什麼好機會，我方會立刻嘗試救援。有異常狀況就立刻回報吧……還有，庫瑟閣下，我要向你道歉。』

「……嘿嘿。道什麼歉。」

『我的作戰太無情了。包含我在內，這個陣營的所有人都是棋子。但也是活生生的棋子。就算庫瑟閣下自告奮勇，我仍然不該讓你親手殺害朋友。』

「……沒關係啦。」

只要生於這個世上，每個人都有自己的想法，有自己的話語。

人們承受著自己的痛苦，盼望這個世界上有某種邪惡可以怪罪。那是一種幼稚的願望。

——或許就是因為那樣的願望，使『真正的魔王』得以誕生。

「我要過去。」

庫瑟放棄了。就像庫諾蒂死去的那天，就像羅澤魯哈死去的那天。

『……請不要放棄，庫瑟閣下。若是庫瑟閣下進行戰鬥——』

「吶，基其塔·索奇。你不覺得，也許……也許我也可以與人對話嗎？不是殺人或被殺……

而是……」

只要擦身之禍庫瑟進行戰鬥，就一定會在該地造成死亡。

所以他才會攜帶大盾。避免他的敵人被殺。

「……而是那種魔法般的行為。」

從教會裡傳來了鐘聲。告知一天結束的鐘聲。

黑衣刺客衝進了亮光之中。

哪怕是前方的未來只有一片黑暗。

◆

看著出現在眼前的擦身之禍庫瑟，叼著短短香菸的翼劍吉薩吐了口煙。

「——唷，你來得很匆忙呢。殺手先生。」

吉薩坐在禮拜堂門口的階梯上。周圍還站著大批的「日之大樹」成員。若想進入濟貧院，就必須穿過這個階梯，穿過擠得密密麻麻的「日之大樹」暴徒才行。

在教會傳出的鐘聲底下，暴徒們在刺眼的光芒中吵吵鬧鬧。宛如一場慶典。

「……抱歉，大叔我這就投降啦。」

庫瑟帶著輕浮的笑容，舉起了雙手。

「去死吧。」

那種態度似乎惹惱了吉薩。

「現在就給我死在這裡。是你殺了吉夫拉托吧？所以被『日之大樹』……被我們所有人宰掉也是理所當然吧。不對嗎？我有說錯嗎？為什麼偏偏就只有殺了不知道幾個人的你可以嘻皮笑臉地活下來？你就那麼想在六合御覽獲得勝利……還不惜用那種骯髒的手段嗎？你說啊！」

「嘿嘿……這個嘛……」

殺死吉夫拉托的不是自己。可以說是其中有什麼誤會。

但是自己會怎麼樣都無所謂了，他只要能救回孩子們就好。

（我怎麼樣都無所謂，嗎？）

真是諷刺。雖然庫瑟由衷地這麼想，這句卻是他唯一無法說出口的話。

只要娜斯緹庫的死亡庇護仍然存在，庫瑟本人毫無防備地接受一整個集團的殺意，就等同於決定要殺死他的所有敵人。

而若是他背離信仰，動了殺敵的念頭，娜斯緹庫就會殺死眼中所見的所有人。然而，那會讓他下了地獄也無法忘掉自己所殺的人……利其亞的卡黛，他的朋友諾非魯特，還有剛才差點就殺死的慈。

「嘿嘿……抱歉了。在投降之後，我想了解一下吉夫拉托這個人……」

「吉夫拉托他──」

教會的鐘聲鳴響著。

憤怒的吉薩以顫抖的語氣說道：

「在我們之中，只有他有遠見。他說過，要在受到黃都的認可之後做大事……要讓『日之大樹』，讓我們成為眾人仰慕的公會……只要打贏六合御覽，一切就會變得很順利！我們就不用再做以前那些狗屎爛工作……所有人都可以住在好房子裡，做著更了不起、更大筆的工作，可以擁有錢財女人，甚至是家人！那傢伙，只有那傢伙……在我們這些一無所有的垃圾之中，只有他懷有夢想！」

「……這樣啊。」

據說灰境吉夫拉托在勇者候補之中的實力最弱，因此才會被絕對的羅斯庫雷伊選為第一戰的對手。他從基其塔・索奇那邊聽說了此事。根據其說法，無論是在思慮方面或是在品性方面，那個男人都不過是邊境流氓的程度。

——沒那種事。

「真的是個……了不起的傢伙。」

灰境吉夫拉托是個比擦身之禍庫瑟還要優秀的勇者。

他能在受到所有人欺侮，沒有未來的世界裡看見確切的希望。

給予夥伴夢想，引導他們。

庫瑟沒有任何那樣的特質。他在絕望之海中不斷掙扎後能找到的拯救，就只有更加深沉的黑暗。庫瑟是為了暗殺女王，殺死勇者，才會參加這場六合御覽。

「少在那邊說得好像跟自己沒關係。」

就像是回應了吉薩的憤怒，「日之大樹」的成員們包圍了庫瑟。

他們一定想殺了庫瑟。想殺他的人都會死。死了之後，其他人就會想復仇。死亡會無止境地連鎖下去，無法阻止。

彷彿就像世界是如此運轉似地，死去。

「人不就是你殺的嗎！把『教團』當搖錢樹！和人口販子那種人渣聯手！不就是像你這樣的傢伙，把不知情的小孩丟進火坑！你這傢伙……你這傢伙就和我故鄉的那些混帳垃圾沒兩樣！就是因為聽到生財工具被逮到了，所以你這個『教團』人士才會獨自慌張地跑來這裡吧？就是……就是因為有你這樣的傢伙待在高層，『教團』才會……變成現在這種模樣吧！」

「——哈。」

翼劍吉薩嚷嚷的那些話完全不符合事實，不過是找錯對象的懷疑。

發生在孩子們身上的悲劇是衰敗的「教團」遭到犯罪人士趁人之危的結果。「教團」衰敗的原因，是人們因「真正的魔王」喪失了信仰，所以導致「教團」日漸衰敗。

如果他可以把無憑無據的話講得如此合乎邏輯，就代表那一定是從別人那邊聽來的故事。庫瑟甚至還知道是誰描繪出了那樣的畫面。

「……哈、哈哈……」

不過，庫瑟就是因此而笑了。

這實在太過諷刺，讓他笑得停不下來。

因為「吉薩所說的話也是正確的」。

「哈、哈哈……哈哈哈哈，沒有錯，沒有錯啊……」

庫瑟邊笑邊回答。

「沒有錯啊。大叔……大叔我啊……是壞人呢。『教團』……『教團』的高層一直都被無藥可救的人渣把持……大叔是殺手，把孩子當成買賣的商品……！那樣就對了。太棒了。哈哈、哈哈哈哈哈……！」

教會的鐘聲鳴響著。

「喂……」

看到突然笑出來的庫瑟，「日之大樹」的成員們反而感到困惑。

隨時都會爆發的殺意浪潮在那短暫的時間裡靜止了。但是那將會立刻轉化成更加狂暴的憤怒湧向庫瑟吧。

（真的是無藥可救。）

殺人的聖騎士。那些罪毫無疑問是事實。

魔法的慈不在現場。庫瑟接下來將會殺死數量令人髮指的活人。成為大規模屠殺的犯人，失去勇者候補的資格。就連慈所託付的勝利也會淪為一場空。

庫瑟笑了。笑過頭而流出淚水。

（……這種事真是無藥可救啊。）

「我要把你碎屍萬段，混帳傢伙。」

翼劍吉薩雙手各握著一把單手劍，走到蹲在地上發笑的庫瑟身旁。

武器高高舉起。沒錯。天使這個時候一定會——

（天使她——）

雨。

舉起的刀刃，反射著小月穿過雲層的光芒。

揮向了庫瑟的脖子。

「去死。」

金屬聲響起。庫瑟的護手反射性地擋住了刀刃。

庫瑟第一次為了自己使用了阻止敵人被殺的防禦技術。

「……娜斯緹庫。」

庫瑟反倒露出困惑的表情。

他沒有將注意力放在殺氣騰騰圍繞在四周的「日之大樹」成員身上，而是尋找著其他人都看不見的天使。

「妳不在嗎？娜斯緹庫！」

「給我乖乖的去死啦！」
「咕嗚！」
肚子被重重打了一拳。那是帶有強烈殺意的一擊。
照理來說，死亡天使應該會對那樣的攻擊展開報復才對。
「什、什麼嘛……這下子……嘿嘿……娜斯緹庫……」
在團團包圍之中。庫瑟出拳、被踹。承受著折磨全身的痛楚，以及更勝痛楚的狂暴殺意。他卻輕浮地嘻嘻笑著。
「……我……我殺了諾非魯特。我們是好朋友啊。」
或許他和諾非魯特曾經是如此，但庫瑟還是下手了。
「……如果我即時趕到……你就不必殺人了……然而你卻……你卻願意救我嗎？」
眼睛和鼻子流著鮮血，臉頰骨折。但是庫瑟望向的不是「日之大樹」那群人，而是佇立於對面的白色巨大形體。
「烏哈庫。」
在六合御覽之中，「教團」擁有兩名勇者候補。
擦身之禍庫瑟知道有個人每天都在那邊獻上祈禱。每當告知信徒一天結束的鐘聲響起時，他一定會出現在那裡。
鐘聲嗚響著。

灰色的大鬼有個名字。不言的烏哈庫。
——娜斯緹庫啊，沒辦法接近你了。
「笑什麼笑！」
「看我怎麼把你的內臟拉出來！」
「饒不了你！」
「我要殺了你，擦身之禍庫瑟！」
（啊啊。他們想殺了我。）
他所承受的就是如此強烈的殺意。
（是啊——別人這麼對我是理所當然的。一直都是如此。）
暴徒揮出鐵棒，企圖打斷庫瑟的肋骨。庫瑟配合對方的攻擊，以護手將棍棒從暴徒的手中撞開。
有個壯漢朝著庫瑟的背後猛踢，卻因為下雨而滑倒，頭撞到了地面。另一名暴徒則是撲過來想騎到庫瑟的身上。
「去死！給我去死！」
「嘎啊啊啊啊啊啊啊！」
庫瑟發出一陣怒吼，額頭撞向對方的腦門。還有個人想要對他刺出短刀。庫瑟撿起掉在地上的大盾，在短刀碰到自己之前先砸向暴徒的手臂。

他可以做到這種事了，他可以「戰鬥」了。

「烏哈庫，你——」

烏哈庫只是站在那邊觀看。「日之大樹」的人也無法靠近只是佇立於該處的大鬼。彷彿站在那裡的是一位神聖的神官。

庫瑟一邊掙扎著避免自己被群眾的浪潮吞沒，一邊大喊：

「烏哈庫……！烏哈庫！你為什麼殺人！我啊！真的……真的很想知道啊！」

揍人，被反揍回來。

這群大人就像是小孩子般扭打成一團。

「我在想……在你心中……那種不是詞神教誨的信仰，該不會……容許殺害他人吧……！」

即使渾身沾滿了血，他還是繼續喊著。

在這個世界上，或許有某位神可以赦免庫瑟的罪。

烏哈庫或許知道某種比建立於詞術之上的信仰更高一層的真實。但是……

「我……！」

就算他認識了不會說話的烏哈庫所信奉的信仰，庫瑟也仍然會繼續緊抓著從未聽到信徒祈求的詞神信仰不放吧。

因為殺害他人時會受到自我苛責的心，一定就是詞神所賜予的救贖。

他比誰都還了解那是一種罪行，卻只能背負著那樣的罪一路奮戰下去。

「去死！」
「該死的壞蛋，我要燒死你！」
「下地獄去吧，卑鄙小人！」
雙方打成一團。庫瑟第一次「能戰鬥」了。
雖然那可能是天使無法容許的罪行，但是在不言的烏哈庫站在該處的此刻，靜歌娜斯緹庫就看不見擦身之禍庫瑟。
毆打、拋摔。
腳踢、頭撞。
一次又一次、一個又一個。
「呼……呼……」
「為什麼……為什麼這個傢伙還站得起來啊！」
「別拖拖拉拉的……快點！快點宰了他！」
「這傢伙……呼、呼，我要為吉夫拉托報仇！」
「……呵、呵呵，嘿嘿……嘿嘿……」
庫瑟笑了。那是開心，是憤怒，還是悲傷呢。完全看不出他帶著什麼樣的情緒。面對人數如此龐大的集團，他根本不覺得有勝算。
但是，救贖確實存在。

即使像庫瑟這種深陷於絕望黑暗之中的男人，仍然也有希望。
（沒錯。即使是我。即使是像我這樣的罪人。）
他或許可以一個人也不殺而抵達孩子們的面前。

◆

濟貧院的孩子們被趕到空間最大的飯廳裡。
蕾夏挺直了腰，抬高下巴，瞪著包圍她們四周的暴徒。
那些人無論是走路方式與說話口氣都很粗野，看起來完全就是壞人。實在不像是奈吉老師口中的吉夫拉托大人的朋友。
「話說啊，我們捉了這些小鬼後該怎麼辦？」
「啊，給你照顧吧？」
「算了吧。哈！我對小鬼才沒有興趣咧。」
「那、那麼，可、可以交給我嗎！嘻、嘻嘻。」
——吵死了。
比蕾夏大的男生們全都不可靠。奈吉老師過世的時候，那些人明明都還大言不慚地聲稱會在比自己小的孩子們找到收養對象之前照顧他們。

有的男生腦袋或肩膀被戳了兩三下就跌倒，有的男生看到那副景象就哭了出來。仍然繼續抵抗的男生在手腳被牢牢綁住之後也只能倒在地上。

蕾夏是最年長的大姊姊，接下來就必須由蕾夏挺身戰鬥了。

「——我才不會變成你們那樣的大人。」

「這傢伙在胡說什麼啦。」

暴徒們似乎聽不懂蕾夏的意思。

「哈。小鬼有時候就是會胡說八道。」

「真虧吉夫拉托先生養得下這些傢伙呢。如果是我的話，養一個都受不了啦。」

「所以妳想變成什麼樣子呀，小姑娘。」

其中一個男人不知是出於好奇還是想要取笑她，走到蕾夏的旁邊這麼說道。他在暴徒中年紀較大，是個咧嘴而笑、頭髮稀疏的男人。

「我要成為庫瑟老師的妻子，從此過著幸福的生活。」

「嘻嘻……嘻嘻……這傢伙有意思，真是個孩子。」

「……難道你們是在不懂詞神教誨的情況下長大的嗎？」

即使遭到暴力，蕾夏也毫不畏懼。雖然她很怕自己的臉會被打傷，但既然對方聽得進自己所說的話，那麼就算那個人看起來再年長，也和那些幼稚的男生沒兩樣。所以蕾夏一點也不怕他。

況且蕾夏還是「教團」養大的孩子。

她一直都在學習。學習什麼是正確的事，學習什麼是邪惡。這點是無庸置疑的。

「吉夫拉托先生好可憐喔。無論他在世時行了多少善，自己的同伴卻是在做這種壞事。不但走路的腳步聲很吵，還會隨地吐痰，笑聲也很難聽。『看得出你們出身低劣喔』。」

蕾夏絕對不會變成他們那樣的大人。

她有辦法懷抱著希望，持續努力。期待總有一天能過上更加幸福的生活。

因為無論過得多麼辛苦，詞神的教誨都會支撐著她的心靈。

那是拯救無依無靠之人，拯救深陷不幸深淵之人，拯救小孩或老人——自從這個世界誕生以來，拯救了許許多多人們的教誨。

「妳說出身？」

「這傢伙是怎麼樣，難道她是有錢人的小孩還是什麼嗎？」

「……」

暴徒之間的氣氛變了。不再有剛才那種暴力般的狂熱，而是對某種東西……對蕾夏那句話之中的某種東西產生的混雜恐懼的冰冷殺意。

（一點也不可怕。）

要說一點也不怕或許是騙人的。就算會因此受傷，她還是不希望傷到自己的臉。

（就算收養的事取消了，濟貧院倒了，奈吉老師死了。事情也一定會有所好轉。庫瑟老師……因為、因為我總有一天會嫁給他。）

庫瑟老師那張經常掛在臉上的疲憊笑容，看起來就像哀嘆著不幸。
——所以，蕾夏希望讓他幸福。
「這傢伙的臉挺漂亮嘛。」
「是啊。雖然是個小鬼，倒也挺可愛的。很不錯。」
「而且說話還很囂張呢。」
「真希望妳對吉薩先生也能說出那種話。」
暴徒們開始稱讚起蕾夏的長相。
沒錯。蕾夏是最漂亮的。平時被人這麼誇獎的時候她都會很開心，那些人的口氣卻讓蕾夏的心中隱約有些不安。
其中一個男人粗暴地捉住她的手。
「不要……」
「妳呀。妳給我到那個房間去。」
「住手。住手啦。我絕對不會走……！」
大人的力氣很大。蕾夏就像小件行李似地被拖著走。她有股可怕的預感，有種一切都會化為一場空的預感。
在蕾夏所相信的世界裡，那種事是受到禁止的。
所以，她從來沒有想像過會有那樣的遭遇。

（不要。）

她的整段人生都會因為那種事而以不幸作結。

「過來！」

「不要……我不要，庫瑟老師！」

在暴徒開門之前，門就先開了。

拳頭從門裡揮了出來。

那個拳頭砸中了暴徒的臉，把他打飛出去。

一名男子從門後衝了出來，守在蕾夏的前面。

他如野獸般低吼，打倒了在場的所有暴徒。

毆打、拽倒、拿起碎木塊狠砸、難堪地、拚命地。

那個男人穿著破破爛爛的黑衣。臉不只腫得看不出原樣，還沾滿了血。即使如此，蕾夏仍然立刻就認出他了。

「……唷。」

「庫瑟老師。」

庫瑟老師伸出大大的手臂，抱住了蕾夏。

雖然平時的煤灰味被強烈的血腥味蓋過去，但那份溫暖仍然沒有改變。

「老師……庫瑟老師！」

她打從一開始就知道了。

庫瑟老師是聖騎士。他總是像這樣戰鬥，守護著蕾夏他們。

即使渾身上下變得破破爛爛，即使遍體鱗傷，他仍然為了守護他人而戰。

「謝謝你。大家……大家都沒事喔。因為我是大姊姊嘛。」

「嗯，蕾夏。謝謝妳……好好地保護了大家。太好了。誰也沒有死，真的……真的太好了……」

蕾夏抬頭仰望渾身是血的庫瑟。努力擺出美麗的笑容。

因為她覺得那麼做才是一位稱職的妻子。

庫瑟在戰鬥過後的那張充滿傷痕的臉，對蕾夏而言是最──

「就算渾身是傷……庫瑟老師，庫瑟老師仍然是全世界最帥的人。」

「這樣啊。是啊。用一般的戰鬥方式，就會像這樣受傷嘛……」

但是庫瑟老師的臉上仍然掛著疲憊的笑容。

庫瑟老師明明打贏了一場再怎麼炫耀都不夠的戰鬥。

他仍然像平時那樣。

「……嘿嘿。」

◆

深夜。諾伏托庫的起居室響起了敲門聲。

按照預定計畫，翼劍吉薩應該會在這段時間帶著作戰結果的報告回來。

「好、好。我現在就開門。」

諾伏托庫踩著鴿子般的慢吞吞步伐走到門前，打開了門。

站在眼前的不是吉薩。

「哦。」

看到渾身是血，氣勢駭人的程度更勝以往的這名男子，諾伏托庫並沒有特別驚訝，只是喊了對方的名字。

「擦身之禍庫瑟。」

「嘿嘿……沒有啦，我剛好經過附近。方便打擾一下嗎？」

「哎，不太方便呢。」

庫瑟捉著大盾的邊緣拖著盾牌。他的傷勢太重，已經沒辦法用手臂抱住。他就是以這種狀態走到這裡。

「不過看你的樣子，我也不太好這麼說呢。」

「感謝你這麼通人情……反正我不需要急救，也沒有打算要你端茶出來……」

庫瑟踏著搖搖晃晃的不穩步伐，走進了室內。他所經過的地板上滴滿了紅黑色的血，讓諾伏托庫有點無奈。
「哎。所以你有什麼事？」
「這個……嘛。我就開門見山直接說了。派『日之大樹』……襲擊濟貧院的就是你吧。」
「沒有錯。」
庫瑟是無敵的刺客。在某種程度上，諾伏托庫早就已經做好被這個男人報復的心理準備。反正如果對方是在憤怒之下前來殺諾伏托庫的，那就沒什麼話好說了，乖乖承認比較好。
「哎呀。看你那個樣子，應該殺了不少人吧……」
孩子們應該都平安無事吧——他心中這麼想著。
最容易捉來威脅庫瑟的人質是前陣子少了監督者的那間濟貧院的孩子。之所以挑上他們並沒有其他的用意。不過諾伏托庫還是希望那些孩子盡可能平安。
「我沒有殺任何人喔。」
庫瑟坐到椅子上，用那張沾滿血的臉露出笑容。
笑得非常開心。
「我……這樣的我沒有殺死任何人。只是認真地與對手互毆。你相信嗎？」
「不，我不相信。」
擦身之禍庫瑟不可能誰也不殺就解決事件。
到了明天，濟貧院前的屠殺會被當成很大的事件吧。「日之大樹」的倖存者將成為證人，讓擦身之禍庫瑟的出場資格遭到剝奪。即使擄走人質的計畫失敗，仍然可以確實除掉庫瑟的存在。那就是諾伏托庫在這場作戰中的規畫。

「你沒辦法逼退我，我會打進第二輪比賽。」

「哎。你應該知道，我不可能讓你那麼做……」

「……我這邊有個手腳很快的傢伙。黃昏潛客雪晴他呀……好像已經開始在寫報導了。在我衝進濟貧院救出孩子們之後……基其塔．索奇已經把後續的事情都幫忙處理好了……因為我這邊的動作實在太慢了，差點趕不上……」

「黃昏……報導？你在說什麼？」

庫瑟臉上堆滿了笑意，繼續述說著：

「就是『日之大樹』占據濟貧院的事件，以及記敘事件來龍去脈的報導啊……將現場的照片排在紙上……向他人傳遞情報。因為是照片，所以就成了確實可靠的證據。那種東西好像叫作新聞報導。雖然我完全不知道有那回事就是了……」

意外狀況發生了。在庫瑟的背後，有著搶在諾伏托庫之前做好包含事件的事後處理在內的各項安排，迅速施展計謀的存在。

「你沒有殺任何人。為什麼？」

諾伏托庫複述了庫瑟剛才所說的話。

「哦，為什麼啊？」

庫瑟把頭靠在椅子上，望著天花板。

「大概是有詞神的保佑吧。」

「……」

「你知道嗎？能幫助他人的……一直都是人喔。」

無法確認庫瑟所說的話是真是假。然而，可以在短時間內追查到諾伏托庫的情報網。第一千零一隻的基其塔・索奇這個名字。看來擦身之禍庫瑟的背後果然有著威脅黃都的勢力存在。

即使作戰全部失敗，諾伏托庫在這個時候仍然有個可以親自處理的工作。

他深深嘆了口氣。

（……只能走到這裡了啊。這也沒辦法。）

在這段短暫的思考過程中，暮鐘的諾伏托庫已經決定選擇自己的死亡。

庫瑟的擁立者是諾伏托庫。只要擁立者死亡，勇者候補就會失去挑戰六合御覽的資格。

諾伏托庫雖然沒有足以讓他選擇自殺的堅強勇氣，但就算他是那樣的人，眼前仍然有著可以確實地讓他自動殺害自己的手段。

「那麼，庫瑟閣下。我現在就得殺死庫瑟閣下了。」

候補者殺害擁立者。那是非常確切的失格理由。

「庫瑟閣下，您打算怎麼做呢？」

「……諾伏托庫。」

庫瑟以平穩的聲音說著。
「你……應該也是在『教團』長大的。雖然我早就已經知道你打算做什麼……即使如此，我還是相信可能有挽回的餘地，是不是有什麼……讓你非得那麼做不可的原因……」
「我啊……」
有什麼原因嗎。好像什麼原因也沒有。
在諾伏托庫年紀還小的時候，「教團」的狀況並沒有像現在這樣糟糕。他或許是因為受到眾人愛戴，接受他人的恩情，又或是回報了那些恩情，才能爬到如今的地位。彷彿就像在回應他人的要求。
如果眼前出現了飢餓的少女，那就幫她一把。
只要不為憎恨或憤怒所動，一直過著安穩的日子，平淡地完成他人要求的工作就行了。就算心中沒有什麼詞神的教誨，有那種單純的善性應該就足矣。
「哎。我啊……應該就不勞你費神了。就算……你要我相信什麼救贖，我也不怎麼需要。」
「即使如此……我仍然希望救贖是存在的……」
可能吧。如果什麼救贖是個「好東西」，他也會想要。
不過，諾伏托庫接下來就準備試著殺害庫瑟，然後死於看不見的秒殺能力。
「吶，諾伏托庫……你看到這個東西後有什麼感想？」
「……」

諾伏托庫也看得懂教團文字。由於教團文字具有在容易獲得教育的「教團」關係人士之間廣泛受到學習的性質，因此具有足以在孤兒或貧民之類的社會底層人士之間普及的性質。

「那是交易的文件呢……而且還是技術醫療……器官買賣的文件。」

「對。有人向『教團』買下小孩，用於這種目的上。將患有疾病，無法以生術再生的器官換成小孩的新鮮器官……」

「真是太可怕了。」

這確實是他由衷的想法。他不希望孩子們受到那種殘酷的對待。

「還有這種案例：被當成魔族的材料。以人類為材料，製造屍魔或骸魔。用的是『教團』的孩子。這也是。這邊寫的也是。全部都是——」

庫瑟丟出了一張張的文件。

不斷從庫瑟傷口滴下的血將諾伏托庫的書桌弄得一塌糊塗。

「……是啊，是啊。我感到非常痛心。以『教團』的體制無法防範這樣的犯罪……所以才需要可以拯救大家的新體制。你懂我的意思吧，庫瑟閣下。」

「是啊，當然。那麼你應該同意吧。」

最後一張文件上有個空白的欄位。

「這張。」

諾伏托庫對著書桌愣住了。

「會把剛才給你看的那些事，『全部都當成是我們做的』。」

那是表明自己參與「教團」人口買賣行為的聯合聲明書。

為什麼他要做這種事。有什麼意義。

「這、這是什麼意思——」

「『教團』為了中飽私囊，將無辜的孩子與神官用在骯髒的交易上……曲解教人走在正道上的詞神教義，變成了讓大家受苦受難的組織。那都是……存在於『教團』高層的那些貪財的人渣，殺人的人渣胡作非為而造成的。」

「……那、那是——」

人們……將『真正的魔王』帶來的不幸強加在「教團」上的故事。也是諾伏托庫自己刻意任由民間流傳的風評。

「那就『當作是那回事吧』。當我們這種『教團』的大人物是最差勁的人渣就行了。一直信奉著教誨的人們……還有孩子們都是無辜的。詞神的教誨沒有錯。錯的都是我們這些人。」

「我……們。」

諾伏托庫以顫抖的眼神看著簽在聯合聲明書上的名字。全都是本人的署名。擦身之禍庫瑟，空之湖面的馬丘雷。甚至還有觀察的羅澤魯哈那種死人的署名。

遠在他在死於那起事件之前，就已經簽下這個名字。其他人也是，其他人也是，其他人也是

——

「噫！」

諾伏托庫害怕了。

「教團」具有強大的組織力。他們雖然沒有戰力，至少還是有這樣的力量。

而他們所有人都點頭同意了。

他們願意獨自承擔起被民眾強加在身上的莫須有罪名。

「對了，我沒說過吧？我之所以參加六合御覽，打從一開始就是為了這件事。我將在第二輪比賽之中暗殺女王。那就是執掌『教團』的人渣們企圖顛覆王權的計畫。當六合御覽因此中止之後……派出我這種刺客的邪惡『教團』高層人士——」

為什麼要做這種事，為什麼要做這種可怕的事？

毫無軍事力，理應是最沒有力量的組織「教團」——

「全部都會被處死喔。」

在這場六合御覽之中策劃了最為可怕的陰謀。

「暮鐘的諾伏托庫。我的擁立者，掌管教團的你……是最後一人。畢竟還需要有個對『教團』高層人士的所作所為睜隻眼閉隻眼的傢伙吧？」

「我、我才不會簽這種東西。」

為了拯救「教團」，到底得承擔多麼可怕的罪。而且還是如此龐大的莫須有罪名。

「我……從來沒參與過什麼人口販賣，一次也沒有。而、而且我哪有可能殺害女王大人。我沒有那種勇氣，做……做出那種事。我什麼也沒做，我沒做！」

「是啊。『什麼也沒做』。那就是我們的罪過。」

——利用懈怠進行破壞的內賊。

若是不名譽的中傷，暮鐘的諾伏托庫可以安然承受。

然而那種不名譽的指控是事實。

他無法忍受必須永遠背負這樣的罪名。

為什麼會有這麼多人連署？他們到底在想什麼？讓這麼多信徒瘋狂得超乎想像的原動力，難道就是信仰嗎？

這麼可怕的行為，算什麼救贖？

「……你看吧？」

在不知不覺之間，擦身之禍庫瑟已經站到了諾伏托庫的旁邊。

就像是天使，就像是死神。

「你也有一顆會畏罪的心呢。畢竟是詞神賜予的心嘛。所以你一定會有那樣的東西。嘿嘿……太好了呢，諾伏托庫，你會感到害怕了。」

是的。諾伏托庫連死都不怕。他根本不把自己的存在當成有價值的東西。原本應該是如此。

諾伏托庫的書桌上放著筆。只要現在拿起筆戳死庫瑟就可以了。

手指在顫抖。做不到。好可怕。

「怎麼啦？簽名吧？」

他的內心屈服了，諾伏托庫無法以諾伏托庫自己的意志行動。

即使他由衷地盼望能立刻逃走。

逃離現場，或是逃離這個世界。

「住手，請你住手。不要做這種蠢事。求求你。」

對於擦身之禍庫瑟而言，六合御覽不過是幫助他們踏上死刑台的階梯罷了。

……而且，更可怕的是。

即使這份名冊上的所有人全部被處死，「庫瑟也會獨自存活下來」。

因為誰也沒辦法處死這個可以反彈所有殺意的這個男人。

他會背負著所有罪名，獨自活下去。這是惡夢。

「就只是簽個名字嘛——是不是啊？我來教你吧，諾伏托庫。」

他們應該都有著善心。無論是庫瑟，還是諾伏托庫。

諾伏托庫的確助長了「教團」的凋零。

「救、救救我。」

庫瑟的大手幫忙諾伏托庫握住了筆。

那是一隻沾滿血的死亡之手。

「教你怎麼寫字。你應該在『教團』學過寫字吧，諾伏托庫？」

「嗚、嗚啊啊啊……啊啊！」
整個頭也被壓住。精神則是受到恐懼的重挫。
他沒有怕死的心，也沒有畏罪的心。原本應該是這樣才對。
直到剛才為止，諾伏托庫應該都還是那樣的人。
構成暮鐘的諾伏托庫的一切正逐漸地崩潰。
「教、『教團』會變成這副模樣，不、不、不只是我的錯！」
「給我簽。就像你以前學過的那樣，簽下去。」
——由於這項美妙的奇蹟，我們已經不再孤獨。每個擁有心的生物都是一家人。
「救救我，拜託你。」
「這個嘛，你去求詞神吧。給我簽。」
——讓我們來對話吧。因為詞神賜予了我們讓人人都可以彼此溝通的詞術。
「拜託你救救我！庫瑟！救救我！」
「簽。」
——不能心懷憎恨，不能傷害他人，不能殺害他人。應當善待他人，如同對待自己的家人。
「給我簽，諾伏托庫。」

——拜託你殺了勇者。

在六合御覽召開之前，自從他接受那個懇切的願望時開始，庫瑟就已經做好了獨自背負罪惡的覺悟。

◆

晴朗的天空灑下和煦的陽光。

在這種時候，天使就會彷彿欲言又止地坐在迴廊的窗子上，望著庫瑟。

少年般的白色短髮與背上的翅膀順著某種非現實世界的微風，輕輕地搖曳。

庫瑟走出了告解室。他與神官空之湖面的馬丘雷針對黃都早就安排好六合御覽所產生的勇者一事做了討論，並且商量了「教團」的最後計畫。那是讓他們所有人都背負罪惡，使詞神信仰得以延續的計畫。

娜斯緹庫對告解室裡的談話內容應該完全知情，他是這麼認為的。

「……馬丘雷老師也是我重要的人喔。」

天使輕飄飄地浮在庫瑟的背後，以一副疑惑的表情聽著他的聲音。

不知道從什麼時候開始，庫瑟覺得她和教會裡的小孩子是一樣的。

就是那種心不在焉地聽著別人嘮叨，等待足以留下記憶的那個瞬間到來的小孩。

「那個人就算在信徒的面前也是那種樣子啦。根本沒辦法讓人聽進去他的訓誡。老是談什麼世界啦社會啦，儘是一些不著邊際的東西……他乾脆去當哲學家算了。嘿嘿……我也被學生這樣說過好幾次呢。」

當庫瑟一笑，天使也跟著露出微微的笑容。

「……庫瑟老師！」

有個聲音叫住了庫瑟。

是從造成羅澤魯哈死亡的那場慘劇中生還的一位年紀較大的孤兒。

直到今天，他仍然記得殺死搖曳藍玉的海涅那天的事。

好不容易在那起事件存活的神官與孤兒們被安置在馬丘雷的濟貧院。

「不不，把我這種大叔叫成老師，會對其他的神官很失禮喔。」

「可是救了我們的就是庫瑟老師。」

「……」

庫瑟露出似笑非笑的表情。不對。我很弱。誰也保護不了。

有許多信徒在那場事件裡淒慘地死去。

活下來的她在那起事件中看到了什麼，嚐到了什麼滋味呢。庫瑟實在沒有詢問那些事的勇氣。

「雖然有很多孩子都死了，但是我……我、我活下來了。為什麼那天會分成有人死去，有人沒死呢……」

「帶著那種想法生活，和在那時就死去是一樣地痛苦。所以大家真的都是平等的。」

「但如果是如此……為什麼偏偏就只有我們得嚐到那種痛苦呢？世界上的其他人呢？因為我……我們是『教團』，所以就必須受到這樣的對待嗎？」

庫瑟緊緊閉上了眼。

有的孩子死去，有的孩子活了下來。

有的人可以活在光明之中，有的人只能活在陰影之中。

唯一受到天使庇護的庫瑟——以及除此之外的所有人。

——為了讓活在世上的所有生命皆能平等，詞神賜予了眾生語言。

他笑了。輕浮地笑了。

悲傷與拯救。天選之人。命運。他沒有除此之外的答案。

人類只能應付可以憑人類的力量拯救的悲劇。

「嘿嘿……抱歉啦。大叔我也不知道。我的腦袋太差了……」

賜予死亡的天使。娜斯緹庫在這個世界上只給予庫瑟一個人她的庇護。

但是庫瑟一直都在祈禱。

（——吶，我求求妳。妳不是天使嗎？求妳幫幫忙，娜斯緹庫。）

他一直對著空中說著。

她應該是壞掉了。庫瑟隱約察覺到這點。

只願守護庫瑟的拯救天使，一定是壞掉了。

（救救除了我以外的人吧。）

十七◆岔路

有位少女奔跑在位於黃都角落的貧民窟之中。

披著深綠色長袍，以兜帽遮住臉的她從陰暗的小巷轉入晦暗的道路，以避人耳目的方式行動。

貧民窟的道路只到一半，之後就接續到水道。少女站在水道邊不斷回頭，彷彿在確認後頭有沒有追兵。

然後她低語了一句：

「『讓我走過。』」

宛如施了童話故事裡的魔法，少女竟然走在水面上。

沒有人目擊到她施展這種任何傳說中的詞術士也無法達成的異常詞術。

少女是名為祈雅的森人。今天她得到了第二個名字——世界詞祈雅。

（……我才不會逃走。）

祈雅和愛蕾雅在第四戰的那天各奔東西。為了讓她們在未來能再次重逢。

如今已經成為黃都捉拿對象的祈雅無法接觸愛蕾雅。但只要洗刷被指控在對決中作弊的冤屈……有必要的話，甚至向所有人揭發羅斯庫雷伊是虛偽的英雄，之後再堂堂正正地與愛蕾雅見面就好了。

（就算輸了，我還是能做些什麼。）

絕對的羅斯庫雷伊力量太過巨大。那是無所不能的祈雅也無法扭轉局勢的人數與信仰之力。

但是，一定還有其他種類的力量存在。

（比方說，找到比羅斯庫雷伊更了不起的某個人……告訴那個人真相——）

◆

據說西外城的教會遭到「日之大樹」的襲擊。

雖然他們似乎都因為引發暴動的罪名遭到逮捕，但是魔法的慈不希望他們的下場是那樣。

慈毅然地獨自跑在通往教會的道路上。厄運的利凱已經不在她的身邊。

「要怎麼做才能見到女王呢？」

所以她的這句話也變成了自言自語。

瑟菲多。在「真正的魔王」摧毀王國的那天，她碰巧在偶然間遇見的最後一位王族成員。

不過如果她沒有再和瑟菲多說過一次話，慈就沒辦法跨過那天往前進。

「吶，利凱。只要一次就好。有什麼是我可以做的……」

沒有人知道魔法的慈的真正身分：歐索涅茲瑪的妹妹。色彩的伊吉克製造出的非人存在。種族不明的狂戰士。以及「魔王遺子」。

——與瑟菲多相遇的那天的真相，只有慈自己知道。

「我得向瑟菲多道歉。」

突然間，她與從巷子中衝出來的小孩擦身而過。

根據慈的記憶，巷子那邊應該只有水道才對。那個人可能只是發現走到死路而折返。

「……」

當慈回過頭去時，那個小孩也回頭望向慈。也許她是聽到慈喃喃說出瑟菲多的名字，因此有了反應。

那是一位少女。金色的頭髮。宛如清澈湖泊的碧眼。

「妳好。」

在晨間的太陽底下，慈露出花朵般的笑容。

少女什麼也不說就跑走了，消失在陰影之中。

◆

光與影。有的人打贏了名為六合御覽的戰鬥，有的人輸掉了。

但是敗北之人的故事並不會就此結束。

——與瑟菲多見面。

兩位在命運的岔路錯身而過的少女，心中懷抱著同樣的目的。

雖然她們所走的路並未交會，但也許——

後記

承蒙各位的支持，我是珪素。雖然應該不會有人刻意從第四集開始購買系列作品，但如果真的有讀者不小心先買到異修羅第四集，我會強烈推薦從第一集開始閱讀。書名是《異修羅Ⅰ新魔王爭霸戰》，ISBN碼為978－4－04－912564－1。由電擊文庫的新文藝出版。

（註：繁體中文版的ISBN碼為978－986－524－144－5，由台灣角川出版。）

由於這是第四集，到了這個時候應該也沒有多少人會想在後記看到作品介紹或作者的近況。再說我覺得後記根本沒有價值。從小的時候開始，我就把後記當成「接在本文後面的礙眼文章」這種程度的東西，從來沒有認真讀過。真的要看的話，我還希望裡頭最好寫些對生活稍微有幫助的內容。

所以我就來寫篇美味的番茄肉醬食譜。

番茄肉醬在我的生活基準中屬於難度稍微偏高的料理。由於需要切很多種蔬菜，注意火源，測試味道。是一項有點費工的食譜。但是另一方面，番茄肉醬的優點在於只要做好後放起來，就算做到一半也可以先冷凍起來，用在別的料理上。

在材料方面，首先將基本的洋蔥、紅蘿蔔、芹菜三種蔬菜切成同樣大小的碎塊。有哪種蔬菜的量特別多也沒關係。討厭芹菜或紅蘿蔔的人可以換成其他蔬菜，但是我不太能想像用這三種蔬菜以外的材料做出的番茄肉醬是什麼的味道。如果有人找到特別美味的搭配，還請務必告訴我。

雖然我要大家在剛才的手續中將蔬菜切碎，但是我在最近三年裡從來沒有親手切碎過食材。全部都是以一種拉繩子轉動容器內的刀刃就能把內容物打碎的調理工具代勞。速度比自己動手快多了，而且切出的碎塊大小一致，比果汁機還要能做出細微的操作，是很優質的商品。但因為容量若是太小，必須把裡頭的食材倒進倒出很多次，太麻煩了。所以如果各位有意購買，我建議盡量挑選較大的型號。

接著將所有切碎的蔬菜拌在一起，番茄肉醬就幾乎完成了。接下來只要開火拌炒，再加入肉類、番茄罐頭與調味料就可以了。接著將這個番茄肉醬分裝冷凍，之後做菜時就會很省事。

炒肉時有些訣竅。基本上每次只要準備三百克左右，與蔬菜體積相同的牛豬混合絞肉就可以了。不過並不是在炒完菜後直接放入，而是先將蔬菜放到其他容器裡，用空的平底鍋炒肉。反正之後應該會拿個碗盤吃通心粉，放到那個碗盤裡就行了。

絞肉直接從盒子裡倒出來，不需要弄散。先用炒菜剩下的油煎熟一邊。等到出現焦褐色之後，再整塊翻過來煎另外一面。由於很難讓整塊的絞肉與蔬菜混在一起炒，所以這就是為什麼要先把蔬菜倒出平底鍋。當塊狀的絞肉兩面都煎熟之後，看起來應該會像形狀有點隨便的漢堡排。確實地煎出焦褐色是很重要的程序。如果一開始就把絞肉弄散，煎成焦褐色的肉就會流失水份，導致難以同時保留焦香味與肉原本的味道。

接下來就弄散絞肉。這裡可以根據個人喜好進行調整。我喜歡不要弄得太散，這樣就吃得到肉的口感。就我的印象，市售的番茄肉醬調理包很少有較大的絞肉塊。在這點上本食譜會比較好。就算使用普通的絞肉，由於在一開始煎整塊絞肉時會使肉定型，因此可以按照自己的喜好做出不同的大小。

這時將放到其他容器的蔬菜倒回來，加入一罐切塊番茄罐頭後進行燉煮。一邊把水量煮到符合各自的喜好，一邊加入鹽、胡椒或手邊有的香料，調整成個人偏好的味道，再隨便拌點通心粉就完成了。

這道食譜的優點在於很容易自行調整。

我對調味的部分沒有特別著墨，但實際上不管用什麼樣的調味，番茄肉醬都能做得差不多好吃。當然，就算只加鹽也可以煮得好吃。如果手邊有香料，要加什麼也都可以。若是偏好紅酒或鮮奶油的口味，加進去後可以調和番茄的味道。另外，冷凍的時機與分量也任君決定。如果炒之前切碎的蔬菜、炒完後切碎的蔬菜，以及完成的番茄肉醬本身的量太多……在這種時候，這道菜的優點就是可以先分裝起來放冷凍，下次做菜時再接著做下去。當然，切碎的蔬菜還可以用在番茄肉醬以外的料理。將洋蔥、紅蘿蔔、芹菜各自存放，就可以單獨拿來使用。

最後我再介紹一個大幅改變作法的例子。這是在製作番茄肉醬的途中突然改變主意更換菜色時可以使用的技巧。在炒好肉倒回蔬菜的階段不放番茄罐頭，而是改成加入碎末型的咖哩粉，就可以將原本還是番茄肉醬的半成品瞬間變成碎肉咖哩。像這種可以根據現場的判斷裁定所有方向的自由度，可說就是番茄肉醬的強項。

好了，雖然我在開頭寫說後記沒有價值，但是以作者而言後記具有很大的價值，那就是可以藉由這個場合向各位相關人士致謝。除了這本第四集的插畫以外，還完成異修羅宣傳用插圖等好幾項重要工作的クレタ老師，一直給予我優秀建議的責任編輯長堀先生，與異修羅的出版有關的諸位人士，以及各位讀者，真的很謝謝你們。

關於下一本第五集，我想應該可以寫完六合御覽的第一輪賽事。第一輪淘汰賽的結束就代表已經完成了整個比賽的半數場次。我會努力寫到最後。讓我們日後再會吧。雖然就像我一開始所說的那樣，如果我是讀者就不會把後記看到這個地方。所以我也不知道這段訊息能不能傳達出去……

國家圖書館出版品預行編目資料

異修羅. IV, 光陰英雄刑/珪素作 ; Shaunten譯. -- 初版. -- 臺北市 : 臺灣角川股份有限公司, 2023.03
面 ; 公分. -- (Kadokawa fantastic novels)

譯自 : 異修羅. IV, 光陰英雄刑
ISBN 978-626-352-357-9(平裝)

861.57 112000506

Kadokawa
Fantastic
Novels

異修羅 IV
光陰英雄刑

（原著名：異修羅 IV 光陰英雄刑）

2023年3月27日　初版第1刷發行

作　者：珪素
插　畫：クレタ
譯　者：Shaunten

發 行 人：岩崎剛人
總 編 輯：蔡佩芬
編　　輯：黎夢萍
美術設計：吳佳昫
印　　務：李明修（主任）、張加恩（主任）、張凱棋

發 行 所：台灣角川股份有限公司
地　　址：104台北市中山區松江路223號3樓
電　　話：（02）2515-3000
傳　　真：（02）2515-0033
網　　址：www.kadokawa.com.tw
劃撥帳戶：台灣角川股份有限公司
劃撥帳號：19487412
法律顧問：有澤法律事務所
製　　版：巨茂科技印刷有限公司
ISBN：978-626-352-357-9

※版權所有，未經許可，不許轉載。
※本書如有破損、裝訂錯誤，請持購買憑證回原購買處或連同憑證寄回出版社更換。

ISHURA Vol.4 KOINEIYUKEI
©Keiso 2021
First published in Japan in 2021 by KADOKAWA CORPORATION, Tokyo.
Complex Chinese translation rights arranged with KADOKAWA CORPORATION, Tokyo.